斗婚

Fighting for Marriage

红颜无双◎著

中国青年出版社

（京）新登字 083 号

图书在版编目（CIP）数据

斗婚 / 红颜无双著 . —北京 : 中国青年出版社 , 2012.3
ISBN 978-7-5153-0562-2

Ⅰ . ①斗…　Ⅱ . ①红…　Ⅲ . ①长篇小说 – 中国 – 当代
Ⅳ . ① I247.5

中国版本图书馆 CIP 数据核字 (2012) 第 017314 号

斗　婚

作　　者　红颜无双
责任编辑　侯庚洋
策划编辑　一　航
文字编辑　张　燕　夏木暖
视觉指导　李俏丹
版式设计　谢　滨

出　　版　中国青年出版社
社　　址　北京东四十二条 21 号
邮政编码　100708
网　　址　www. cyp. com. cn
发　　行　中国青年出版社
电　　话　（010）57350370
经　　销　新华书店

印　　刷　三河市华润印刷有限公司
规　　格　700 毫米 ×1000 毫米　1/16
字　　数　140 千字
印　　张　13
版　　次　2012 年 3 月北京第 1 版
印　　次　2012 年 3 月北京第 1 次印刷
印　　数　10000 册
书　　号　ISBN 978-7-5153-0562-2
定　　价　19.80 元

目录
CONTENTS

自序

钱钟书先生有句话说得好：围城外的人想进去，围城里的人想出来。没有什么比这句话更能概括婚姻这回事儿了。

但是婚姻这个复杂的东西又岂是两句话就能概括得了的，婚姻更像是一场战争，小到插科打诨，中到斗智斗勇，大到你死我活。

如果把婚姻比喻成一盘菜，充其量也就是一盘隔夜菜，多数都在将就，甜蜜新鲜的时光短之又短，最后往往都是聊胜于无。

婚姻又像一块精美无比的奶油蛋糕，单从外表是看不出来的，但是究竟变没变味，只有吃了的人才知道。

婚姻这场战斗中，最重感情，全心付出的多数为女人，所以婚姻的失败方也多为女人，这也是因为女人多为感性的动物，她们对这个世界充满幻想，因而对男人也充满幻想，她们幻想着男人骑着白马走进自己的世界，然后永远持续灰姑娘的神话，却不知道骑着白马的未必都是王子，也有可能是杀手。她们想用温情、贤惠来感动这个杀手，到最后却多数英勇地死在杀手的刀下，她们不甘心，临死的一刻也要留一抹哀怨的眼神，试图让这个杀手悔恨终身，然而无数的事实告诉我们，这个世界上少了谁地球都在持续并且有规律地运转。

有些女人，在婚姻的美梦破碎的那一刻就恍然大悟，于是她们说，从此后，我不要很多很多的爱，我只要很多很多的钱。

有些女人，经历过一次婚姻的失败，仍是期待着新的幸福婚姻的到来，她们在反思，反思自己第一段失败的婚姻，她们在尝试，她们不相信，这个世界上没有美好的婚姻生活，她们把自己打造成百变金刚，上得厅堂，下得厨房，她们小心翼翼，如履薄冰，生怕一不小心就打破了这个梦境，她们不敢再次离婚，她们受不了世俗的眼光，她们更加不愿承认自己是一个不幸福的女人，她们要维护自己的尊严，却又在委曲求全中践踏着尊严。她们矛盾，她们顽固，她们虚假，她们可怜，她们日复一日地坚持着所谓的幸福，然后看着电视中的完美男主角流下复杂的眼泪。

多数女人在乎的是什么，不是金钱，不是地位，不是权利，只有两个字："辜负"。

不要辜负我的真心，不要辜负我的付出，不要辜负我曾经为你抛弃一切，不要辜负我已经为了你一无所有，竭尽全力，我把你当成了全部。

本书着重讲述了柳家三父女的婚姻故事，通过三种不同的婚姻状态，揭露人性的自私、复杂。爱情、亲情、婚姻这三张网丝丝纠缠，环环相扣，让原来简单的东西变得极为复杂，猜忌、虚假、暴力、心机、可怕、失望、辜负，当这些词出现在婚姻关系中，那么这段婚姻已经陷入了破碎的边缘。

他们应该怎么办，如何去挽救，是坚持还是放弃？是不是真如孟先生所说，往前一步是幸福，往后一步是孤独。

然而，有时候孤独也是一种幸福，有时候幸福恰恰也意味着孤独。马先生的辩证法原来是这么简单，得到的时候意味着失去，失去的时候意味着重新获得。

你以为你抓住的，恰恰是应当舍弃的，你以为你可以无怨无悔舍弃的，恰恰是你以后再也无法获得的。

经历过，经历着，才明白，婚姻真的不简单，如果和初恋来作比较，那么婚姻便是人生中天大的事儿了。

这样的故事就发生在你和我的身边，不定期上演……

第一章　谁是聪明的人

柳苏北在五十岁生日这天，作出了一个重大的决定，他瞒着两个女儿柳丁、柳橙，和鲁花登记结了婚。

鲁花像个孩子似的问柳苏北，开心吗？柳苏北点点头，笑得像朵花儿，然而转过身来，柳苏北的眉头就拧成了麻花状，他分不清自己的内心，但是年过半百，结过婚，生过两个女儿的柳苏北在婚姻的战役中已经颇具将帅的头脑，他知道怎么对付女人，无论这个女人是老的还是少的。

他把这一生都奉献给了三个女人，死了的丁橙橙以及他们的爱情结晶，或者是婚姻中的战利品柳丁和柳橙。他知道他已经没有力气再把自己的残生奉献给这个叫鲁花的女人，他只是不想让自己孤独地面对以后的日子。

柳苏北是个教书先生，他认为自己的智慧都遗传自母亲，母亲在一次次的社会变更中嗅到了先机，运用自己的智慧，在土改来临前出售了土地，在他而立后，用攒了半年的鸡蛋和猪油为他谋到老师这个铁饭碗，母亲还果断地阻止了柳苏北的初恋，强制性地让柳苏北娶了丁橙橙，一个除了牙突出点，别的都很完美的旺夫女人。

柳苏北年轻时候也曾埋怨过母亲，但是更多的则是感激与崇拜，几十年的时间已证明母亲的选择是多么睿智和正确，让柳苏北这一生安然无忧，没有大风大浪，他与丁橙橙相安无事地守在自己的小家园里，生了他们的爱情结晶：漂亮的柳丁、柳橙。

他一直以为他可以效仿母亲，运用智慧让女儿延续自己的幸福。然而母亲与丁橙橙的相继离世让柳苏北措手不及，两个女人为他守护的美满世界瞬间变得残缺。

大女儿离异再婚，小女儿新婚不久，柳苏北变成了唯一的娘家人，从此后守护两个女儿的重担像座大山不容拒绝地压在了柳苏北的身上，这一切都让柳苏北特别疲惫，他想如果母亲和老伴在，也许这一切都会不一样，但是人的渺小就在于敌不过生老病死。

柳苏北承受不了压力，也承受不了孤独，柳苏北想找一个女人来守护自己，守护这个家，像曾经母亲和老伴做的一样，所以他经人介绍认识了鲁花，并且迅速地和鲁花领了证。

鲁花是个仗义的女人，长得五大三粗，虽说并没有念过几年书，却颇懂人情世故，柳苏北开始并没有觉得鲁花的好，直到有一次柳苏北与人发生点矛盾，受了欺侮，鲁花拿起拖把便把那个人打得抱头鼠窜，柳苏北感到了温暖。

柳苏北与鲁花还有一个共同的爱好：打麻将。鲁花精明到谁偷牌都能被她逮到，曾经有三个人合伙骗过柳苏北，但被鲁花一眼识破，鲁花果断地让柳苏北下场，自己上了去，两只眼睛滴溜溜地盯着那三人的手，结果那场麻将下来，鲁花反而成了唯一的赢家。

通过这两件事柳苏北得出一个结论：鲁花有情有义，鲁花有勇有谋。他将分析结果告诉了一双女儿，结果一双女儿的判断却与他截然相反：鲁胖子（鲁花的外号）太冲动，沉不住气，鲁胖子喜欢赌钱，又喜欢惹事，不仅败家而且会让柳苏北受罪。

让柳苏北下决心娶鲁花的两件事成了一双女儿坚持反对他娶鲁花的理由。

然而柳苏北从小就特别自信，他更愿意相信自己，他相信，他吃过的盐都比女儿们吃过的米要多，凭着大半辈子的阅历以及看人的眼光，他相信鲁花就是陪伴他下半生的那个最佳人选。

从民政局出来，鲁花说开心吗？柳苏北点点头，笑得像花儿。

经过珠宝店，鲁花说，买对戒指吧，柳苏北点点头，笑得像朵花儿。

鲁花又看中了一只很粗的金手镯，戴在手上假装拿不下来，柳苏北背过身去，数数钱包。

咬着牙，刷卡。一万八千八。

从珠宝店出来，鲁胖子笑成了一朵花儿。柳苏北则笑得比黄花都凄惨，他开始怀疑自己的判断，摇摇头，他不让自己想。

柳苏北不想新婚之夜便后悔，所以仍是拼了老命般的想表现自己，无奈鲁花好像不明白似的左手抱着右手上的粗大金手镯睡得非常满足，不一会儿便发出了巨大的鼾声，柳苏北心里飘过一丝厌烦，因为前老伴儿睡觉一直很斯文，连呼吸都生怕惊着他似的安静。这个想法一冒出来，柳苏北赶紧摇头，提醒自己不能比较，一边又提醒自己，不要老不正经，也许鲁花早已经绝了经，对这方面完全没有欲望。

正想入睡，柳苏北接到了大女儿柳丁的电话。

“爸，你能来一下吗？”柳丁的声音好像刚哭过，柳苏北的心猛地一紧。

“什么事儿？”柳苏北追问。

“没事儿。您睡了就算了，挂了。”柳丁的声音好似又恢复了平静，最后干脆不等柳苏北反应过来便挂了电话。

柳苏北怕女儿出事，迅速起身穿上衣服，走到门口的时候，又停下了脚步。他仔细一想，还是觉得不要管的好，免得让女儿难堪。

他不确定是什么事情，但是他敢肯定，这件事一定跟女婿赵杨有关。因为不会再有别的事情会让女儿烦恼，一定是又和赵杨发生了不愉快。

这应该属于人民内部矛盾，柳苏北不想掺和，他想如果他以后不在了，那么这些问题谁来帮柳丁解决呢，柳丁已经三十岁了，而且已经离过一次婚了，她应该更懂得怎么样去处理婚姻中遇到的问题才是。

心怀忐忑，柳苏北辗转难眠，柳丁的婚姻问题一直让自己头疼、担忧。柳丁从小到大在学习上没有让柳苏北操过心，以优异的成绩毕业于师范学院，跟自己一样做了一名老师。他以为从此后女儿便可以像自己一样安然无忧，可是柳丁的婚姻生活却非常不顺利。

柳丁的第一任丈夫钱磊是柳丁经朋友介绍认识的，钱磊长得高大英俊，而且非常会哄女孩子开心，柳丁一下子就着迷了，认识半年就吵着闹着要跟钱磊结婚。

柳丁那时候才二十四岁，单纯得像个小孩子，又固执又骄傲，认为自己无所不能，视金钱如粪土，所以她不介意钱磊那贫困的出身，执意要下嫁于他，她相信凭她和钱磊的聪明可以创造很多的财富以弥补钱磊家庭条件的不足。

那年丁橙橙还没有去世，他们一起去了钱磊家。钱磊的家一贫如洗，两间瓦房可怜地夹在两幢楼房之间，不要说电器了，甚至没有一面大镜子，唯一的一面大镜子还是后来结婚时柳丁的朋友送的。

俗话说没有胜得了孩子的父母，柳苏北和丁橙橙想尽了一切办法恶意为难，仍是没有拧得过柳丁。

柳丁跟钱磊租了房子住在一起，不久便怀孕了，她用这个威胁了父母，成就了她与钱磊的婚姻。

然而婚姻恰恰是最现实的，婚后十三天，柳丁便发现了钱磊上网与别的女人聊天的暧昧记录，她愤怒，觉得被欺骗。她摔了电脑，动手打了钱磊，然而钱磊没有顾惜她肚子里的孩子，把她推倒在沙发上，狠狠地甩了一个耳光。

柳丁的心突然绝望了，她仍是倔强地跟钱磊说，你打，再打。

于是钱磊的耳光一巴掌一巴掌下来，直到柳丁再也说不出话来。柳丁看着钱磊凶狠的嘴脸，发了疯般的把自己的肚子撞向墙壁。

一切仿佛无可挽回，任事后钱磊如何地承认错误，表示后悔，柳丁都像死人一般面无表情，她看着镜子里的自己，曾经骄傲的面容变得血肉模糊，丑陋到让人呕吐。

柳丁飞快地逃离，甩掉钱磊塞给自己的三百五十块钱，直奔医院而去。然而办完一切手续，坐上手术室的那一刹，孩子动了。柳丁清晰地听到了肚皮发出了舞蹈般轻微而又有节奏的跳动声。孩子是不是也预感到了死亡，所以在对妈妈发出最后的哀求。

柳丁的心碎了，她感到了前所未有的疼痛，这种痛是二十四年的生命中不曾有过的。

柳丁第一次体会到了什么是母爱，尽管是在那种悲惨的情况下，这份爱仍强烈地震撼住了她，一切不可原谅的事情，都变得可以原谅，一切受过的屈辱为了孩子都变得微不足道。她决定给钱磊一次机会。

机会给了一次又一次，直到孩子出生，钱磊也变得越来越聪明，他习惯去犯错误，然后用孩子来威胁柳丁原谅，孩子变成了他的武器，变成他收拾残局的拖把。

柳丁的容忍到了极限，而钱磊的威胁也水涨船高，他偷偷带走了孩子，一走就是两年。他以为这次柳丁还会像以前一样，然而他忘记了，任何事情都有底线。

柳丁拼命地忍住了对儿子的思念，发了疯一般地工作，那两年时间对于柳丁来说极其漫长而又残忍。

柳丁看到儿子的衣物会流泪，走路的时候会流泪，看到别的婴儿会流泪，吃着吃着饭也会流泪，但是第二天，她仍是装作若无其事地去上班。

柳丁将钱磊告上了法庭，一次不成，二次，二次不成三次。

终于在婚后第三年，她与钱磊的婚姻被宣布正式无效。

孩子判给了柳丁，柳丁抱着孩子痛哭流涕，思念，自责，心疼。

五个月就被强制带离自己身边的婴儿如今长了个，从白白胖胖变得骨瘦如柴，原先光滑细腻的皮肤上留下好多黑色的疤痕。听钱磊说孩子皮肤过敏，得了湿疹老是发作，反复打针才留下的。

那一刻柳丁想狠狠抽这个畜生一巴掌，却又放弃了。

她不要恨这个人，因为不值得，他在她的心里，已经不能算是一个人。

如今柳丁的儿子已经六岁了，她把儿子改名为柳笑，听起来像是个女孩的名字，但是她就是希望儿子一辈子都能在欢笑中度过。

两年后，柳丁终于重新获得了幸福，在同学聚会上遇到了以前的同学赵杨，他们一见如故，很快由朋友变为恋人。

又一个两年后，柳丁嫁给了赵杨，他们各自带着一个儿子，重新组织了家庭。两个孩子彼此喜欢，比亲兄弟还要亲，柳丁感到无比欣慰，因为她与儿子都吃了好多的苦，她觉得是时候苦尽甘来了。

同时感到欣慰的还有柳丁的妹妹柳橙，她从小把姐姐当做偶像一般崇拜，她一直不敢相信姐姐竟会遇到钱磊那样的人，她觉得姐姐应该像公主一样活着。

柳橙的性格更像妈妈，温柔、沉静，不像柳丁敏感、尖锐。

因此柳橙的成长一直波澜不惊，没有什么大的起伏，让柳苏北和柳丁都非常安心。柳橙乖巧恬静的外表下恰是一颗七窍玲珑心，她懂得怎么样得到自己想要的，她懂得如何理智地取舍。

柳橙是西南财大毕业的，她从一入学便看上了班长李灿，她认准了这是一个绩优股，尽管那个时候李灿已经有了女朋友林慧，她仍是花了将近四年的时间击败了林慧，俘获了李灿的心，并且毕业后成功地与李灿走入了婚姻的殿堂。

柳丁相比妹妹，时常自叹不如。因为她远没有柳橙睿智，她的聪明全是假象，内里非常感性、傻气。

而妹妹表面恬静老实，内里却丰富饱满，她隐藏得够深，一般人真的看不出来，扮猪吃老虎是柳橙的拿手好戏，这一点只有柳丁和柳苏北才知道。

李灿一直以为是自己的魅力征服了柳橙，却不知他一早已成为柳橙网中的猎物，她一步一织网，彻底把李灿网住，并且打了一个死结，生人勿碰。

要说这一家父女三人谁最聪明，恰恰是芳龄二十五，刚刚走入婚姻殿堂的柳橙。

第二章　风波

柳苏北的再婚并没有瞒得住一双女儿，罪魁祸首恰是那只粗大的手镯，而最先愤怒的人永远是沉不住气而又偏执的柳丁。

柳丁坐在沙发上，看着鲁花手上的偌大手镯心里的气一股劲地往上冒，但是碍于知识分子那份面子，强忍着没有发作。

她面带微笑地接过了鲁花递上来的茶，心里发出了冷笑。这一刻她越加相信自己的判断，鲁花是一个现实而又贪得无厌的女人，她的粗俗再一次让柳丁如鲠在喉。

果然鲁花喜滋滋地告诉柳丁这是柳苏北给买的结婚纪念品，还把通红的结婚证拿出来给柳丁欣赏，并且告诉柳丁以后大家都是一家人了，有什么事情她一定会罩着她的。

柳丁看着鲁花的笑容觉得特别虚假，同时也非常伤心，因为她的眼前突然浮现出了妈妈的面容，柳丁忍不住流下了心酸的泪水，逃离般走出了柳苏北的家。

出门第一件事，就是打电话告诉柳橙。

“妹妹，老爸和鲁胖子领证了。”柳丁无比委屈，带着哭腔。

“我知道。”柳橙竟然出乎意料地平静。

“他还给鲁胖子买了快有一斤重的黄金手镯。”提到这个柳丁更气愤了。

“我也知道。” 柳橙的反应更加平静。

“你怎么知道的？”柳丁奇怪地问。

“废话，哪个金店没有我的人，我哪周不去逛金店？”原来是早就有人通风报信。

“老爸一辈子没给咱妈买过一件首饰！”这才是柳丁最气愤的地方，“咱妈才去世两年，没想到他就能干出这种事儿。”柳丁更加气愤的是柳苏北很快就忘记了妈妈，重新过上了幸福的生活。

“没事，姐，有我呢。你等着瞧好了。你去的时候爸不在吧，记住，假装不知道这事儿！”

“好！”柳丁没有问为什么，因为柳橙的保证已经让柳丁安了心，她知道妹妹已经有了办法去解决这个事情，只要妹妹想做的事情，没人能够拦得了。

果然，等到第二天，那个粗大的手镯就到了柳橙的手上，柳丁看着妹妹，用崇拜神一样的眼光。

“怎么到手的？”

“简单，我约了鲁胖子。假装很喜欢这只手镯，借来戴戴，结果就拿不下来了。”办法原来就这么简单。

“那鲁胖子怎么说的，回头再找你要呢？”

“那还不简单，就让它一直戴我手上得了呗，反正我最喜欢真金白银，也不在乎多一两件，她看不着的时候我再换别的戴。”柳橙笑笑，怎么看都像个乖孩子。

“妹妹，你真牛。今天吃啥，姐请。”柳丁高兴了。

“以其人之道还治其人之身，这点可是从鲁胖子身上学到的。哈。”柳橙原形毕露，显出了本来就极其嚣张的狡黠面目。

回到家，鲁花把事情的经过告诉了柳苏北，她怀疑柳橙是故意的，但是她又不敢肯定，因为柳橙一直是最乖巧的，还改口叫了她妈。鲁花想从柳苏北这里试探一下。

“怎么会，肯定是太紧了，你当时戴着不是也嫌紧，谁让你不买个大点的，笨。”柳苏北借此责备了鲁花一顿，还顺势把责任全推鲁花身上了。

“我哪知道。”鲁花有点心虚，不再说什么。

柳苏北看着鲁花的样子，心里都笑翻了，这世上不知道有没有人能斗得过自己的宝贝小女儿，估计就算有，那个人也还没有出现。

柳苏北不知道的是，这个人已经出现了，并且已经试图在柳橙的婚姻中兴风作浪。这个人不是别人，正是李灿的前女友林慧。

起初柳橙只是觉得最近李灿有点奇怪，偶尔会有陌生的电话打进来，没有名字，只存了“客户”两个字，但是李灿一直是个不擅长说谎的主儿，所以他在接电话的时候脸上的线条变得非常古怪，近似于扭曲，嘴角不自然地抖动着。

终于有一天柳橙趁着李灿洗澡的功夫，回拨了这个号码，电话中传来熟悉的女声，这声音在大学四年中曾无数次响起在柳橙的耳边，她怎能不记得。

“你好呀，林慧，你什么时候变成李灿的客户了。”柳橙没有像别的女人畏畏缩缩挂了电话，而是果断地与林慧正面交锋。

“原来是柳橙呀，怎么，对李灿不放心吗?”林慧的笑声一如既往般地刺耳。

“没有，我就是奇怪，怎么老有不自觉的客户在我跟我们家灿灿亲热的时候打电话进来。我想看看这个没素质的人是谁而已。”柳橙的一番话既表明了她和李灿的恩爱，又打击了林慧的人品。

“那就不打扰了，我这个没素质的客户还是明天去办公室找你们家灿灿吧。”林慧阴阳怪气地说完这句话便挂了电话。

李灿洗完澡出来，正好看到拿着电话的柳橙，他的脸上又出现了近乎扭曲的不自然表情，柳橙对他微笑，拿了睡衣也进了浴室，她要等李灿先说，她选择按兵不动。

果然等她洗完澡出来的时候，李灿正假意看着书，不过那书半天也没见翻过，柳橙坐到梳妆台前，梳头，还往身上洒了一点香水。

“那个，李慧现在是我们公司的客户，我怕你生气，没敢跟你说。你也知道，我是项目负责人，接触是在所难免的。”李灿终于放下书，开口解释。

“我知道了，她让我告诉你，明天去你办公室找你。”柳橙也走过来上床，依在李灿的怀里很平静地说。

“老婆，你真香。”李灿低声说。

“关灯。”

“遵命。”

激情过后，李灿满足地睡去了，柳橙却睡不着了，她起来倒了一点红酒，一小口一小口地喝了起来，她知道林慧的到来绝不会这么简单，看来一场新的战役就要打响，她要开始准备了。

柳橙突然感到了一丝疲惫，同时心里又隐隐有一丝亢奋，好像一个退役的军人就要重新回到战场，这种复杂的感情让她辗转难眠，最后借着小半瓶红酒才成功入睡。

女人就是这么奇怪，当老公被人惦记的时候，她既感到威胁又充满欣慰。就像小时候买来心爱的玩具，拿到别的小朋友面前炫耀。这件玩具既要占为己有，还要让别人嫉妒羡慕，仿佛这样才能满足自己的虚荣心，从而彰显这件玩具的价值。

多数女人之所以喜欢攀比，跟小时候对待玩具的心态是一样的。所以无论男人还是女人从孩童时代开始，已经注定了他们长大后特定的心理。

有的小孩子看到别人的玩具会羡慕，但是随后也就忘记了，因为他们很快就会拥有自己的玩具，他们的视线被自己拥有的玩具所吸引，别人的玩具彻底丧失了魅力。

但是，有的小孩子看到别人的玩具则是拼了命的要抢过来，要不然怎么样也无法让心理得到平衡，他们丢弃自己拥有的玩具，觉得比起别人手中的，自己手里的玩具怎么看怎么普通，甚至丑陋，他们甚至不想再看一眼。

柳橙知道林慧是后一种孩子，她的到来，目的性非常明确，她甚至故意让柳橙洞察到她的心思，看来这一次她是做好了充分的准备。

兵来将挡，水来土掩，临睡前，柳橙的脑海中出现了这八个字。

要真正做到这八个字的淡定，那是需要一定的心理素质的，柳丁就不具备，柳丁永远是率直的、口无遮拦的，说的好听点，就是单纯的。她没有任何心机，尽管表面看起来伶牙俐齿，完全像是一个聪明的孩子。

这一点，她比她的老公赵杨差远了。赵杨的外表给人感觉傻傻的，不太说话，见人多数的表情就是笑，甚至连站姿都有点像女人，所以赵杨的人缘出乎意料的好，因为他的外表欺骗了很多人，真正的赵杨恰恰与外表截然相反，他聪明有心眼，他知识广博，大到军事历史政治，中到体育音乐书籍，小到娱乐八卦野史，他一点也不女人，相反非常的大男子主义。

就连自恃甚高的柳丁，有时候在只有中专学历的赵杨面前也显得分外无知，所以，她的内心里有些许崇拜赵杨，虽然她并没有表现出来，但仍在潜移默化中被赵杨影响了，比如从来不关注体育的她开始陪赵杨熬夜看斯诺克，从来不看武侠的她终于也开始看赵杨喜欢的古龙，从不喜欢另类音乐的她因为赵杨而喜欢上了那些奇怪的歌，就连赵杨骨子里的大男子主义，柳丁也渐渐习惯了。洗衣做饭，成了她义不容辞的事情，而赵杨天天下班后的事情就是打开电视，然后坐在沙发上动也不动。

这些柳丁都毫无怨言，然而因为一件小事，赵杨却开始不依不饶起来。

这一天，柳丁正在上课，她把手机调到振动状态放到了讲桌上，号码显示是赵杨，柳丁继续上课没接，结果电话不依不饶地又响了好多次，柳丁只好找了个理由来到教室外面接听。

“什么事儿？我在上课呢。”因为不耐烦，柳丁的声音有点大。

“你喊什么喊，我还没说你呢。”赵杨在电话那头，声音比柳丁还大。

“你吃了火药了，有病。”柳丁也来气了。

“家里怎么停电了？”赵杨质问柳丁。

“哦，上次去旁边缴电费，说线路有毛病，让我去局里交，我一直没去，最近有点忙，电被停了吗？也没拖延几天呀。”柳丁说出原因。

“那你和你儿子今晚自己在家住吧。”赵杨说完，就挂了电话。

结果那一晚柳丁愣是和儿子摸着黑在家住了一宿，赵杨则带着他的儿子不知道去哪里了，柳丁说不出的委屈，由于害怕，她打电话给了柳苏北，却临时改变了主意挂了电话，她不想让柳苏北来家里看到自己和儿子可怜巴巴地待在停电的房子里。

这一夜，柳丁想了很多，她在想赵杨怎么能就这么把她们娘俩儿扔下来呢，他甚至心安理得、理直气壮地走了，他就算不顾柳丁，也要照顾一下柳笑的感受吧，他怎么不把自己的儿子也扔下呢，原来不是亲生的就永远不是亲生的。

柳丁把柳笑抱在怀里，好不容易哄睡着了，自己则委屈得直掉眼泪，她觉得心酸，同时她更加心疼柳笑，她不知道自己上辈子做错了什么，还要连累儿子有一个不美满的家庭，钱磊没有真心疼爱过儿子，连赵杨也如此，难道这就是命运吗？

胡思乱想的柳丁好不容易才睡着，第二天连忙去局里交了电费。谁知道第二天下班后，赵杨还是没有回来。柳丁的忍耐到了极限。

“赵杨，我告诉你，限你十分钟之内到家，要不然，后果自负！”柳丁发了一条短信，开始坐在床上计时。

不到十分钟，赵杨回来了，孩子留在了奶奶家里。

“你还舍得回来呀？”柳丁冷眼看着赵杨。

“呵，昨晚有球赛。”赵杨边解释，边打开了电视。

“那你就把我们娘俩儿扔家里不管，你也不想想后果，如果有坏人怎么办，我们还住在一楼。”

“哪有这么夸张。老婆，我饿了。”赵杨朝沙发上一坐，又开始目不转睛地看球赛，而柳笑也不懂事地跑到赵杨跟前，问叔叔去了哪里。

任柳丁说了好多气话，赵杨只是温厚地笑笑，和柳笑有一搭没一搭地聊着天。

柳丁看着赵杨和柳笑亲昵的样子，忍不住长长地叹了一口气，转身进了厨房，就这样吧，不然还能怎么样。

第三章　战役

就在柳橙准备迎接战斗的时候，没想到柳苏北那边却先她一步引发了战事。

事情的起因，非常的简单，因为柳苏北有个同事苏梅过生日，所以下班后他便和一大帮同事去了舞厅庆祝，没想到他和苏梅跳舞的时候碰巧被鲁花撞见了，她不由分说地甩了苏梅一个耳光，然后坐在地上哭天抢地起来，引来整个舞厅一片骚动，最后他们被强制请了出来。

柳苏北感到颜面尽失，快步丢下鲁花逃一般的回到了家。

柳苏北不知道以后还有什么面目去见苏梅，毕竟人家只是好意请自己跳一支舞，怎么这么巧就被鲁花看到了呢，鲁花不分青红皂白的一顿闹，让柳苏北恨不得找个地洞钻进去。

鲁花随后也回到了家里，柳苏北以为她还会跟自己不依不饶地瞎闹，让他没想到的是，鲁花却进了厨房开始做饭，好像一切都不曾发生过。柳苏北心想，肯定是鲁花认识到了错误，知道自己太鲁莽了，她一定是后悔了。

饭菜端到了桌上，鲁花和柳苏北面对面地坐着。

“你知道你刚才的行为像什么吗？”柳苏北一脸气愤。

“像泼妇。”鲁花倒是有自知之明。

“知道你还那么做。今天是同事过生日，我不过是和她跳了一支舞而已，至于吗？”柳苏北更加不能理解鲁花了，她既然知道那样做会失礼，为何还要那么做。

“下次，我还是会那么做。”鲁花拿起筷子，丢下这么一句话。

柳苏北一口菜差点没咽下去，原来鲁花是故意的，她不惜牺牲自己的形象，就是为了让爱面子的柳苏北不会再有下一次，柳苏北不禁开始怀疑，婚前的拖把事件，是不是也是鲁花的精心表演。

“你行。”柳苏北刹那间有一种被人暗算的感觉，但是哑巴吃黄连，有苦他也说不出，谁让这是他自己的选择呢。

本以为这件事情就此了结，柳苏北也没打算再跟鲁花一般见识。没想到第二天一上班，苏梅的脸上，脖子上，甚至手上都挂了彩，苏梅用布满血丝的双眼瞪着柳苏北，恨不得目光化成利剑，在他脸上刺上几刀。

柳苏北以为鲁花不仅甩了人家一耳光，还趁乱把人家打得伤痕累累，柳苏北心惊肉跳地跟苏梅赔罪，结果却得知更惊人的消息，原来鲁花趁着柳苏北狼狈而逃的时间，揪着苏梅回了家，把在舞厅看到的所谓“丑事”告诉了人家的老公，昨晚苏梅跟她老公打了大半宿的架，这些伤便是证据。

柳苏北这个年过半百的纯爷们儿，都想哭了，他不知道他娶的竟然是这样一个悍妇，是不是女人过了更年期就无所畏惧，没脸没皮了。

一丝寒意涌上柳苏北的心头。

心事重重地下了班，还有更没想到的事：一双女儿也被鲁花请到了家里，而鲁花正哭诉柳苏北的罪状。

柳丁、柳橙和柳苏北对视一眼，那眼神意味深长，柳苏北看出来了，那眼神就代表两字：“活该！”

尽管她们有点幸灾乐祸，碍于面子仍是说了柳苏北几句，就各自回家了。

柳橙和柳丁在回家的路上讨论了这个事情。

柳橙是这样说的：可能同样的事情有一百种解决的方法，鲁花这一种做法未尝也不能算是一种方法，只不过不够高明而已。

柳丁听懂了，如果同样的事情发生在柳橙身上，她绝不会这么处理，她把自己的形象看得非常重要，她认为女人可以不要爱，不要钱，却不能不要尊严，不要脸面。

柳丁问如果万一这事发生了，柳橙会怎么办。

柳橙笑着拿包打柳丁，说你这个乌鸦嘴。

结果真的被柳丁不幸言中，第二天，李灿便喝得醉醺醺地被林慧搀扶着回了家，打开门的那一刹，柳橙的笑容僵住了。

但仅仅是一秒钟，柳橙便恢复了镇定，连忙过去搀扶李灿，随手把林慧推到一边。

“老公，怎么了，喝成这样。”

“老婆。”李灿好像还没醉，还能认出她来。

“李灿知道我不能喝酒，所以帮我代了几杯，没想到就醉成这样了。”林慧跟在后面得意洋洋地说。

“没办法，我老公的同情心一直都是这么泛滥，就算看到街边流浪的小猫小狗，他也会非常心疼。只要他不把街边看到的可怜动物随便带回家就成。”

“那可说不准。”林慧阴阳怪气地说。

“那也是，有些小猫小狗看我老公对它们好一点，也会尾随到家里来呢，真是麻烦。”柳橙这话明摆着是在讽刺林慧呢。

林慧气急，冲到柳橙面前想给她一个耳光，被柳橙用力挡了回去。

“自重一点！你以为什么小猫小狗都能在别人的家里撒野！让我教教你。”柳橙把林慧一把拖到门口，一脚踹了出去，“砰”的一声关上门。

“你个臭女人！”林慧在外面一边骂一边把门砸得“咣咣”作响。

柳橙懒得理她，转身收起了脸上的冷笑，走到醉酒的李灿面前，心里面的气缓缓上升，从心脏涌到喉咙，不用多想，她把李灿带到浴室，开起淋浴喷头，凉水当头朝李灿喷洒下来。

“什么事？”李灿打了一个冷战，刹那清醒。

“哈哈哈……”柳橙看到李灿的熊样，忍不住笑出声来，心中的郁闷之气一扫而光。

“对不起呀，老公，我忘了打开热水阀了，赶快去拿毛巾擦擦，我来放水。”柳橙装作很无辜的样子说。

“没事，对不起呀，老婆，因为应酬多喝了几杯，林慧说她不能喝，非要让我代她喝，你知道的，我们毕竟同学一场吧。”李灿倒是老实，把经过原原本本地告诉了柳橙。

“我知道了，难道我老公是什么人，我还不了解吗？快点，别着凉了，我去热杯牛奶给你。”柳橙走出浴室，往厨房走去。

柳橙知道李灿的性格，他不是那种特别有心机的男人，当初她也是跟他由朋友做起的，不是他笨，是他根本不懂得如何去拒绝别人。他不忍心伤害任何人，所以当初如果不是她耍了一些手段，李灿也不可能跟林慧分手的，但是林慧确实也过分，当时和别的男人也保持着暧昧关系，所以才被柳橙抓个正着，虽然那个男人是柳橙的堂弟小刀，虽然是柳橙让小刀去假装追求的林慧，但是也要林慧上钩才行，要怪也只怪她太贪心了。

柳橙没想到林慧的好胜心这么强，她的内心真的喜欢到非要得到李灿不可吗？还是她承受不了败给柳橙的耻辱呢？她想后者更多吧。

林慧一直觉得柳橙不如自己，论身材，论美丽，论聪慧，她怎么看柳橙都应该是她的手下败将，的确，柳橙不算美艳性感，怎么看就是一个乖孩子，这样的乖孩子在校园里比比皆是，因而她是怎么看怎么平凡，没有一点过人之处。

但是，林慧不知道的是，柳橙一直把一句话当做她的座右铭。

比聪明女人漂亮，比漂亮女人聪明！绝不硬碰硬！

比美貌比不过的时候就动动大脑，能让大脑歇歇的时候就比一比美貌。这便是她的常胜法宝，屡试不爽，百战百胜。

这一招柳橙早就传授给了柳丁，无奈柳丁怎么也领会不到精髓，她遇到事情总是非常冲动，行动永远快过大脑，这不，她又把一件简单的事情搞砸了，搞大了。

周日的一天，柳笑去外公家了，而赵杨的儿子赵小兵也去了爷爷奶奶家，他们的每个周末都是这么过的。

本是惬意的一个周日，却因为谁做饭这个问题而产生了质的变化，柳丁可能要来例假肚子疼得厉害，所以一直赖在床上没有起来，赵杨因为有球赛也一直赖在床上看电视，结果两个人只好饿着肚子，等到球赛终于结束的时候赵杨起来去买菜了，问柳丁想吃什么，柳丁说想吃香菇炖鸡，赵杨答应着就走了，结果回来的时候却买了干豆角和鸡，美滋滋地放在锅里炖了起来，自己则坐在床边的沙发上点燃了一根烟。

柳丁生气了，闻着干豆角味就想吐，她一直不喜欢干豆角，超级讨厌。她倚在床上朝着赵杨就喊了起来：“不是让你买香菇炖鸡的吗？”

“买不到。”

“买不到你不会买别的呀，你永远是这么自私，我天天把你伺候得跟皇帝似的，你伺候我一顿会死呀。”柳丁越说越生气，越说越委屈，哭着拿起床头的烟灰缸假意朝赵杨砸去，没想到真的砸到了，赵杨“唉呀”一声，烟灰缸落地而碎。

“妈的，不吃了，吃个屁。”赵杨也生气了转身进厨房连锅带鸡端起来砸到了地上，随即厨房便传来了一阵声响。

柳丁气疯了，她想阻止赵杨，却开不了口，她的肚子痛死了，她的心情凄凉得要命，她的愤怒像烈火一样燃烧着。

不到一会儿，赵杨又冲到了客厅把电视音箱等物品全砸倒了。

“你再不住手，我要报警了。”柳丁虚弱地站在一边，冷冷地说。

“你报呀，反正这日子没法过了，正好告你身体伤害罪，我后背的伤就是证据。”赵杨过来就推了柳丁一把，柳丁一下没站稳跌倒在地。

“好呀，赵杨，你有种。你等着。”柳丁的眼泪下来了，迅速拿起沙发上的手机，想也没想就拨打了110。

警察五分钟没到就赶来了，过来扶起了柳丁，几个人想把赵杨带走，赵杨挣扎着又开始踢东西，结果把一个警察的手也踢出血了，这下事情变得复杂化了，赵杨的头被警察打了两下，他们还要找辣椒水来喷他，还好用完了。

柳丁看着赵杨的样子，心里的后悔一个劲地往喉咙上冒，她跟警察说算了，警察不干了，说已经涉及袭警，两人一起被带到了警察局。

问了事情的经过，柳丁说是两口子闹矛盾，不追究了。

警察就让赵杨写检讨，里面还必须写到踢了警察这件事。

柳丁急了，她说她亲眼看到警察也打了赵杨，如果警察告赵杨，她也不会这么算了的。

赵杨冷冷地看她一眼，不说话，也不理审讯的警察，说自己不会写检查。

最后柳丁确定了不会定赵杨的罪，才写了检查的样稿，让赵杨抄写，事情折腾到了晚上，两人才被放出来。

刚走出大门，柳丁肚子一阵疼，有血沿着裤脚流了下来，柳丁一声尖叫，赵杨回头一看也吓晕了，抱着柳丁就往医院跑。

“放我下来，没事，赶紧去买包卫生巾，我例假来了。”

事情发展成了流血事件，却把赵杨和柳丁都逗乐了，两人和好如初，换了衣服，收拾好家里的残局，手挽着手去吃了烛光晚餐。

当柳丁把这件事情告诉柳橙的时候，柳橙却一脸严肃。

“姐，你这个性格迟早要吃亏。下次别这么冲动了，打得过还好，打不过人家你还挑衅，这次他只是砸东西，下次有可能打的就是你。你记住，打不过就跑，千万别跟男人动手，你讨不了便宜。”柳橙的一番话意味深长。

“知道了，别告诉咱爸。”柳丁点点头。

柳橙一脸担忧地看着姐姐，心里面无比烦恼，最了解姐姐的人就是她。她知道柳丁一直最没有心眼最血性，虽然长得像女人，内心则完全就是一个男人。“宁为玉碎，不为瓦全。”这是姐姐常放在嘴边的一句话。

她知道姐姐并没有听进去她的话，但是却也无可奈何，有的时候一个人的性格是无法轻易改变的，所谓“江山易改，本性难移”，就是这个意思，先人多么具有智慧。

“好了，别担心了，我会看着处理的，我们去逛女人街吧，才开了一个精品店，很不错的。去看看。”柳丁来了兴致，拉着柳橙要去逛街，看来昨天的事件她又抛到脑后了，她永远不会跟人记仇。

第四章　复仇

然而这个世界上特别爱记仇的还是大有人在的，谁一旦惹了他们，他们便会想尽办法复仇，并且大有不达目的绝不罢休的架势，如果碰巧遇到仇家也是这种性格，那么他们的战争就会没完没了。

鲁花最近就遇到一个，而她自己恰恰也是这种性格，于是好戏便开始了。

周六的下午，鲁花按照惯例去棋牌室打麻将，老搭档都开始打了，她被安排与另外三个人打。

坐下来的时候鲁花老觉得有一双眼睛在盯着她看，她也没留意，这人好似有点印象，但是她又想不起来是谁。

她就试着跟人家搭话说："大姐，我们是不是在哪里见过呀？"

"以后你会经常见的。"那大姐发出一丝冷笑。

"那是。以后经常来打牌。"鲁花有点自找没趣，收了话茬儿。

没想到一圈下来，这个大姐老是和鲁花的牌，好像是故意的，虽然她总是说刚好撵上了，上了一个好章子，才听牌，可是鲁花是何等眼力呀，她早就看出来了，别人放炮，她还故意不和，专门和自己的。虽然鲁花看出来了，但是打牌有打牌的规矩，人家没有偷牌换牌，她也实在抓不到把柄。

结果第二圈下来，鲁花被惹急了，也故意只和这个女人的牌，被她们这么一搞，最后的胜利都归了另外的两个人，两圈牌结束后，鲁花输了一千多，估计那女人也没少输。

鲁花气冲冲地回了家，心里别提多郁闷了，那个死女人害她输了这么多钱，真的是冤死了，这下好了，又要向柳苏北找理由要钱。

鲁花把晚餐整得特别丰富，目的就是让柳苏北能有个好心情，她甚至精心打扮了一下，化了一个淡妆。

“老公，今晚的菜怎么样？”柳苏北回来后，看见这么丰富的菜式，坐到桌边拿起筷子夹了一口菜放嘴里，还没等咽下去呢，鲁花就发问了。

“不错。胖子，去开一瓶酒，那么多菜，没有美酒那就扫兴了。”柳苏北的心情还真是大好，估计上了一天的课也累了。

“行，我陪你喝两杯。”鲁胖子走过柳苏北的身边，一甩头发，香味霎时在空气中弥漫开来。

柳苏北咳嗽两声，一下子被呛得不行，要知道他从小气管就不太好，谁知道鲁花并不知情，一个劲地喷了好多在头发上、衣服上。

一餐饭吃下来，柳苏北觉得气管非常不舒服，早早地便回到了卧室，打开窗子躺在床上休息。

鲁花觉得时机成熟了，也跟着进来。

“老公，我手里没钱了，你明天去提两千块吧。”鲁花装作漫不经心地说。

“什么？前两天才给你两千，你怎么花的？”柳苏北几乎跳起来了，要知道他一个月的工资也就几千块，被鲁胖子这么花，不到年底，他就得负债。

“别提了，今天遇到一个变态女人，老是和我的牌。输大了。”鲁花非常委屈，感觉无辜并且气愤。

“惹事精，谁知道你什么时候得罪了什么人，人家看你不顺眼，找你报仇。”柳苏北不耐烦地说。

“哪有，不就找了你同事的麻烦。”鲁花脱口而出，随即恍然大悟，那个女人，怪不得有点面熟，那天灯光太暗再加上她血往大脑上涌彻底被愤怒冲昏了头脑，没瞧真切，这么一回想，还真是她！

“好呀，敢跟老娘叫板，有你好看！”鲁花心里暗自冷笑，既然已经知道对方是谁，那就好办了，玩阴的，鲁花是始祖。

周日，鲁花又照常来到了棋牌室，苏梅果然来了，还朝鲁花笑了笑，鲁花也回以微笑，坐了下来。

四人轮流坐庄一次，要开始给钱了，鲁花找了个借口，溜出了棋牌室。

她躲到楼下打了 110 的电话，警车不到五分钟就到了，悄无声息地在鲁花的指引下摸到棋牌室，把这些赌博分子全部抓走了。

鲁花亲眼看着苏梅被拉上警车，一脸惊慌失措。苏梅也看到了鲁花，姣好的面容被气得近乎扭曲，她一边挣扎，一边用手指着鲁花。

鲁花轻蔑地看了苏梅一眼，转身走了，边走边说：“让我损失一千，我让你翻个十倍。看你还跟不跟我斗。”鲁花知道论经济她是斗不过苏梅的，她没有职业，苏梅当了这么多年教师，怎么着也有点家底。鲁花不跟她硬碰硬，拿钱赌气，她要一招就解决这件事，让苏梅一把就损失重大，让她认识一下自己的错误，比财大气粗，鲁花没这么笨，鲁花从来不会跟钱过不去。

鲁花还没打算就让事情这么过去，她向来做事不留余地，不让敌人有翻身的机会。所以第二天一早，她便以匿名信的方式把苏梅赌博被抓的事情告到了校领导那里。

苏梅在小拘留所里待了一宿，好不容易托了人来保释自己，交了六千块的罚款，写了保证书出来了，结果到了学校就被当头一棒，校领导要给她记大过，并且命令她在全校师生面前写检讨，承认自己的错误，还说苏梅给教师形象抹上了污点。

年过半百的苏梅，第一次被人打耳光，第一次进拘留所，第一次被记大过，第一次要在全校师生面前做检讨。

这么多第一次都拜一个女人所赐，这个女人的名字就是鲁花，苏梅感到前所未有的失败，她不敢想象她一帆风顺的人生因为这个粗鲁的女人而变得充满坎坷，本来应该幸福的与同事与老公庆祝五十岁生日，结果这个女人像一颗炸弹强力破坏了一切，苏梅不甘心，又觉得特别累，原来她低估了这个鲁花，这个表面看起来像个农村妇女一样的女人，原来心机真的非常深，看来自己并不是她的对手。

碍于老师的面子，苏梅不能再跟鲁花闹下去，她不知道这个女人还能干出什么事儿来，她总是掐中她的要害，好像非常了解自己似的。

万分懊恼的时候，苏梅想到了一个人，她迅速拿起手机，打电话。

“苏雪，你姐受人欺负了，你帮不帮？”苏梅原来是打电话给妹妹，刚离异不久，从北京刚回到家乡休养的苏雪。

“包在我身上。”苏雪问也不问，就答应下来，仿佛什么她都能搞定。

有些人，本来是一辈子也不会有交集的，又或者，有些人本来是可以再也不相见的，但是因为同样的一件事情，他们往往会又纠缠到一起，苏梅不知道的是，她的一通电话就把本应该不再相见的人又纠缠到了一起，苏雪正是柳苏北的初恋情人，这到底是缘分还是巧合？

第五章　巧遇

当然，巧合的事情往往不止一件，柳橙也遇到了。

堂弟小刀的婚礼，柳橙和柳丁应邀参加。这本来是一件大喜事，值得庆贺，可是没想到的是婚礼现场巧遇林慧，细问之下才知道，林慧竟然是新娘那边的亲戚。

林慧还被安排与柳橙、柳丁两姐妹共坐一桌，真是仇人见面分外眼红，林慧的眼里都要喷出火焰来了，只不过碍于新郎新娘的面子，两人均强装镇定。

“你是新郎那边的亲戚？”林慧好像还不知情，在饭桌上问柳橙。

“是。”柳橙本想装作不认识，不过既然林慧开腔了，也就点头搭了话茬儿。

“妹，你们认识呀。”柳丁不知前因后果，还以为她们是朋友。

“不是很熟。”柳橙轻描淡写地说。

“怎么会呢，我和柳橙还有李灿是大学同学，关系不知道有多好呢。”林慧皮笑肉不笑地接过柳丁的话。

“是吗？那真是有缘。我们是新郎的堂姐。”柳丁话一出口，就被柳橙瞪了一眼，柳丁有点奇怪。

“什么？”林慧听到柳丁这话，很吃惊，她显然不知情。

“怎么了？”柳丁觉得林慧好像被吓倒了。

“柳橙，你真行呀。原来小刀是你堂弟，这么说当年的事情也是你一手策划的，你竟然暗算我，你个臭女人。”林慧恍然大悟继而恼羞成怒，破口大骂。

“注意你的形象。”柳橙皱眉，提醒林慧。

“行，今天我给新娘面子，咱们秋后算账。”林慧放下狠话，拿起桌上的酒给自己倒上，一口喝了下去，随即就被呛得连连咳嗽。

“来，我敬你，咱们一笑泯恩仇。”柳橙也给自己倒了一杯酒，一口气喝掉了。

结果没等柳丁反应过来，两人已经开始你来我往地喝了起来，你一杯，我一杯，觥筹交错，席上的其他人看来是其乐融融，也跟着喝了起来。

结果这一顿饭吃下来，林慧醉得不省人事，由新娘那头背了回去。而柳橙却一点反应没有，脸上毫无醉意。

“妹，你怎么这么能喝？”柳丁都不知道柳橙原来酒量不浅。

“你闻闻！”柳橙拿起自己面前的酒碗递给柳丁。

“没有酒味，水！”柳丁喝了一口，恍然大悟，怪不得柳橙让柳丁陪林慧去洗手间，原来是找机会把酒换掉了。

“怎么没人发现？”柳丁奇怪了。

“大家各吃各的，各喝各的，谁还盯着我看呀。”柳橙用眼光示意，果然桌上的人都在找目标敬酒喝酒。

“那你怎么得罪这个林慧的？”柳丁很好奇。

柳橙就把事情的始末，原原本本地告诉了柳丁，柳丁这才明白过来，她又担心林慧会报复妹妹，瞬间变得心事重重。

“没事，姐。这女人还跟从前一样蠢，随便她怎么折腾去吧，别把我惹急了就成，我只当多个人陪我玩。来，姐，咱们去看看新娘子，闹闹小刀去。”柳橙来了兴致，拉着柳丁闹新娘去了。

有句话说得好，叫“没有不透风的墙”。有些事情瞒得了一时，瞒不了一世，总会在特定的一个时刻，也就是佛家所说的“机缘巧合”下重现天日，真相大白。

当被欺骗的人知道了实情，往往会非常懊恼愤怒，恨不得时间倒流，回到当初，揭穿骗子的真面目，好还自己一个清白。但是，世上却没有后悔药，也没有时光穿梭机，事情已经发生了质的变化，一切都再也回不到原点。

回不到原点的还有柳苏北，他已经得知了苏梅之所以被记大过写检讨的真正缘由，当着苏梅的面，柳苏北羞愧难当，他觉得自己的一世英名已经毁在了鲁胖子手里，这个悍妇，不像女人，更像土匪。

柳苏北越想越生气，回去就要拉着鲁花去离婚，没想到鲁花故伎重演，一屁股坐地上哭天抢地起来，还去敲左邻右舍的门一把鼻涕一把眼泪地让人家给她评理，结果认识的不认识的都来劝柳苏北，要好好过日子，那么大年纪了，不要再闹了，给人看了笑话，几十岁的人了。

偷鸡不成蚀把米，柳苏北成了众矢之的，鲁花加油添醋地把事情的始末哭诉给了一干人等，柳苏北百口莫辩。

柳苏北灰溜溜地逃到了柳橙和柳丁家，似乎下了狠心要跟鲁花分手，他本想借此让鲁花知难而退，没想到鲁花也尾随而至，柳苏北到哪家她就跟到哪家，还洗衣做饭，端茶倒水，把自己的贤惠本领发挥到了极致，连李灿和赵杨都夸这个后妈不错，开始劝柳苏北三思，到后来鲁花又把事情的始末讲给了两个女婿听，最后柳苏北毫无意外地又变成了坏男人，他们一致把柳苏北劝回了家，并且以男人的身份跟柳苏北说，其实女人都是一样的，再找一个未必就比这个强，将就一下吧。

柳苏北的离家出走事件，以鲁花的胜利而告终。

“老公，咱们就是死了也埋在一块儿，谁也别想将咱俩分开。”鲁花削了一个苹果递给柳苏北，宣誓似的说了这么一句。

柳苏北心里寒意渐升，悔之晚矣，他默默向天祈求：神啊，救救我吧。他期盼着有人能够救自己脱离苦海，他不想后半生脱离不了鲁花的控制，也不想跟一个这样的人度过余下的日子，他还年轻，他还有思想，他还有情趣，他不想忍辱与鲁花共度一生，但是能想的法子他都想了，好像已经别无选择，他只盼有人能够救他脱离苦海。

他在心里默念：谁来救我，赏银万两！

他不知道他的救星已经出现了，他万万想不到的是这个人还是他的初恋情人苏雪。

被鲁花整得灰头土脸的苏梅已经秘密联系了苏雪，跟她商谈报复的事情，她们的计策很简单，就是让苏雪去勾引柳苏北，并且让鲁花滚蛋。

计策虽然简单，但是实施起来却是有难度的，如何让苏雪顺其自然地接近柳苏北才不会让柳苏北起疑心呢?

方法找到了，苏梅托关系把苏雪送到了自己学校当教导主任，当然苏雪在北京就是知名学校的校长，到他们的学校算是屈就了，没办法，苏雪为了帮姐姐报仇只好将就一下了，她并不知道自己要接近的人就是柳苏北。

直到学校正式开会，隆重介绍新上任的教导主任苏雪时，柳苏北才意外发现此人正是初恋情人，而苏雪看到柳苏北也大吃一惊，多年的怨气仍是没有消，柳苏北伸出来的手，苏雪没有去握，反而从鼻子里发出一声“哼”，柳苏北讪讪地收回手，也有点心慌，不自觉地理一理衣服，摸摸头发，因为眼前的苏雪还是那么漂亮，也难怪，人家才四十多岁正当年，不像自己已经年过半百。

邂逅初恋情人的还不止一个，还有柳丁。

所谓“狭路相逢”说的就是她和前夫钱磊。柳丁从离婚后就没有看到过钱磊，她为他的就此消失感到安慰，她不希望和钱磊再有什么牵连，哪怕是一点点，她也怕钱磊又来打儿子的主意，没想到钱磊此行正是为此而来。

钱磊不知道怎么打听到了孩子的学校地址，打算去接孩子走，还好学校的老师因为从来没有见过钱磊，觉得非常可疑就及时打电话通知了柳丁，当柳丁看到钱磊的时候，也无比吃惊。

柳丁质问钱磊突然出现的原因，钱磊一口咬定想儿子了，柳丁嗤之以鼻，这个一直只会利用儿子的人也会大发慈悲地思念起孩子吗，她绝不相信，她知道他的出现一定是充满阴谋的。

“你到底有什么企图，说吧，不要拐弯抹角，也无需诸多借口，我认识你不是一天两天了。”

“我妈想孙子了，我想把他带回去过几天，然后再送回来，行吗？”钱磊终于说出了真正的原因，原来是他妈背后搞的鬼，当初柳丁去找孩子的时候，他妈就曾经抱着柳笑躲到了别人家，任凭柳丁怎么哭喊都没有让他们母子相见，所以柳丁对这个老太婆是恨之入骨，她发誓永远不会让柳笑见她，也让她尝一尝自己当时的滋味。

“我永远也不可能让她见的，让她死了这条心！”柳丁态度强硬地说。

“你怎么能这样，怎么能不让孩子跟他奶奶见面。”钱磊这个时候倒是开始讲道理了，没错这个钱磊虽然混蛋，但是对他妈妈却百依百顺，无论那个老太婆说的有理没理，都是毫无理由地赞同附和，柳丁一开始不明白钱磊像谁，后来才知道有其母必有其子！

“好吧，我也不是不讲道理的人，如果她想孙子，你就让她来看，但是我是不可能让你带回去的，你和你妈干的那些事儿你们娘俩自己清楚。”柳丁越想越气，眼泪都要掉下来了，孩子被钱磊骗着带走的时候才五个月大，还是个吃着奶的小娃娃，钱磊竟然狠得下心来，柳丁发现孩子不见的时候一路哭着找了辆车到钱磊家，不出所料的，孩子被他奶奶抱在怀里，柳丁想去抱，那个该死的老太婆抱着孩子就跑，躲到了不知道谁的家里，任柳丁哭着喊着也没有回头，柳丁去报警，派出所的人也找不到老太婆躲在哪，一连几天柳丁守在那里，谁知那个老太婆再也没有露面，一想起当初的情景，柳丁还是感到剜心之痛，母亲与襁褓中的孩子被硬生生分开的痛，撕心裂肺，至今记忆犹新。

“你滚！我不想看到你。”柳丁拉着孩子想离开，没想到孩子却迟疑了，他用手指着钱磊问柳丁：“他说他是我爸爸。”

柳丁不知道怎么回答孩子，她如何让一个六岁的孩子理解他们之间的恩怨情仇呢，可能是血浓于水吧，孩子好像对钱磊完全没有生分之意，这难道就是父子天性吗，这是怎么割也割不断的吧，柳丁不想说谎，她宁愿让儿子多一点爱，也不愿意给他带来一丝伤害，而她自己也更愿意钱磊的生父身份，能带给柳笑一丝安慰。

“是你爸爸。”柳丁点头承认。

“爸爸。”柳笑的眼睛突然一亮，笑意更深了，羞涩而又开心地看着钱磊。

“儿子！”没有一点儿迟疑，钱磊跑过来一把抱起了柳笑，毕竟他们是父子，怎么可能没有感情，任钱磊再心狠，这一声爸爸也唤出了他的人性，钱磊眼睛都红了，似乎要哭了。

“爸爸给你买衣服好吗？”钱磊对儿子说，又用眼神示意柳丁。

“走吧。”柳丁上去牵起柳笑率先往前走，钱磊也跟了上来。柳笑一手拉着爸爸，一手拉着妈妈，非常高兴，一路都很兴奋。

柳丁和钱磊的心里却分外难受，这本来应该是幸福的一家三口，如今却搞到这步田地，他们也不是没有相爱过，只不过那段时间太过短暂，争吵，矛盾，后来便一直充斥着他们的婚姻生活，那时候年轻气盛，两人没有经验，不懂得如何去处理，再加上各自的性格差异确实太大，所以才会让一切无可挽回，如今时过境迁，也许做朋友比做恋人更加合适，毕竟他们还有一个共同的孩子。

第六章　孩子

俗话说“孩子是父母的心头肉”，有一个故事是这样讲的，从前有个不孝的儿子，娶了一个狠毒的老婆，于是他为了老婆，开始向母亲索取一些东西，先是钱，后是房，最后是母亲的心，母亲毫不犹豫地挖出了自己的心，不孝子捧着鲜红的心着急带给老婆，跑的时候被门槛绊倒了，母亲的心也重重地摔到了地上，然而母亲的心却在这时候说话了：“儿啊，摔疼了没有？”

这是一个心酸的故事，但是讲的却是普通的道理，那就是天下的父母为了儿女往往都会付出一切，不论大事小事，只要能办到的，基本上没有不答应的。

鲁花最近就接到了一项任务，远在上海打工的儿子要把孙子交给她照顾，鲁花当然是义不容辞，满口答应下来。

可是柳苏北却不乐意了，他没想到自己临老还要去养活别人的孙子，养一个鲁花就够累的了，况且柳苏北有那闲钱更愿意给自己的宝贝柳笑，也不愿意便宜给外人。他本想坚决反对，可是鲁花的儿子把小孩一丢就走了，好像一切都是理所应当的。

鲁花朝柳苏北笑笑，爱不释手地抱着这个宝贝孙子，到底是隔代亲，鲁花那副慈祥的面容，还真让柳苏北看傻了眼，也罢！孩子他爸说会寄钱来的，反正又不用他带，他就将就一下吧，小孩子没人带也怪可怜的。

然而柳苏北的噩梦开始了，孩子经常深更半夜不睡觉哭个不停，不是饿了就是换尿布了，有时候鲁花累了还会把柳苏北叫醒帮忙照顾，可怜年过半百的柳苏北被折腾得快要崩溃，他自己的两个女儿也没让他这么烦过，虽然烦虽然累第二天却还要去上班，就这么过了一个月，鲁花的儿子一毛钱也没寄，倒是柳苏北整整垫付出去两千多元，还不算给鲁花一个月一千元的生活费，柳苏北的忍耐终于达到了极限。

这天下班后，孩子又开始哭闹，鲁花约了人在家里打麻将，让柳苏北去帮孩子换换尿布，柳苏北没有动，任凭孩子在那里哭，又过了一会儿，鲁花又开始催，让他去看看床上的孩子，柳苏北还是没有动。

“柳苏北，你是不是人，没看到孩子哭吗？”鲁花边打麻将，边大声地骂柳苏北。

“你才不是人，你少打一天会死呀。”柳苏北这一次真的生气了，冲到外面，一把掀翻了台桌。

“你有病呀。”鲁花从来没看过柳苏北发过这么大脾气，也有点呆住了，要知道柳苏北一直是斯斯文文的，牌友一看要爆发世界大战，捡起地上的钱四散而去。

“你才有病，叫你带孩子你打什么麻将！”柳苏北气吼吼地说。

“孩子刚在睡觉，不是才醒吗？”鲁花开始辩解。

“就你这样，能带出什么孩子来，你看看孩子哭得都要岔气了，你赶紧把孩子送走，要不然你也滚蛋！”柳苏北说完就大步走到屋里，把孩子往鲁花怀里一塞。

“我凭什么要走，这是我的家。”鲁花一看柳苏北动真格的了，连忙带着孙子率先回到屋里，开始给孩子换尿布。

“你儿媳妇死了呀，她自己不能带！你赶快把孩子送走！”柳苏北越想越气。

“她不是要赚钱吗？”鲁花替儿媳妇说话。

“钱呢？赚的钱不用到孩子身上都用哪了？我一个子儿也没看见呀，是不是你们家合起伙来算计我呀，都当我是傻蛋啊！”柳苏北真觉得自己被当成了冤大头。

“不是，他下个月就寄了。”

“那行，让他下个月再把孩子送来，明年寄就明年送来，十年以后寄就十年以后送来，等我死了再寄，就等我死了再送来，总之不要以为就你们家人聪明，别人都是笨蛋，你们当我是什么，可笑至极！是可忍孰不可忍！”

柳苏北的愤怒不单单是因为钱，而是牵扯到了很多层面，比如年纪那么大还要天天因为孩子的哭闹而整夜整夜的无法睡好，比如鲁花经常不务正业的指使他去照顾这个婴孩，他甚至连自己的孩子都没有这么费心地照顾过，他的内心承受不了这样的压力，他会自己指责自己，也怕一双女儿知道了怨恨自己。

当然，现实生活中，钱也是非常重要的一个原因，养育一个孩子到底需要花费多少钱，现在平均都说要花一百万，一百万到底够不够呢，还要看家长对孩子的期望值有多高，如今的父母都想给儿女最好的规划与生活，把自己曾经没能实现的梦想，没能学到的东西，没能去过的地方都弥补给儿女身上，所以他们的预算越来越高，以至于好多父母都不敢轻易要孩子。

柳橙就是那个不敢轻易要孩子的人，她的理智永远会战胜她的情感，无论李灿怎么渴望，她就是不同意，她认为时机还不够成熟。

房子和车子是按揭的，而且他们现在还没有自己的事业，也就是工作也不是非常稳定，一旦工作上出现问题，不仅车贷房贷还不起，甚至还会养不起孩子，与其冒这样的风险，不如先不要孩子，等到经济条件允许的情况下再要。

李灿本来也不是一个封建的人，他也认为他们还年轻，应该趁着这个时候好好规划，好好打拼一下，孩子三十岁再生都不迟，然而李灿是家中独子，父母都退休了，巴不得早点抱孙子，所以李灿在父母的催促下压力特别大。

虽然压力很大，但是李灿并没有把它转嫁到柳橙头上，所以他与柳橙的生活倒也没有因为孩子问题而起过什么冲突，目前还算和谐。

不和谐发生在李灿接了一个电话，打电话的是李灿的母亲，她在电话里泣不成声地说自己活不了几天了，要是看不到孙子出世，她死也闭不上眼睛。

李灿听到母亲的哭声特别心酸，又听到母亲活不了几天，李灿的心霎时变得焦急和惶恐，担心母亲是不是得了什么重大疾病，但是任凭李灿怎么追问，老太太就是不说，一个劲地在那里哭，一边哭一边表示着她的遗憾，没有抱到孙子的遗憾，后来干脆挂了电话。

李灿没法子只好打电话给父亲，这才得知了事情的始末，原来老太太这几天有个好朋友突然去世了，之前没有一点征兆，医生说是急性脑溢血，还说年纪大的人得这种病是很正常的。

老太太彻底被这件事吓倒了，前一天还和她在一起跳舞说笑的朋友，突然就这么死去了，她突然意识到自己也活不长了，随时可能像朋友一样倒地不起，因为她的血压和心脏一直不太好，身体里也像埋了个定时炸弹，她倒是不怕死，死是迟早都会来临的一件事情，但是她怕在死之前看不到李灿的孩子，她怕她一天都没有当过奶奶就死去，她的内心充满了恐惧，她也不想在死之前留下这么巨大的遗憾，所以她才打了电话给李灿。

都说老小孩，老小孩，意思是老人到了一定的年纪就会变得像小孩子，他们会向子女撒娇，也会要子女来哄，所以李灿第二天知道事情的真相后便买了一大堆礼物订了当天的机票飞回了老家，等他晚上到家的时候，母亲真的病倒了。

具体的原因医生也检查不出来，只是老太太的脸色非常差，而且不想吃饭，不想走动，看到李灿回来了，也没有什么起色，李灿的父亲说老太太已经卧床好多天了，不知道是不是朋友的死对她产生了刺激。

李灿看着母亲的样子，难过得要命，想起了小时候的好多事情，小时候母亲因为自己没有吃饭，拿着棍子追了自己几条街，如今母亲不想吃饭了，他又应该怎么办呢?

“妈，你放心，我回去就给您生个孙子。”李灿下定了决心，语带哽咽地抱着母亲说。

“真的？”母亲的眼里总算焕发了一丝光彩，仿佛看到了希望。

“我向您保证。”李灿的眼神更加坚定了。

但是柳橙比他还要坚定，就回了他四个字“坚决不生！”李灿碰了一鼻子灰后，问柳橙为什么。柳橙又回了四个字：“她是装的！”

李灿本不应该怀疑自己的母亲，然而他更相信柳橙的判断，因为至今为止，柳橙和他的每一次打赌都不曾输过，相反李灿很高兴，如果母亲是装的，那证明她根本没病，那他就放心了。

于是，生孩子这个计划，被李灿用红笔从计划书上一笔抹掉了。

当然，每个正常的家庭都不可能不要孩子，不过一旦孩子多了也是特别烦人的一件事情，柳丁就是一个身受其害的人，她现在就有两个儿子，一个亲生的，一个不是亲生的，她觉得如果两个都是亲生的，或者两个都不是亲生的还好处理一些，正因为一个亲生，一个非亲生，反而让事情变得复杂化了。

这一天，柳丁买来了桂圆给孩子吃，刚拿回家，赵小兵就一把抓在了手里，而柳笑看哥哥把桂圆全拿在手里急得在赵小兵身边团团转，一边用眼神向妈妈求救。

“哥哥分一半给弟弟。一人一半。”柳丁只好跟赵小兵说。

“好。”赵小兵倒也非常爽快地答应了，不过他分的时候就把大的分给自己，小的分给柳笑，但是柳笑倒是非常满足，很高兴地接受了。

柳丁很欣慰，因为柳笑一直都比较圆滑，虽然赵小兵经常都是这样，柳笑却一直还是喜欢跟他一起玩，并且知道让着哥哥，就算被打疼了，也不会记仇，还很听赵小兵的话。

赵小兵跟赵杨很像，外表憨憨的，却非常聪明，数学成绩也好，记忆力也特别惊人，当然在分东西的时候，肯定会要一要小聪明。

本来事情没什么让柳丁可操心的，因为当事人都不觉得吃亏，她就更没有必要抱打不平了，不过，赵小兵有一举动把柳丁惹恼了。

“赵小兵，你怎么把皮扔地上。”柳丁一看，赵小兵吃一个，就随手把皮扔地上，而且吃的速度非常快。赵小兵没有理她，没听见似的继续把皮往地上扔，而且因为吃的太快，身上也沾了好多口水和桂圆汁。

“你听到没有？你不能吃慢点呀，谁跟你抢呀。”柳丁看他那吃相，气不打一处来，柳笑则不急不慢地把皮剥了吃，而且一看妈妈说了，就把地上的皮捡起来往垃圾桶里放。

“不准捡，让你哥哥自己捡。”柳丁一看柳笑老是干这个事，来气了。每次只要一使唤他们，总是柳笑先动，赵小兵就像没事人一样。

“弟弟，地上还有，再捡。”赵小兵又开始指挥了，自己还边吃边扔地上。

“你捡不捡，不捡给我出去。”柳丁来气了，上去拉了赵小兵的衣领往门外面走，赵小兵一看动真格的了，嘴一撇开始装哭，不过却没有眼泪流下来。

“装什么装，下次再把皮扔地上，就不让你进门。”柳丁正教训赵小兵的时候，赵杨回来了，正好看到这一幕。

“他吃东西把皮全扔地上，而且就跟谁和他抢一样，我不教训他，以后就成坏习惯了。”柳丁解释说，然后就让赵小兵进了门。

赵小兵也不哭了，拿起桌上的桂圆又开始用嘴啃着吃，也不用手剥皮，赵杨看他那吃相也来气了："妈的，谁跟你抢呀，下三。再这样，我煽你了！"赵杨一皱眉头，威胁道，然而他真舍得下手吗，没有，尽管赵小兵还是当着他的面吃了剩下的。

事情的变化让柳丁措手不及，挨巴掌的不是赵小兵，而是柳笑。

晚饭后，赵杨带两个孩子去洗澡，回来的时候柳笑跟在后面没有讲话，不像平时那么兴高采烈的，柳丁感觉很奇怪，就问了一句，柳笑没有吭声。

"被我打了一个耳光，让他洗头老是哭，穿个衣服也在那里哼哼叽叽的。"赵杨说出了原因。

"哦。"柳丁听赵杨这么解释也不好再说什么，柳笑一直怕洗头，每次到洗澡堂洗头的时候都会哭，这一点确是事实，而且他是不如赵小兵会穿衣服，柳笑穿衣服哪怕有一点不舒服都要理顺了，所以自己穿不好，穿不舒服，除了夏天的衣服，柳丁都会帮忙穿的。

赵杨进了客厅，赵小兵也跟了进去，柳笑走到妈妈面前抬头笑了，好像知道柳丁不高兴似的，过来抱着柳丁的腿，柳丁蹲下来把儿子的脸抬起来看了看，脸红扑扑的，不知道是被打了一巴掌还是因为才洗过澡，柳丁心里一酸抱一抱儿子，把儿子也支去看电视，自己转身进了厨房，不一会儿，便传来了赵杨、儿子与赵小兵的笑闹声，柳丁微疼的那颗心也随着这笑声慢慢恢复了正常。

第七章　故人

最近柳苏北的心却难以恢复平静，一方面是为鲁花的孙子而烦心，一方面是为初恋情人苏雪的出现而闹心，他害怕在家里看到鲁花，他也害怕在学校里看到苏雪，他觉得世上仿佛没有他立足之地了。

在家里鲁花因为孙子的问题整天摆脸色给他看，也不正常做饭了，也不给柳苏北洗衣服了，最近也不找柳苏北要钱了，估计是儿子把钱寄来了，虽然如此，鲁花的麻将却没有落下，有时候甚至抱着孙子去打，柳苏北对这个女人除了无奈还是无奈。

在学校苏雪看到他也是不屑一顾，从进校到现在几个月没跟柳苏北说话超过三句，每当柳苏北试图跟苏雪打招呼的时候，苏雪就会假作没看见似的走开，柳苏北的心里有一种淡淡的感伤，他不想和苏雪搞得这么僵，毕竟苏雪曾经是他第一个爱过的人，他决定找个机会与苏雪好好谈谈。

他不知道的是苏雪的气愤不单单是为了自己，还是为了苏梅，柳苏北不仅在当年抛弃了自己，如今又间接给自己的姐姐带来了无法言说的伤害，这两笔账都让苏雪无法原谅，耿耿于怀。

苏雪拒绝了姐姐的提议，她不想再跟柳苏北扯上什么关系，如今看着老去而又失去老伴的柳苏北，苏雪有一种莫名的痛快感，她越发地把自己打扮得优雅美丽，她和学校的任何一个男性都保持着良好的关系，唯独对柳苏北视若无睹，然而正是这样一种微妙的心理，让苏雪深深地意识到，柳苏北这位故人并没有在她的心里完全消失，当初那份纯洁的爱情因为柳苏北的抛弃反而变得更加难以忘怀。

苏雪一边鄙视着柳苏北一边又关注着柳苏北，她的内心充满矛盾，只好装作视而不见。

然而柳苏北却做不到对苏雪视而不见，这个曾经清纯可人的女人年老后依然充满着无限的美丽与风情，总是勾起柳苏北对年少时的回忆，或许年老的人都特别喜欢回忆过去，因为他们好像已经没有什么未来好展望，过去的时间总比将来的时间要长些，所以柳苏北对于未来并没有什么指望，他只想安静而又平凡地走过余下的日子。

今天柳苏北上课的时候教到了一首诗：人生若只如初见，何事秋风悲画扇。等闲变却故人心，却道故人心易变。

碰巧的是苏雪正经过教室，听到了柳苏北饱含感情地在念这首诗，她忍不住停了下来，看了柳苏北一眼，柳苏北也看到了她。

“故人”这个词深深地刺激到了两个人，那短暂的几秒钟对视，跨越了几十年的烟火岁月，此刻的他们还是少年，手牵手走在乡间的路上，肆无忌惮地挥洒着好似永远也用不完的青春。

然而这几秒钟的凝固，几十年便恍然而过，他们都已老了，过往的岁月更像是一场梦，梦醒后，那个故人蓦然就在眼前。

苏雪第一次对着柳苏北笑了，这个曾经爱过的人，这个一直留在自己回忆里的故人，她恨不起来。

苏雪这一笑，把柳苏北的心彻底融化了，与苏雪的点滴突然间变得清晰起来，好多已经忘了的事情突然就想起来了。

因为母亲的反对，柳苏北狠心和苏雪分手，在那个他们经常相约的柳堤上，苏雪苦苦地哀求他，但是他无情地走了，而苏雪就哭着远远地跟在他的后面，记忆中那条柳堤既短暂又漫长，短暂是因为那是他们最后可以相处的时光了，所以柳苏北走得很慢很慢，好让苏雪在后面能跟得上，漫长是因为那短短的一段路程，心痛却如此漫长，柳苏北不敢回头。

都说有些事，用尽一生也忘记不了，特别是我们第一次深刻爱着的人。为什么难忘，因为初恋的我们没有任何功利，不懂任何心机，我们就是单纯地爱着那个人，因为他的笑而笑，因为他的哭而哭，甚至有时候只要能够看到他便满心欢喜，别无所求。

不过有一个人却对初恋忌讳很深，她从来没有在任何人面前提过她的初恋故事，甚至她最亲的姐姐柳丁。

但是，柳橙最近却看到了那个人。

那天她开车去超市买点生活用品，上二楼的时候与一个人擦肩而过，她恍惚觉得此人有点眼熟，于是她迅速地转身下楼，走到一楼的门口假装在等人，一边看着迎面走来的那个人，当她终于看清此人的时候，她的心有那么一秒钟的停顿。

她东西都没有买便开车回了家，到了家里还有那么几丝失神，柳橙可以确定就是那个人，只是她没有想到这个人已经老了，头上甚至有了丝丝白发，早已经不复当初意气风发的样子，柳橙不敢相信他的变化竟然如此大，这十几年来，他在她的心中都还是从前的样子，从来没有变过，所以这打击对柳橙来说，是巨大的，也是难以接受的。

这人是柳橙初中时候的语文老师萧峰，当时的柳橙十三岁，萧峰三十三岁。

萧峰是一个传奇人物，本来在市里的师范学校当宣传处的主任，萧峰爱音乐，给学生排话剧，也教书法，本来是一个前途无量的大好青年，却因为跟自己的学生谈恋爱而被下放到了柳橙所在的学校。

萧峰人还没有到，传闻已经蜂拥而来，这个人霎时在学生心中充满了神秘感，那时候柳橙正看琼瑶的《窗外》，那是一个悲伤而又浪漫的故事，讲的正是师生恋。

萧峰没有让人失望，儒雅而又充满才华，他第一天给他们的作文题目是："九月的遐思"，当时柳橙就觉得他和这个学校别的老师不同，这题目起得漂亮，而且写在黑板上的字飘逸灵动，更重要的是萧峰那一口悦耳的普通话，再加上他本身的神话色彩，柳橙彻底着迷了，她喜欢上了自己的班主任萧峰。

柳橙写的那篇作文得了九十分，全班最高的分数，这让萧峰也开始注意起这个独特的孩子，她的文章出乎意料的流畅还有那么一点儿小小的文采，要知道柳橙那时候不过是个十三岁的小孩子，这让萧峰对她刮目相看，让她担任了语文课代表。

柳橙一直积极努力地写好作文，甚至花很多很多的时间去构思，她要做他眼中最好的学生。

不久，那个神秘的女人出现了，萧峰的学生女友来了学校，被萧峰安排坐在了柳橙的旁边。

她果然也如传言中那样没有让人失望，纤细的腰身，瀑布般的长发，最吸引人的便是那双亮晶晶的眼睛，凝视的时候如深潭，微笑的时候如月牙儿，课堂上，她坐在柳橙身边浅笑盈盈地看着讲台上的萧峰，那一刻，柳橙有一种非常失落的感觉。

这样清纯的女生，任谁都会喜欢的，就连柳橙也不例外，柳橙觉得天下最般配的莫过于这一对了，看着他们手牵手离开，柳橙觉得，这世上绝对没有任何东西可以将他们拆散，萧峰在她心里留下了更深的烙印，他成了柳橙心目中好男人的典范。

不久，他们结了婚，有了一个可爱的女儿。

而柳橙自那后便把萧峰收在了心底最深处，直到上大学的时候遇到李灿，李灿的儒雅，李灿漂亮的字，李灿那口悦耳的普通话终于撼动了多年来柳橙宛如冰封的心，她的心里时常冒出四个字："非他不可！"

正是这四个字化为一股强大的力量，让柳橙得到了如今的美满婚姻，柳橙在内心对萧峰充满了感激，就算岁月更替，那份感激仍然没有丝毫减弱。

当然，有些故人的出现给人以美好的感觉，或是美好回忆，或是美好的感情，然而柳丁这位故人的出现却给她带来了无穷无尽的烦恼。

这个故人就是他的初恋兼前夫钱磊，可能因为柳丁的一时仁慈让柳笑得以与他相认，钱磊变得更加频繁地出现在柳丁的生活中。

他时常去看望柳笑，而且还要带他出去玩，柳丁怕孩子再度被他带走，所以也只好跟着，钱磊给孩子买衣服的时候也会自做主张给柳丁买，柳丁的想法很简单，觉得钱磊本来就亏欠她和儿子的，所以她没有什么不好接受的，钱磊在结婚期间把柳丁的钱挥霍得一干二净，甚至走的时候还找柳丁的亲戚借了几万，这钱柳丁还不敢让爸爸知道，离婚后一个人偷偷还了两年才还清。柳丁觉得钱磊给自己花一百万，她都能心安理得地接收，她没有考虑到赵杨的感受。

果然，赵杨发现最近柳笑多了好多玩具，柳丁也多了不少衣服，再加上最近柳丁经常接到钱磊的电话，赵杨这个聪明人自己就分析出了结果，他一直在忍耐，直到有一天实在忍无可忍，他亲眼看到钱磊、柳丁和柳笑三人手牵手地逛街，去公园玩。那一家三口甜蜜的画面彻底刺激了他，他带着赵小兵气愤地回了家，坐在椅子上等柳丁回来算账。

柳丁和柳笑回来了，伴随着笑声，柳笑手里还拿着一柄长长的玩具枪。

“回来了。”赵杨强忍着没有发作。

“嗯。”柳丁答应，柳笑则拿着枪对着赵小兵假意打他，赵小兵一见这么长的枪眼前一亮，就要过去抢。柳笑没答应，坚决不给，还说了一句：“这是我爸爸买的，你要是想要，让你爸爸买呀。”

柳笑的一番孩子气的话让赵杨听了分外不舒服，他找个理由打发两个孩子去外边院子里玩了。

“柳丁，要不你和钱磊复婚吧。”赵杨跟到厨房，对柳丁说了一句。

“什么意思？”柳丁没有反应过来。

“我看你和钱磊比离婚前的感情还要好，柳笑也是，挺喜欢他爸爸的。”赵杨继续对着柳丁说着违心的话。

“说什么呀，我一点儿也没有后悔跟他离婚，你是不是吃醋了，说话阴阳怪气的。”柳丁也感觉有点不对劲。

“其实我也想跟前妻复婚了，后组织的家庭真的不好。”赵杨似乎很感慨，还说自己也想复婚。

“行，各自都复婚吧。明天就去办手续！”柳丁把盆往桌上一扔，“咣当”一声，转身就走。

赵杨从后面抱住了柳丁，酸酸地说：“老婆，你要是没有我，你能行吗？”

“那我就将就一下吧，聊胜于无！”柳丁心软，同时也觉得自己有点儿过分，于是以玩笑掩饰。

“爸，给我买枪。”赵小兵跑了进来，冲到赵杨的面前嚷嚷。柳笑也跟着进来了，手里拿着那把心爱的长枪。

“好好，买，一人一把。”

钱磊的事情就算告一段落，但是柳丁却觉得还是多多少少影响到了她现在的生活，于是从那天起，她开始刻意回避与钱磊的联系，孩子也尽可能地少让他接触了，毕竟他们都有了各自的新生活。

第八章　遗憾

新生活的开始到底意不意味着旧生活的结束，这是一个很难回答的问题，因为每一个现在都由过去组成，过去一些细小的事情的累积、分化、爆发才成就了我们今天的新生活。为什么有些人特别念旧，因为失去的不会再来，为什么有些人憎恨过去，因为失去的又来了，不会再来了则多了一份残缺和遗憾的美，又来了则重复而无趣，没有怀念的价值。

正因为这一去三十年，苏雪没有再回来，柳苏北的生活充满了遗憾，如果说活到五十岁，他还有什么未了的心愿的话，那就是他一直没有机会弥补当年对苏雪的伤害。

如今苏雪奇迹般的出现在柳苏北的生活里，他非常欣慰，他控制不住地想要对苏雪好，得知苏雪离异后，他更是恨不得将苏雪娶回来好好疼爱，可惜的是他已经有了鲁花，而就算没有，苏雪也未必肯下嫁于他，如今的苏雪职位比他高，岁数比他小，他还有什么资格去拥有她呢。

不知道是不是每个男人心里都存在一个情结，那就是初恋情结，无论他二十岁，三十岁，四十岁，五十岁，甚至八十岁，这个情结都存在，当他再遇初恋情人的刹那，心里面便起了微妙的变化，他的思想不受控制地想起那些年少时光，如果眼前的人没有变胖，没有变丑，那就更不得了，那初恋的情结反而会被无限量地放大，以至于让自己做出一些自己也无法相信的幼稚行径。

柳苏北最近就这样，他开始像个小学生一样的偷偷摸摸，他一看到苏雪就会想到曾经的牵手拥抱，继而控制不住地想跟苏雪发生什么。因为当年的他们太过纯情，所以也只限于牵手的水平，而如今成年多年的柳苏北，已经不可能再像以前那么单纯，他的思想与身体都经历了生活的污染，所以他控制不住自己的邪念。

都说男人是下半身思考的动物，这句话倒也不能说全错。据说男人与女人最大的不同，就是他可以控制自己的内心，却控制不住自己的身体，所以柳下惠便成了上下几千年标榜的正人君子，但是讽刺的是男人一旦遇到自己心仪的女子，则会相反，他控制不住自己的内心，却可以控制自己的身体，以显示自己对这个女人的尊重与爱惜。由此推断柳下惠怀里的那个女人，他一定是爱着的，要不然他不会允许她坐到自己怀里，不仅坐到他的怀里，他还能控制自己不去动她。

柳苏北常常自比柳下惠，因为当年他也干过这样的傻事，在一个雨夜相拥着苏雪睡去，而纯情到什么也没发生，如今这事反而成了柳苏北心里最大的遗憾，他现在开始后悔了，也许他错过了一生中最重要的一次机会，就是跟心爱的女人恩爱缠绵。

柳苏北想了一下，如果时间重来的话，他是否会珍惜那次机会，答案还是一样的，他还会傻乎乎地看着苏雪甜蜜地睡在自己怀里，而自己则心猿意马，辗转难眠。

要不怎么说那是初恋呢，初恋就应该是单纯的，无知的，奉献的，无悔的。

但是如果三十年后，再有一次这样的机会的话，柳苏北不会再错过了。不知道是不是上天的有意成全，柳苏北很快完结了这个心愿。

苏雪的生日，邀请朋友参加，柳苏北也在应邀之列。那天像三十年前一样是个雨天，柳苏北最后被安排送烂醉如泥的苏雪回家。

柳苏北怀着私心把苏雪送回了家，并且帮她洗了脸，扶到了床上。

看着苏雪安静的睡颜，柳苏北突然就没有了邪念，他好像回到三十年前一样，对苏雪充满了珍惜，疼爱，他不想怎么样了，也许这便是他们最好的结局。

“悬崖勒马”这件事很多人都是做不到的，一念之差，就有可能让事情一发而不可收拾。

有的男人一生中可能一次诱惑也不曾经历，有些男人则有可能一生都在经历诱惑，更多的男人则是面对同一个女人，他总是无法抵挡得了那份诱惑，这个人不是别人，是自己曾真心爱过又未曾到手的女人，这个女人就像鼻子前悬挂的美味萝卜，任男人像驴一样一直任劳任怨地向前，却终究触摸不到，因而这块萝卜在想象中永远非常美味，甚至是别的任何美味都无法替代的，因为没有吃过，所以念念不忘，难了心愿。

为什么临死的人，生者都会问他们有何未了的心愿，并且竭尽全力地去满足成全，因为遗憾真的是到死都会惦念的一件事情，说得难听点，如果有心愿未了，死都死得不安生，不舒服，不畅快。

其实柳橙也有一件到死都让她不舒服的事情，这件事情毫无疑问跟萧峰有关，这个曾经风靡整个校园的儒雅男子在柳橙心里像一个谜一样难以琢磨，少年时代的很多事情都让柳橙对他充满揣测，他的每一个动作、眼神，甚至是一句话都让柳橙在心里反复思量，以印证萧峰对自己的喜欢，多年过去，这些事在柳橙心里仍然像发生在昨天一样清晰。

柳橙那时候经常胃痛，萧峰老是带她去看病，每次都坚持不要柳橙递过来的钱，这些如果是老师的师德，柳橙也就释怀了。但是当柳橙痛得要死把自己反锁在宿舍的时候，萧峰也会从天而降，那轻柔的敲门声在多年后仍然回响在柳橙的心里，这一切是不是已经超过了老师对学生的关心，柳橙时常这么想，但是随后又摇摇头，因为萧峰的坦荡，萧峰的君子风度也有可能让他会这么做。

印象最深刻的是一次春游，柳橙央求妈妈给自己做了一条碎花的连衣裙，她穿上去真的是漂亮极了，一头长发，一身洁白的衣裙上面星星点缀着粉色的小花，一双粉色的凉鞋，这一切都是为了萧峰。没想到的是萧峰把漂亮的女友也带上了，那个女人也穿着一件连衣裙，红色的，上面绣着白色的展翅的蝴蝶，突起的胸部，盈盈一握的腰身，修长的美腿，简直让柳橙都忍不住看傻了眼。柳橙很失望很伤心，跑到河堤下面吹口琴，那时候她吹《梁祝》，心里凄凉得要命，那个像蝴蝶一样美好的女子已经来到了萧峰身边，而自己还太小太小，柳橙第一次知道什么是忧愁，以前吹口琴都是欢快的，那次却分外难受，一曲终了，天上面落下了好多白色小花，继而纷纷扬扬地落到了她的身上、头发上，柳橙抬头往河堤上看，是好几个男生跑树上摇晃，所以那些洁白的小花纷纷落了下来，他们嘻嘻哈哈地笑着，给柳橙照了几张相，柳橙笑了，萧峰站在树下，看到了这一幕，也对着她笑，时间就那么定格了，萧峰站在树下凝视的照片被哪个调皮鬼照了下来，柳橙好不容易才要过来当成宝贝似的收了起来，她反复端详萧峰的眼神，怎么看都觉得那里面是有内容的。

这个问题困扰了柳橙好久，中考结束后，柳橙终于忍不住写了一封信给萧峰，约他周五的时候在那个河堤见面，柳橙想如果他来，她一定要表白，并且问清楚他是否喜欢自己，要不然怕是以后都没有机会了。

那个夏日怎么就那么漫长呢，柳橙从黎明等到黄昏，差点中暑，萧峰也没有出现，柳橙回到家就把那条连衣裙剪碎了，把妈妈吓了一跳。

剪碎的裙子，扔掉的口琴，从此后便被锁进了箱子，再没有见天日，然而那张萧峰凝视自己的照片却被她保存了下来，舍不得丢掉。

直到今天，她嫁为人妇，十几年过去，她也没有再打开过那个箱子，虽然妈妈为她细心保管，直到如今那个箱子还安然无恙地躺在柳苏北的家中。

柳橙本没有想过再和萧峰有什么交集，然而终究是碰到了，萧峰的衰老让柳橙措手不及，那个曾经意气风发的男子突然就变了样子，那个时候柳橙并没有觉得他们相差这么大，然而十几年过去了，柳橙还年轻，那个人却已经走向衰老，柳橙难以接受。

鬼使神差的柳橙忍不住上了校友录找到了萧峰的手机号码，QQ号。她加了萧峰，以一个普通网友的身份和萧峰成了网友。

萧峰的QQ名称是“草木零落”，这名字让柳橙也忍不住黯然，柳橙的网名“雪舞”。

“唯草木之零落兮，恐美人之迟暮，美人是你自己还是别人？”柳橙猜到萧峰定是引用了《离骚》中的句子。

“呵呵，我意思是我老了，没有其他的指向。”萧峰还是很坦率。

“你一生中有过什么遗憾没有？”柳橙话锋一转。

“嗯，应该有吧。谁的一生都会有一些遗憾的，我想。”萧峰想了一会儿，才打出这些字来，并且回答得很谨慎。

“那最大的遗憾是什么？”柳橙继续追问。

“呵呵，你好像挺喜欢探听别人的隐私呀。那你呢，有什么遗憾的事吗？”萧峰反问。

“有，我曾经约一个人见面，他却没来。”柳橙想试探他的反应。

“是吗？曾经有个人也对我失约过，想起来，这件事也算是一件遗憾的事吧，我本来有东西要给她。”

柳橙突然觉得没意思，不知道自己在发什么神经，追究过去的事情干吗，她都已经嫁为人妇，她的理性瞬间回到脑海，跟萧峰说了再见，就下线了。

她觉得自己很可笑，为这个人耿耿于怀一生，然而他或许早已经忘了她是谁，那么多学生，她其实并没有什么特别，柳橙不知道的是，萧峰所说的失约的那个人正是她。

柳橙心里挺烦的，就打电话约了柳丁喝茶。

茶吧里，柳橙把事情一五一十都告诉了柳丁，柳丁笑而不语，静静地当了一名聆听者，表情异常奇怪。

“姐，你怎么了。”柳橙看柳丁笑得古怪，忍不住追问。

“没什么。”柳丁掩饰。

“到底什么事？你说不说，不说我生气了。”柳橙有点不高兴了，拉下了脸，要知道柳丁从来没有什么事情会隐瞒自己。

“其实，你中考后，家里收过一封信，爸妈怕你分心，所以让我不要告诉你。”柳丁在柳橙一再追问下说出了实情。

“是不是萧峰写的，你还记得内容吗？”柳橙诧异极了。

“是他写的，说你失约了，他在约定的日子没等到你，还问你有什么事情，对了，里面还有一张照片。所以我印象非常深刻。”

“什么照片？”

“是一张你站在树下的照片，美极了，穿着连衣裙，像个小仙女一样。”柳丁说出来的话让柳橙百感交集。

“信和照片呢？”

“信当时就给老爸撕了，照片照得太好了，被老妈锁在了当时你那个箱子里。”

“我走了。”柳橙几乎是跳了起来，对柳丁丢下一句话，就驾车前往柳苏北家里，路上心里一直在念叨：箱子千万别丢了，千万还在家里。

然而正如多年前的错过一样，柳橙仍是来迟了一步，到家的时候柳苏北不在，鲁花在家。

“妈，储物间有个箱子看到没？”柳橙已经对鲁花改了口。

“什么箱子呀。你怎么来了，在家吃饭不，我去买菜。”鲁花吓了一跳，有点反应不过来。

“木质的，这么大，上面雕了一些喜鹊和梅花。”柳橙一着急，一边用手比划，一边和鲁花解释。

“哦，那个呀，上周我整理储物间，那些破箱子，破家具都被我卖了！太破了，一股死人味！”鲁花一边说着一边还用手摆摆，好像那味就在她鼻子下面似的。

“鲁胖子！”柳橙的眼睛红了，朝鲁花大喊一声，跺脚，转身，走了！

怎么回事？鲁花纳了闷了，怎么自己上一秒还是妈，下一秒就变成了鲁胖子了，她百思不得其解，还是没有搞清楚状况！她不知道她卖的破垃圾是柳橙能够找到的萧峰曾经爱过自己的唯一证据，正如法律上没有证据就无法定罪，柳橙的初恋又成了悬案！

第九章　男人的冤屈

然而这世上的悬案又何止一桩呢，如果所有的案子都能破，那还要警察干什么？可惜的是这种陈年旧账，不清不楚，不明不白，只能靠揣测与意会，而详情永远只有犯案的人自己知道。

柳苏北最近就遇到了这么个冤案，那天他送苏雪回家，本来什么事情也没有发生，但是他和苏雪的关系却从那后变得暧昧不清，传闻铺天盖地，知情的，不知情的都在揣测，就连苏雪自己也开始糊涂了，她一再地审问柳苏北，柳苏北的回答都是一个："NO！"苏雪自那后看他的眼光也开始复杂了，柳苏北后来在学校都不敢跟她讲话了，免得再生是非。

但是柳苏北的内心觉得委屈极了，还不如当初占了便宜，反正屎盆子都是要扣到自己头上的，他想得到点好处，被扣了也还值，这下好了，偷鸡不成还是被当成贼了。

他不知道的是，苏雪其实是相信他的，她之所以看柳苏北的目光变得奇怪，那是因为她的内心也是极其复杂的，她在心里揣测着柳苏北的行为，为什么他没有碰自己，是自己年老色衰，没有吸引力了，还是柳苏北对她一点儿爱意也没有了，又或者是柳苏北已经失去了那种生理上的能力？这些想法让她自己都暗自惶恐，她再一次清醒地意识到自己心里还有柳苏北，尽管他已经是个半百老头，但在她心里他仍是风度翩翩，儒雅稳重，柳苏北没有占她一点儿便宜，让她想起了多年前的那个雨夜，她一直在想，如果当初他们发生点什么，或许后来就会顺理成章地结婚生子，那么她的前半生也就不会如此坎坷，她又在想，多年后，柳苏北的行为是否意味着在他的心里还有她的一席之地，这份爱怎么事隔多年再度笼罩上了圣洁的光环，让人憧憬、玩味、揣测、期待。

柳苏北哪里知道苏雪的心思，他不仅不知道苏雪的心思，他还不知道鲁花的心思，这件事情以风一样的速度传播，又以迅雷之势传入了鲁花的耳朵。

不同于以往的镇定，鲁花慌了，因为她知道这次不一样了。这个对手是柳苏北的初恋情人，而且是离异又有权位又比自己年轻的漂亮女性。鲁花偷偷去学校看了苏雪，没敢妄自行动，她感到了危机，她觉得这好不容易得来的婚姻有可能瞬间失去，这个女人给她一种压迫感。

刻不容缓，鲁花从学校回来后第一时间审理了柳苏北。

“听说，你的初恋情人回来了？”鲁花这次倒是平静，没有大吵大闹。

“听谁说的？”柳苏北吃惊道，他没想到鲁花的耳目如此众多。

“你别管我听谁说的，有没有这事儿？”鲁花有点不耐烦，心里本来就烦着呢。

“陈年旧事，还提来干吗。”柳苏北想打太极，他不敢想象鲁花会怎么对付苏雪。

“她漂亮还是我漂亮？”鲁花不依不饶，丢了一个难题给柳苏北。

“你这问题的难度相当于我妈和你掉水里，我先救谁。我要先救我妈吧，你说我没良心，我要先救你吧，你又说我没人性！”

“没那么严重，说实话！”鲁花在这个问题上非常严肃。

“我要说她漂亮你一定受不了，我要说你漂亮，你又会觉得我虚伪，毕竟人家比你年轻。”柳苏北不愧是教书先生，把这个问题分析得非常透彻，却又无意中泄露了真正的答案。

“生日那天你送她回家，你跟她睡了吗？”鲁花讲话向来直接。

“你说话怎么这么难听呀，没有！我只是送她回家，啥也没发生！”柳苏北急了，眼睛都急红了，怒发冲冠地对着鲁花吼。

“妈呀，有这好事你能不动她，你这个人渣！”鲁花的灵敏反应出乎柳苏北的意料，她骂了一句，跳起来就往他脸上挠，柳苏北闪得快，但是本来就不多的头发还是被拽下了一把！

“有病！”柳苏北感觉事态严重，丢下一屁股坐在地上哇哇大哭的鲁花，落荒而逃。

柳苏北打电话给柳橙想去她家避避风头，柳橙恰巧出差，说晚上才能到家，她让柳苏北去公司找李灿拿钥匙。

柳苏北又坐车到了李灿公司，到了经理室，他敲敲门，开门的却是一个女人。

这女人不是别人，正是林慧。

“爸，你怎么来了？李灿的表情在看到柳苏北的那一刹变得极其不自然。

“哦，我来拿钥匙，去买点柳橙爱吃的菜，她晚上到家，说想吃红烧肉了。”柳苏北可不想在女婿面前失了面子，上次已经丢过一次人了。

“哦，好，我跟你一块回去吧，林慧，项目的事，下次再谈吧。”

“哦，柳爸爸吧，我是柳橙和李灿的同学，您好呀，初次见面。”林慧边答应着，边走到柳苏北面前笑着打招呼。

“哦，你好。去我们家吃饭吧，既然是同学。”柳苏北心里有一丝不快，因为林慧的裙子穿得非常短，她的头发还有点乱，不知道她在这里跟李灿发生了什么，但是从李灿的表情来看，两人关系非比寻常。

“不了。我还有事。小灿，明天见，柳爸爸再见。”

柳苏北听到林慧对李灿的称呼皱了一下眉头，不满地瞄了一眼李灿，率先下楼了。

李灿开车，柳苏北坐在副驾驶，短暂的沉默，李灿有点不安。

“爸，你头发怎么了？”李灿看到柳苏北额前头发少了一块。

“没什么，老了，谢顶了。”柳苏北用手梳梳头，试图让头发匀称些。

“倒是你，跟刚刚那同学怎么回事儿？”柳苏北看出了李灿的紧张，这孩子一向就不善于撒谎。

“没什么，就是谈谈项目的事情。”李灿摆明了心虚，脸上的汗都冒了出来。

“孩子，一段美满的婚姻不是每个人都能拥有的，拥有以后一定要珍惜。”柳苏北语重心长地说完这句话就闭上眼睛假装休息。

柳橙晚上回来的时候，柳苏北把自己在办公室看到的一幕委婉告诉了柳橙。

柳橙没有审问李灿，她不知道如何开口，她不想让李灿认为自己的父亲是一个喜欢搬弄是非的人，这有损于他们柳家的形象，柳橙身为柳家人，绝对要维护自家的面子。但是这件事情又不能算了，她又要找个方法知道真相，一时间有点伤脑筋。

于是，睡觉前，柳橙开始试探李灿。

“老公，好想你呀。抱抱。”柳橙上去抱住李灿，而且双脚离地，以无尾熊抱树的姿势赖在了李灿身上。

“呵呵。调皮。”李灿没受住力，险些摔倒，随后把柳橙的屁股往上托了托。

“老公，你身上怎么有香水味。”柳橙突发一问，其实根本没有香水味。

“哪有。”李灿一慌，脸刷地红了。

“你身上的香水，跟林慧上次来我们家用的一样。说！你是不是做了对不起我的事儿？”柳橙上一秒严厉下一秒委屈，嘴一撇，要哭。

“什么也没发生！她来办公室谈项目，突然说还喜欢我，上来抱我，我推她的时候，爸就来了。”李灿一急，说出了实情。

“那爸那时候要是没去，你会怎么办？”柳橙继续问。

“那我就报警。”李灿想也没想，脱口而出。

“呵呵。傻瓜！”柳橙忍不住乐了，在李灿的嘴上咬了一口，李灿吃了一痛，把柳橙扔到了床上。

这一次，柳橙比他先一步睡着了，可能是出差累了。

李灿把柳橙额前的刘海拨到一边，心里面说不出的满足，他想到了柳苏北的话。

柳橙聪明，善解人意，信任自己，这样的老婆哪个男人都想拥有，他怎么可能不珍惜。

要知道这个世界上不是所有男人都有这样的幸运的，大多数男人都曾受过误解、质疑，轻者撒泼，重者动刑，不折腾到你承认绝不能出了这口恶气，但是有经验的男人都知道，一旦承认，后果更是不堪设想，非但要蒙受不白之冤，还要在今后几十年的时间中被反复提起，作为犯过错误的罪证永远记录在案。如果你是个硬骨头挺住了还好，如果你是个软骨头，经不住老婆的软硬兼施，妄想息事宁人地乖乖认了，那后果真的很严重。

男人永远低估女人的想象力，以为结果只有两种，其实标准答案永远不会只有一个，结果不是有或者没有那么简单。

要说男人的一生或多或少都会受到这样的冤屈，这也不能怪男人本身，这和女人的特性有一定关系，多数女人敏感脆弱，神经纤细，还有部分女人有精神洁癖，她们不允许自己的男人被别人惦念和染指，她们更加不允许自己的男人试图去惦念或者染指别的女人，哪怕动一点儿念头都不可以，她们像灵敏的猎犬，英勇的神探，她们试图抓住蛛丝马迹，然后把一切扼杀在摇篮里。

其实多数女人想不明白，万事万物都适应辩证法，爱情存在之初，就决定了它的死亡，有存在必有死亡，有浓烈必有冷淡，有必定会无，有忠贞也必有出轨。

女人多数是天真的，她们希望爱情长长久久，她们更加希望自己的另一半永远忠贞，无论是精神还是肉体，都不能行差踏错，她们宣称眼里容不下一粒沙子。

但是无数的事实证明，这个世界上没有一个男人能够做到精神与肉体的双重忠贞，那些偶像剧里的完美男主角，永远不会存在于现实世界里，况且偶像剧一般都会在男女主角的爱情高潮处结尾，后面的故事永远是个谜。

第十章　精神出轨

柳丁曾经和赵杨讨论过这个问题。

赵杨在与柳丁结婚前，两人是同学兼朋友，所以赵杨的风流柳丁也是知道的，赵杨外面的女人柳丁也认识一二，所以针对这种情况，柳丁和赵杨深入谈过，柳丁对赵杨说，以后如果两人结婚了，让赵杨一定要考虑到她的脸面，绝不能做对不起她的事情，因为赵杨的同学几乎也都是柳丁的同学，如果赵杨在外面做了这些事情，柳丁在这帮同学中就变得可悲又可怜，柳丁在学校一直都是骄傲的公主，成绩出色，高高在上，引无数男同学女同学追捧的那一种。赵杨也知道这种情况，所以也考虑到这一点，就慎重地答应了下来。

经过两年同学两年恋人的磨合，他们达成了共识，赵杨也守了承诺，在一帮同学面前，或在同学聚会中给足了柳丁面子，两人也成为众同学惊羡的典范，都说同学相爱并能够结合分外幸福，这份幸福在同学聚会中显得更加浓烈，共同经历的学校，共同认识的师长，众同学羡慕的眼光，这一切都加固了这种婚姻关系。

但是，正是因为赵杨做得太好，柳丁疏于防范，导致了下面的事情。

一天晚上，赵杨去洗澡了，柳丁带着一双儿子在家里，电视结束，孩子们也睡了，赵杨还没有回来，柳丁百无聊赖的时候看到了床头赵杨的手机，顺手拿了过来，随便那么一翻，结果还真的就出事了。

手机里好多暧昧的短信，都是在发件箱里，收件人不止一个，下面摘录几段。

“你在哪？什么时候回来？好想你呀。”

“你什么时候回来？要不我去你那里吧，好想抱抱你。”

“我也想你，想抱你，想亲你。”

柳丁简直不敢相信自己的眼睛，其中一个短信联系人存的名字竟然是“小妹”。这让柳丁想起一件事，有一天赵杨的手机响了，有短信，柳丁问是谁，赵杨笑着说是小妹，还把手机送柳丁面前，柳丁当时瞄了一眼，手机上确实显示是“小妹”的短信，所以她当时就没有丝毫怀疑地以为是他妹妹赵玲的短信，现在这么一回想，彼小妹就是此小妹！

不能怪柳丁傻，要怪就怪赵杨太狡猾，柳丁这个单纯的脑袋怎么也不可能对这个所谓的“小妹”产生怀疑的。

柳丁没有生气，心里面很平静，她迅速地回拨了这几个号码，

柳丁的声音让电话那头的女声一下子很惊诧，她们通通反问柳丁是谁。

柳丁把自己和赵杨的关系直言相告，同时也把自己在手机里看到赵杨跟不止一个女人发短信的暧昧内容也如实相告，提醒她们全部受骗了。柳丁一不作二不休还把电话打给了赵杨的前妻，柳丁要让所有女人知道赵杨的真面目。

电话打完，赵杨也回来了。

柳丁走下床，不由分说地把手机扔给赵杨。

“我告诉你，你想爱谁，想抱谁，都随便，没必要偷偷摸摸，你在我心里没有你想象中这么重要！我现在就算想让，估计也没有哪个小妹会要你。”

“说什么呀？都是瞎聊着玩的，纯粹是网友，其实我都不认识。”赵杨何等聪明，一听就明白了，他甚至还笑着解释。

“滚出去！”柳丁的语气突然严厉起来并且使出全身力气把赵杨推到了门口。

“我已经打过电话，你是什么样的人所有人都清楚了，包括你前妻！”

“我是冤枉的，我们什么关系也没有，见都没有见过，只是聊天！”赵杨也急了。

“滚出去！以后各走各路。”

赵杨的眼睛红了，使劲搂住柳丁，“我发誓那都是聊着玩的，我们见都没见过，我错了，以后都不聊天了。”

柳丁听不进去，毅然决然地把赵杨关在了门外。

门内的柳丁其实并没有想象中生气，因为经历过一次婚姻的她知道，没有一个男人会做到绝对的忠贞，能够控制肉体上不出轨已经不错了，怎么能够强求精神上也绝对的忠贞呢，只不过柳丁还是要装作生气绝不可原谅的样子，因为她要让赵杨知道他犯了一个多么严重的错误，而且这个错误是绝对不能被原谅的，只有这么做才能够杜绝下一次，要不然精神出轨迟早会演变成肉体出轨，那到时候就是双重出轨了，任哪个女人也无法忍受。

倒是赵杨，他在门外站了一夜，越想越委屈，他觉得自己做得够好了，为了柳丁和所有情人断了联系，除了聊天，他已经没有任何乐趣了，他知道自己只是过过嘴瘾，挑逗一下那些未曾谋面的女人，这可能在柳丁心里就很严重了，他想到了柳丁跟自己说的一个词："意淫"，他知道柳丁是个宁可死也万不能伤了自尊的女人，或许他的这种行为已经大大伤害了柳丁，她就算死也不能承认自己败在不如她的女人手上，但是赵杨又怎么解释她在他心里永远是无法替代的，独一无二的，别的女人只是他无聊时用来消遣的对象而已，他从来没有想过去见她们。

为了证明自己，赵杨硬是没有走，在外边直直地站了一夜。

柳丁早晨开门的时候，看到了赵杨，但是她装作没看见，直到她带着孩子经过赵杨身边，赵杨脚一软，一只腿麻了跪在了地上，柳丁才上去扶住他。

这件事情就这么过去了，赵杨以为是他的深情与坚持打动了柳丁，得到了她的原谅，所以他自己也分外珍惜，把那些聊天对象全删掉了，以后也不敢再随便聊天了。而柳丁呢，也得到了她想要的，柳丁觉得自己变聪明了，她打的电话让所有女人远离，她的佯装生气，让赵杨意识到了事态严重，再也不会随便去找女人聊天了。

柳丁不知道赵杨能不能改，但是至少不会再留下把柄了，眼不见心不烦，至于真的能不能改，未尝可知，但是短时间内消停一会儿那是有可能的，柳丁从来没要求过赵杨能做到精神上的忠贞，当然这一点儿柳丁绝不能让赵杨知道。

最近柳苏北也正面临着这个问题，他的精神出轨事件一再演变，传言越来越多，有的说苏雪已经绝经，所以根本没法再干吗，有的说柳苏北已经不行，老得失去了能力。更有甚者，说柳苏北和苏雪正在热身，被鲁花逮个正着，证据就是柳苏北头顶上掉了的那么一大片头发。

柳苏北面对这些传闻，很是无奈。他一方面要承受苏雪责备的眼光，一方面又担心鲁花再干出什么事儿来让他难堪，要知道上次不过是和人家跳了一个舞就闹得惊天动地，这次他还送人回家了，而且还说不清楚，谁知道鲁花会怎么对付苏雪。

为了以防万一，柳苏北冒着生命危险回了家，到了家里，鲁花一反常态地坐在床上哄她的孙子，竟然没有出去打麻将。

“我回来了。我跟苏雪真的没事儿，你怎么不相信我？”柳苏北走到鲁花面前，恨不得把当时的情形再现一遍，好证明自己的清白。

“那撮头发，还能长回去吗？你看都秃了。”鲁花站起来，把柳苏北的头发顺了顺，并且很是后悔地说了这么一番话。

“挠的时候你怎么没想到？下手那么狠。”柳苏北一看鲁花认识到错误了，忍不住开始责备她。

“我确实不应该挠你，你是我老公，你秃了我也没面子，会被人笑话。”鲁花倒是没有反驳，并且主动承认了错误。

“知道就好。”柳苏北如释重负，坐到了沙发上。

“我不应该挠你，我应该去挠她。让她勾引你，有她好看。”鲁花咬牙切齿地说出了重点。

柳苏北汗颜，他完全不能理解鲁花的逻辑，他以为她知错了，原来她是认为自己挠错人了。

“千万别胡来，苏雪可是我上司，我要是被开除了，你也没什么好处。”柳苏北也逐渐地开始了解鲁花了。

果然，一语中的，鲁花恨恨地看了柳苏北一眼，不再说什么了。

那之后的几天，都相安无事。柳苏北认定鲁花是断不会来学校闹了，苏雪和自己的颜面算是保住了，苏雪又离婚了，也没有老公，鲁花想闹也没地方闹了。

但是，他万万没想到苏雪还有一个亲人，那就是苏梅。

鲁花经过几天的思考，终于找到了办法，不和苏雪正面交锋，只好采取迂回战术，她已经打听清楚了，苏雪有一个亲姐姐，那人还是她的老熟人。

说干就干，鲁花第二天就来到了苏梅家，当着苏梅老公的面，上去就扯苏梅的头发，苏梅一下子没反应过来，头发被硬生生地扯下来一撮，随即你来我往，你踢我踹，两人就扭打在了一块儿。

苏梅的老公还搞不清楚状况，一看两人打起来了，赶紧去拉，好不容易把两人分开。

“苏梅我告诉你，别说是你，就算你们姐俩加一块，也斗不过我。今天算是警告，下次就没有这么客气了，你转告苏雪，让她以后走路也离柳苏北十米远，要不然我跟你们姐俩儿都没完。”

“还有你，管好你老婆和小姨子，是不是个男人？”鲁花说完苏梅还不解气，连带着把苏梅老公也数落了一番，转身走了，临了还往苏梅家吐了一口唾沫。

次日上课，苏梅灰头土脸地来了，看到柳苏北一脸愤恨，她现在宁愿自己从不认识这个人。

不知情的柳苏北一看苏梅那样，还上前搭话：“苏老师，怎么了？你头发怎么回事儿？脱发？”

“脱你个头。柳苏北，你是不是男人，能不能回去管管你家那个泼妇兼土包子！”苏梅一口气差点没上来，把鲁花的话回赠给了柳苏北。

“鲁花又去找你了？”柳苏北纳闷儿了。

“自己回去问。你回去转告她，以后我和苏雪肯定见你绕十米。”苏梅想起鲁花说的话就觉得可笑，她以为柳苏北是什么，稀世珍宝呀，有病！

“什么意思？她怎么找到你了，这事跟你有关系吗？”

“废话，苏雪是我妹妹。亲妹妹。请你让开，自觉点离我们姐妹俩十里远，十米我也怕危险。”苏梅撂下狠话，转身走了。

同事是没法做了，柳苏北和苏梅的仇估计是永远解不开了，他万万没想到鲁花竟然知道的比自己还多，苏梅与苏雪竟然是亲姐妹，这都什么事儿呀，他上辈子一定是把鲁花活埋了，这辈子才要受鲁花的罪。

这种女人，柳苏北是万万不能再容忍的。

回家后，柳苏北就把鲁花还有她孙子的东西一收拾，连人带物一并锁到了门外，鲁花没哭没喊，似乎早就已经预料到了。

不到一会儿，柳苏北听到了敲门声，他假装没听到。

“孩子饿了，奶粉没拿。”鲁花的声音隔着门仍清晰地传到了柳苏北耳边。

柳苏北下床，找到奶粉，打开门，扔给鲁花，复又把门关上。

又一会儿，敲门声再度响起。

“没有热水，借我点热水，给孩子泡奶粉。”

柳苏北下床，把门打开，提了一壶水放门口，又关上门。

再一会儿，敲门声又响了。

“外边太冷了，我怕冻着孩子，让我们进去吧。孩子冻死了，我没法交待你也没法交待。”

柳苏北想想也是，他断然做不到绝情绝义，何况还有一个无辜的婴孩。

就这样鲁花进了门。

第二天，柳苏北让她走。

她照样打包了和孩子的东西，坐在家门口，故伎重施，柳苏北心软又让她进了门。

第三天，柳苏北仍是让她走。

她这次只给自己和孩子穿了单衣，站在门口，左邻右舍的人见了，纷纷来替她们祖孙俩敲门。

柳苏北为人师表，背不起冷血无情的罪名。

有一句话说得好，水至清则无鱼，人至贱则无敌，柳苏北不想拿这么不堪的话来形容自己的老婆，只不过鲁胖子的所作所为实在是蛮横无理至极，她不单单是一个泼妇，她还是一个颇有头脑的泼妇，她总是能轻而易举地击中敌人的要害，她不留余地，只为保自己周全。

柳苏北很无奈，连连叹息，他不敢再对苏雪有任何非分之想，因为他知道他的一丁点儿想法都有可能让苏雪万劫不复，面临痛苦的深渊，苏梅就是活生生的前车之鉴，他不能让苏雪活得如此狼狈，远离苏雪，这大概是他能够保护苏雪的唯一方式，而还爱着苏雪这件事，也将成为永远的秘密，无人知晓。

第十一章 秘密

这个世界上谁都有秘密，就算最亲的夫妻之间，秘密也不可以揭穿。

为什么相爱的人都要拥有自己的空间，其实说白了，就是他们都需要拥有能够放置秘密的所在，而这个隐秘的地方，不容任何人窥视、侵入。

柳橙最近和萧峰在网上聊得火热，用“相见恨晚”来形容绝对不会言过其实，萧峰把柳橙引为知己，他们讨论了很多话题，萧峰愿意做一个聆听者，对柳橙的滔滔不绝微笑应和，时不时就打上一个问号，让柳橙把自己独特的观点阐述得更加精准、精辟。

柳橙以前一直不知道萧峰是一个寡言的人，她一度以为萧峰是活泼的、热烈的、多情的，仿佛这才符合他的形象。其实这都是柳橙一厢情愿的想法，有些人在想象中被无限地美化、细化、神化，所以当真正接触后，就会觉得反差极大，继而非常失落。不过好在柳橙对萧峰并没有这种感觉，也许起初她有过挫败感，那也只是因为她不能够相信岁月如此无情，把自己心目中那个伟岸的人儿瞬间变得苍老，他们只不过分隔十年，却恍然一世。

萧峰的变化不足以影响到柳橙对他的判断，无论岁月如何变迁，在她心中，那个人的学识永远广博，那个人的心灵永远高贵，那个人的灵魂永远圣洁。

她忘不了萧峰对自己的好，那些情景历历在目，哪怕经过了十年，依然像发生在昨天，那一眼凝望，穿越了时间，穿过了电脑屏幕，投影在柳橙的心上，长长久久，毕生难忘。

何况还有一个谜在柳橙的心里尚未解开，当年萧峰的那封信，还有他究竟要给自己什么呢？这一切都让柳橙难忘，不解，不甘。

她要让一切水落石出，却又不能贸然行事，她不想暴露自己的身份，也不能让旧人旧事再影响到现在的生活，所以她唯有走一步算一步，跟萧峰做好友，做知己，做良朋，也许这便是最好的结果，她不能奢望更多，也不想让任何威胁打乱自己的生活。

一个林慧已经够让柳橙心烦了，她万不能再自寻烦恼，她不知道林慧下面还会做出什么事来，所以她不能分心。

柳橙的担忧没有错，这边的林慧已经与李灿打得火热了，她频繁借工作之便出入李灿的办公室，从谈工作到谈生活，从聊未来到思过去，李灿表面上不动声色，内心却起了微妙的变化。

林慧毕竟是李灿的初恋情人，他们之间存在着太多的回忆了，尽管李灿曾经被伤害，是柳橙用温柔与爱意修补了这颗心，但是对于林慧，他仍是没能全部忘情，或许男人对于曾经伤害过自己的女人都永世难忘，她们像一道伤疤永远刻印在了男人的心上。

曾经伤害过自己的女人又回头了，好似还爱着自己，这一切怎么让李灿没有一丝感觉呢，如今李灿有了幸福美满的家庭，所以他的内心是得意的，同时又有一丝惆怅，如果当初你选择我，我们会怎样？

这个问题，是所有相爱过的人都会假设的问题。如果当初我们没有分开，现在还在一起会怎样？或许会非常幸福，我仍然宠着你，你仍然当着女王，指挥我深夜去给你买冰淇淋，而我也甘之如饴。

柳橙与李灿的内心都在起着微妙的变化，他们躺在一张床上，想着的不是彼此，而是别人。

他们拥有了各自的秘密，所以把对方关在了门外。

大家纷纷都想拥有独立的空间，然而有时候这个空间太大，大到已经足够容纳下第三人。

柳苏北也怀揣着秘密与鲁花同床异梦，而哄着孙子酣睡的鲁花却浑然不觉，她以为柳苏北已在她全盘掌控之下，却不知掌控的永远只能是身体而不是心灵。

不过，谁又能够真正明白鲁花的内心呢？或许她并不想要别的，她不想得到柳苏北的全部，她也不关心柳苏北的内心，只要他待在她身边就可以，只要他还是她鲁花的老公就可以，只要自己是柳苏北唯一的合法妻子就可以。

这个世界上这么想的女人大有人在，或许她们的学历不高，懂得不多，也想不到那么长远，她们的想法很朴实，我就是要跟你在一起，生同枕，死亦同穴，谁也别想抢走你，为此，我将不惜一切，不管别人如何看我，不管我还有没有形象可言，我就是要缠住你，心安理得地与你一起生活，我不偷不抢，我只是在捍卫自家的东西。

事实证明，但凡想得多的人都活得特别累，鲁花不去想，所以鲁花睡得很知足，很幸福，有老公，有孙子陪在身边，一切都完美得无可挑剔，这就是她想要的生活。

而柳苏北呢，这个思想复杂的知识分子，他没办法不想，他对自己错误的决定让自己陷入今日的困境而深感后悔，他内心痛苦，忍受着身体与精神的双重煎熬，他思念苏雪，想与她灵肉合一，他又只能隐忍，承受着身体与精神上的双重屈辱，柳苏北还好是一个坚强的文人，如果换作他人，也许不在沉默中爆发，已经在沉默中死去。

柳苏北没有办法排遣愁绪，唯有一个办法：喝酒。

柳苏北这一爱好还源自于柳大槐——柳苏北的老爸，柳大槐的酒量不得了，每天都要喝，一天两顿酒，少一顿不行，所以柳苏北从小就被柳大槐培养出来了，所有人都以为这老柳家的酒量都惊人，却是错了。柳家人是能喝，但是动辄喝醉，一醉就百态横生，柳大槐还好，喝醉了喜欢讲故事，逮谁拉谁，一讲就是一夜。

这习气到了柳苏北这一辈则演变成打人，柳苏北但凡喝醉，家里的孩子就要四处躲藏，柳丁和柳橙从小便深受其害，所以一旦见柳苏北喝得差不多了，便四处逃逸，记得小时候堂弟小刀不信邪非要往柳苏北面前凑，一开始还好，柳苏北还跟小刀交谈，就是把手握成拳头时不时捶他的大腿一下，起先也不觉得疼，后来柳苏北的劲越来越大，越捶越疼，直到小刀嗷嗷大哭，柳苏北还醉意朦胧地在那里笑。

柳苏北这一怪癖但凡柳家人都知道，所以但凡有柳家人在场，柳苏北是断不能喝得尽兴的。

这几天柳苏北别提多闹心了，又找不到人倾诉，只能把一切藏在自己心里，他除了喝酒也找不到别的方式，所以这天下课，柳苏北就找到了一个大排档，自带了一瓶白酒，喝了起来。听人家说，如果心烦喝酒更易醉，柳苏北平时能喝一瓶，今天只半瓶下肚就醉了，这次他没有打人，也没有人给他打，所以他便嚎啕大哭了，哭得非常伤心，其他桌的人都以为出什么事了呢，老板也过来搀扶他，让他赶紧回家，闻言他更伤心了，他哭着喊着：我没有家，我妈死了，老婆死了，我没有家。

要么说男人就算到了五十岁还是个孩子，柳苏北更是如此，从小被母亲和丁橙橙宠坏了，没吃过苦，饭来张口，衣来伸手，这不，遇到这么点事儿，就承受不住了，借着酒劲全发泄出来了，一把鼻涕一把眼泪，赖坐在地上。如果说以前他只是打人，那么他可能只是和孩子们闹着玩，现如今他大哭，则真的是情绪崩溃了。

曾经有人讨论过一个问题，男人喝醉了，会做各种各样匪夷所思的事情，醒来后就忘得一干二净，到底他们当时意识是否清醒，或者说是否还有丝丝清醒的意识？答案无从得之，醉酒做出怪事的男人是断不会说出真话的，因为醉酒之下做什么都可以被理解，被原谅，憋不住的时候，他还可以借醉酒有下一次，所以这便成了真话永远不得而知的原因。

柳苏北这一闹，人家翻出了他的手机联系到了柳丁。

柳丁好不容易把柳苏北哄到医院，挂了一瓶吊针，这才让他安静点。

折腾了两三个小时，才把柳苏北送到家里，一路上，柳苏北嘴里嘟嘟囔囔不知道在说什么，柳丁也听不真切，只不过直觉柳苏北这次跟平时醉酒都不太一样，好像很难受，柳丁想起老爸嚎啕大哭的样子，也忍不住悲伤，眼泪像断了线的珠子不受控制地往下掉，她不知道柳苏北在其间受了多少苦，心里面攒了多少委屈。

柳丁把老爸安置好回到家，已是深夜了，孩子和赵杨都睡了。

柳丁感到特别疲惫，搬了个凳子坐在门外，她本想打个电话给妹妹，手机拿出来却又放弃了，她深深地叹口气，这个世界上谁没有烦心事，谁没有一些不想让人知道的事呢？柳丁时常会感到困惑，人活在世上究竟是为了受苦还是享福，为什么欢乐的时光总是那么短暂，痛苦却无边无际，漫长而又残酷，她有时候又会想，人为什么要来到这个世界上，总归是要虚无的，何必多此一举，她蓦然想到一个网友的 QQ 签名：我来到这个世上，就没有打算活着回去。柳丁忍不住莞尔，生老病死本是不可避免的宿命，然而这个朋友却用非常洒脱的心态来对待，言下之意，我活着来到这世上，我就敢死，你敢吗?

柳丁倒没什么不敢的，只不过，她有太多的心愿未了，她觉得自己前半生都在颠沛流离，像浮萍一样没有找到归宿，她动荡漂泊连带儿子以及亲人为之烦忧，如果现在就死，那死得真的非常窝囊，她还没有得到幸福，她还没有把儿子安排妥帖，她怎么能够甘心呢。

她不甘心，而死了的丁橙橙想必也不会甘心，因为她至死都没有看到柳丁重获幸福，这成了柳丁心里很大的一道伤疤，这伤疤每过一天便坚硬一点儿，最终化为瘤，长在了柳丁的心上，时不时便发作、疼痛，到死也不可去除。

柳苏北与丁橙橙非常疼爱柳丁，可以说有些偏爱，从小没有舍得碰过她一根手指头，所以当柳丁遭受到钱磊的家庭暴力的时候，他们都无法接受，他们觉得被打在了自己身上，甚至更痛，柳丁忘不了当时妈妈看到自己的时候那心疼的眼神，妈妈把自己抱在怀里，眼泪冰凉，滴在柳丁被打得红肿而又灼热的脸颊上，心痛的感觉因为妈妈的眼泪而更加剧烈，她觉得对不起家人，她应该爱惜自己的身体，为何要倔强地挑衅，她的行为深深伤害了自己，也伤害了家人，为此，她一直后悔，她后悔自己的鲁莽，她的倔强最后仿佛只是为了证明钱磊的狠毒，而伤害与疼痛却永远地留在了自己与家人的心上。

柳丁无法不自责，因为在她失去孩子的两年里，妈妈与她承受着同样的煎熬，或者相比她更甚，因为柳笑从出生那天起，就是妈妈一直在照顾，柳丁要上班，所以妈妈照顾的时间最久，白天都把柳笑抱在怀里一直晃呀晃，晚上也带着睡觉，喂奶的时候喊醒柳丁，等柳丁喂过，再抱过去，夜里反复几次，柳丁因为有妈妈在，真的轻松不少，她曾经试过抱柳笑一个小时，手麻得不能动弹，但是当她试图放下或者坐下来的时候，柳笑就开始哇哇大哭，他被外婆宠坏了，柳丁已经招架不住了。

钱磊和柳丁吵架后，回来责备妈妈说孩子穿少了，让她上楼拿件衣服，妈妈满怀歉意赶紧就上楼了，钱磊就趁着这个时候抱着孩子跑了，门口接应的车也都安排好了。妈妈下楼来抱着衣服却找不到孩子了，打钱磊电话也无法接通，妈妈慌了，一路哭着找了几里路，路人说看到有辆车带着他们父子走了。

这是柳丁要坚决跟钱磊离婚的原因，他利用孩子，伤害一切爱孩子的人，这种伤害没有经历过的人永远不会明白，妈妈从那以后便开始寡言沉默，时不时就流眼泪，柳丁只好把孩子的衣物玩具全部收起来，她又何尝不心痛，但是她知道相比妈妈自己的疼痛还是要轻许多，柳丁不敢伤心，怕妈妈看见了情绪会崩溃，所以只有拼了命地忍住，夜里一个人的时候才嚎啕大哭。

那以后的时间，妈妈虽舍不得女儿受苦但仍是絮絮叨叨地劝说柳丁不要离婚，柳丁狠下心没有听从。

妈妈的身体状况一直不太好，脑供血不足、咽炎、高血压、关节炎，但是平时并没有大碍，妈妈的死太突然，就在两年前，突然摔倒，送往医院抢救无效而离世。

妈妈在医院抢救了三天，其间一直没有醒过，第三天夜里却突然醒过来了。

当时柳丁正守在身边，妈妈费劲地抬起手指着衣服的口袋，嘴角微微动着，想说话，等柳丁把耳朵靠过去的时候，妈妈却没有了气息，永远地闭上了那双慈爱的眼睛。

柳丁颤抖着双手去摸妈妈所指的内衣口袋，里面是叠得齐齐整整的二百三十块钱，原来她拼了命地醒来只为了把这钱交到柳丁的手上，原来她到死最放心不下的仍是柳丁。

这件事情，柳丁没有告诉任何人，这变成了她和妈妈之间的秘密，永远的秘密。

第十二章 人若犯我

这年头是一个动荡的年头，什么事儿都有可能发生，你站在绿化带上，会有车冷不防地撞过来，你走在路上，会有不明物体冷不防地从天上掉下来，你想好好吃盘菜吧，里面冷不防地还漂着许多空姐(飞行类虫子)。

你一心想自扫门前雪，莫管他人瓦上霜，就不会殃及自身，然而别人家的瓦还是准确无误砸到了你的头上，到底是忍了算了，还是找这家房子的主人理论？这真是一道难题。

苏雪最近就遇到了这么一个难题，她本不想惹事儿，但是事儿偏来惹她，这怎不让人怒火中烧。她来这个学校的目的本来是为了给苏梅报仇，没想到仇没报成，反而让姐姐受了更大的罪，她本不想和柳苏北相认，倒不是怕了那个传闻中的鲁花，而是因为自己还气着柳苏北当年伤害过自己的事儿，如今她不去惹鲁花，鲁花却来惹了她，她不来与自己正面交锋，却从姐姐那里下手，这招够阴、够狠，她是想要自己最亲的人来恨自己，这样便能让自己更加生不如死。

苏雪知道她之前真的小瞧了这个女人，这个女人的方法看似粗俗，但是却极其有效，要是换了别人，估计真的会离他们十里远，但是偏偏这个人绝对不会是苏雪。

苏雪打小就好胜心强，要不然也不会毕业后一个女人离乡背景地留在了北京，经过多年打拼，总算事业有成，当了校长，成了女中豪杰，不过也恰恰是因为她的好强，才导致了婚姻的失败，老公嫌她强势，没有女人味，苏雪嫌他软弱，没有男子气，矛盾由来已久，直到女儿顺利考上大学，他们早已经名存实亡的婚姻才正式解体，各自都松了一口憋了几十年的气，过了自己想要的生活，苏雪也由此看透人生，准备回家乡安享晚年。

苏雪的前半生一直都在打拼，后半生本想休养生息，好好享受一下生活，没成想，她还得继续战斗。

一整晚，苏雪绞尽脑汁，也没有想到什么好计策。第二天，她拖着疲惫的身躯到了学校，恰巧局里来人，说省里有个研讨会，让苏雪带一个骨干分子一同前去，时间三天两夜。

好似天上掉下个大馅饼，一下子把苏雪砸开窍了，这次就让柳苏北去，灭灭鲁花的嚣张气焰，看她还能怎么样。

苏雪不知道，她这一时冲动，带来了多么严重的后果，当然这是后话了。

本想和苏雪保持距离的柳苏北，因为这是工作上的安排倒也没办法推辞，何况他的内心并不是真的想拒苏雪于千里之外，相反，透过这次事件，柳苏北可以确定一件事，那就是自己在苏雪心中还是与众不同的、有分量的，否则她大可以指派别人，柳苏北的心里暗喜。

相比于柳苏北的沾沾自喜，鲁花脸上则乌云密布，柳苏北要去开会，在外面度过三天两夜，这让她怎么能放心呢。

柳苏北说，要不，你跟我一块儿去？

那不行，孩子怎么办？鲁花还顾念着自己的亲孙子呢。

就这样，柳苏北带着箱子出了家门，他像是逃脱出了牢笼的小鸟，尽情地呼吸着新鲜的空气，飘飘然展翅欲飞。

而此时，鲁花在家里则接到了一通电话。

“喂，柳苏北吗？我是苏雪，你出发了吗？我已经到车站了，对了，给我带点零食，我走得急，忘了带！”未等鲁花开口，那头的苏雪已经滔滔不绝。

“啪”一声，鲁花几乎把电话筒摔断。

好你个老东西，不知羞耻。鲁花要气炸了。

然而，这个世界上，不知羞耻的人恰恰大有人在，试问谁的身边能没有若干个无耻之徒呢？只不过，你觉得是无耻，当事人一定不会这么觉得。

或许你自己无意中的一个举动，一句无心的话，一个意味深长的眼神，都被别人贴上了无耻的标签，只不过你自己不自知而已，还自以为聪明地，继续装着正经。

柳橙一直觉得自己从小到大都是一个乖孩子，没有行差踏错半步，她一直规规矩矩，勤勤恳恳，就算有了贼心，也深深地揣在了肚子里，强逼着自己慢慢地消化了，化为无用物，排出，她给自己画了两道线，绝不会踏出线外一步，她要一路清除障碍物，带着李灿直达幸福目的地而去。

但是，最近的李灿好似心不在焉，月底本应该全额上缴的工资竟然一分钱也没有交上来，柳橙本想等着李灿自己说出来，所以佯装并不在意这件事。

然而，光阴似箭，连续几天过去了，当事人还没有一丝要交待清楚的意思。

柳橙终于忍不住了，找了一天时间径直去了李灿的办公室，不去还好，一去就看到林慧正哭哭啼啼地坐在沙发上，手里拿着一个刺眼的白色信封，柳橙两眼一瞄，已知道里面绝对是李灿的血汗钱。

换作别的女人，一把就抢过来了，但是这人不是别人，是理智而善于伪装的柳橙。

“怎么回事，老同学，出什么事儿了？”柳橙走到沙发边上，一把握住林慧的手，顺带着也把那个白色信封使劲握在手里。

“老婆，你怎么来了？”李灿好像还挺吃惊的。

“我来看看你们公司是不是倒闭了？所以才发不出工资来。”柳橙一边和李灿说着话，一边把信封拿到了手里，微微使劲一捏，这里面应该正是五千元。

“那个，那钱是我借给林慧的。她投资的项目上出了点事，合伙人退了股。”李灿忙着解释。

“哦，原来是这样，林慧，你怎么也不跟我说呀？”柳橙把信封还给林慧，坐到她身边关切地说。

“我不想麻烦你，李灿已经帮了我很多了，我真的不好意思。”林慧的演技变好了，那楚楚可怜的模样差点骗过柳橙。

“这点钱够吗？我银行还有几万块定期，你要是急用的话，我提出来给你吧？”

林慧本以为柳橙会跳脚，没想到她会说出这样的话来，一时间忘了哭。

“老婆，你真是太好了，那定期绝对不能取，林慧的贷款马上就下来了，她说会连本带利还的，对不起，让你一个人还房贷车贷，肯定辛苦了。”李灿被柳橙感动了，他又愧疚又感到自责。

“是呀，我申请了银行贷款，困难是暂时的。谢谢你愿意帮我，还有李灿，也谢谢你，以后需要我的话，我一定义不容辞。”林慧泪眼蒙胧地看着李灿，说出这一番好似掏了心窝子的话。

“老公，我们回家吧，我给你炖了你最爱喝的骨头汤。”柳橙倚到李灿怀里，“林慧，要不一起去吧？我安慰安慰你？”

“不了，你们去吧。”风凉话谁都会说，只不过并不是所有人都能听懂，李灿肯定没听出来，但是林慧不傻。

开车回家，李灿坐在副驾驶，柳橙动辄刹车，把李灿震得头昏脑涨，

“怎么了？老婆？”

“没事儿，我怕汤凉了。”

俗话说，人如果遇到倒霉事，喝凉水都会塞牙缝，这世上太多想安分守己的人，却偏偏都不能如愿，前因后果，总会在你以为已经不在其中的时候来找你的麻烦，有些看似毫无关系的事件，其实大多有着内在的关联。

最近柳丁老有小鬼缠身的感觉，家里的电话老是深夜响起，等到她忍不住噪音骚扰起身来接的时候又离奇挂断，她怀疑是赵杨的那些前任余孽在作怪，而赵杨又怀疑是她的什么不正当关系在作祟，因为双方没有确切的证据，因而为了这个不知名的电话，两人发生了无数的争吵，最后经柳丁提议，两人想到一个计策。

午夜三点，柳丁和赵杨都没睡，守在电话旁边。电话刚响第一声，柳丁按了免提，她声音沙哑：“你是谁？别偷偷摸摸，装神弄鬼！老娘还就不信邪！有本事你就讲话，不要当缩头乌龟！”

赵杨也气坏了：“你他妈的是人是鬼，给老子吭一声。”

“不要脸，你以后还敢跟钱磊来往，有你好看！”电话那头，恶狠狠的女人声音，吓了柳丁一跳。

赵杨闻言，抬头狠狠瞪了柳丁一眼，“明天你去找他解决这事！分不开，你就跟他复婚好了，别回来了。”

这都哪跟哪儿，柳丁一头雾水，搞不清楚状况。

第二天，柳丁打了钱磊的电话，没人接。

第三天，她又打了钱磊电话还是没人接。

第四天，她的QQ被人留了言：你要不要脸呀？老纠缠我男人，有意思吗？

柳丁点开留言人的主页，里面果然是钱磊和这个空间主人的合影，日志也是篇篇肉麻，一看都出自这女的之手。

柳丁也在上面留了言：你是不是有病呀，你当他是宝，我当他是草，别以为谁都惦记着你家男人，我要是稀罕还轮不到你，什么玩意儿！钱磊你要还是个东西，给我闪得远远的，免得我看了碍眼。

留言发过去不到三分钟，柳丁收到了钱磊的手机短信。

"你什么意思？你以为你什么东西？"

柳丁觉得这不像钱磊说的话，毕竟他们的恩怨已经过去了，前段时间他的表现也不是这样的，很后悔曾经的所作所为，一副改邪归正，想讨好她的样子。

"你是谁？是本人吗？"

"你以为我是谁，贱人。"短信很快又回过来。

柳丁一看短信内容来火了，迅速回拨了电话，电话被按断。

"我不相信你是本人，你接电话。"柳丁接着发了一条短信过去，电话很快打了过来，柳丁接了。

"是我本人，请你以后对她讲话客气点，她是我爱的人。"

"你才不是东西！管好你家那头牲口，别没事把她放出来咬人，滚蛋，有多远滚多远，别让我再看见你。"柳丁一下子爆发了，粗话不用考虑地骂了出口，憋屈的情绪顿感舒解了许多。

虽说骂出来好多了，但是柳丁的心仍是不可遏制地痛了，为了这个不值得的人，柳丁再一次觉得自己被伤害了，她的付出被否定，她的自尊被侮辱，她再一次倔强地选择相信这个男人，她不到黄河绝不甘心，非得要人亲自把她伤得鲜血淋淋才肯罢休，仿佛这样才能够让自己死心。

或许她潜意识里一直不敢相信自己竟然曾经爱过这样的人，她不敢相信自己是如此没有眼光的人，她更加不敢相信当初自己不顾一切选择的爱情与婚姻，只不过是一个笑话而已，而这个笑话，她不伤到体无完肤不甘心，不伤筋断骨、不头撞南墙不肯回头。

柳丁是个倔强的女人，她的倔强从很小的时候便显现了出来。

那时候柳丁才七岁，刚学会骑自行车，妈妈带着她去了亲戚家，回来的路上，她要买冰淇淋还非要两个，妈妈就是没答应，只允许她买一个，没想到柳丁赌气骑着车子飞奔而去，她还怕被妈妈找到，故意兜了很大的圈子，其间还差一点儿迷路，还好最终凭着模糊的记忆顺利到了家。等她好不容易摸到家的时候，妈妈站在家门口已经急坏了。

“你去哪了？妈妈哭着找了你一路，路过的人都说没看见你，吓死妈妈了。”

事隔几十年，柳丁仍是没有忘记当初的情形，妈妈说的话，妈妈焦急的样子，妈妈颤抖的双手，妈妈蒙眬的泪眼，妈妈递过来的两支冰淇淋。

柳丁当时就后悔了，她不应该让妈妈如此难过，柳丁从那以后再没有那么任性过，当然她也不必那么做了，因为普天之下爱着儿女的妈妈，都不敢再冒哪怕一丝失去孩子的风险。

柳丁不知道，她的倔强之所以有效那是因为妈妈对她毫无条件的深刻的爱，爱着她的人，总是倔不过她，而不爱她的人，也绝不会在乎。

钱磊对她的爱差之甚远，所以柳丁的倔强在他那里，便受了天大的委屈。

第十三章　底线

受了委屈不要紧，最重要的是下一次一定要学乖，同样的错误千万不要犯两次，因为柳丁太清楚自己的性格，所以她给自己规定的次数是三次，同样的，经历过一次失败的婚姻以后，她给对方犯错误的机会也是三次，不能超过三次，要不然决不原谅。

这便是她的底线了。

其实，每个人心中都有一道底线，在触碰这道底线之前，无论你得寸进尺到什么程度，他们都会容忍。有些人，善于察言观色，揣摩人心，所以便能很好地把握自己的度，这种人就是我们所说的还颇有眼色的人，但是有一些人却相反，一旦击中对方要害，便不依不饶，兴奋异常，不弄到人家翻脸誓不罢休。

柳苏北最近就在研讨会上遇到这么一个人。

他们讨论学术问题，但凡柳苏北发表点意见，此人便针锋相对，咄咄逼人，总是把反问句贯穿其中，让柳苏北分外下不来台。

不过，但凡苏雪发言，此人则一改常态，把头点得如鸡啄米一般，两只眼睛幽幽发着绿光，让人分外不爽。

碍于教师的面子，柳苏北也不好发作，为了矛盾不被激化，柳苏北在会议过程中大多选择了沉默。

在柳苏北眼中此眼镜男极度猥琐，在会议上拍苏雪马屁不说，到了吃饭时间也像苍蝇一般跟着苏雪，一会儿夹菜，一会儿倒酒，其谄媚嘴脸令人发指，柳苏北食不下咽，中途离席。

开会的时候，苏雪的房间和柳苏北挨着，所以苏雪那边一旦有什么动静，他便能够听得一清二楚，他隐隐有些担心，怕这个男人干出什么有损师德的事情，要知道，并不是所有男人都像他这么傻，毫无目的只是想对苏雪好。

果然，第二天晚上，猥琐男按捺不住来敲苏雪的房门了，柳苏北听得一清二楚。

“苏老师，我们三个老师打牌，还差一个，要不你来凑个数吧。”

“我不太会呀。”苏雪推辞。

“没关系，我可以教你。像你这么聪明，一点就透。”

苏雪好似拒绝不过，柳苏北迅速拉开房门，冲了出去，“打什么牌？我来凑凑热闹吧，苏老师一个女同志，这两天太累了，就让她休息吧。”

“好好，柳老师替我去打。”苏雪趁势而下。

眼镜男不满地看了柳苏北一眼，讪讪作罢。

结果这一场牌局下来，四个男人都打得分外疲惫，都说男女搭配，干活不累，试问四个光棍能有什么兴致呢？何况眼镜男居心叵测，对柳苏北恨得咬牙切齿，也不管是不是跟柳苏北同一阵线，专门封柳苏北的牌，搞得其他同伴也没什么兴趣，被搅得意兴阑珊，很快便不欢而散。

等柳苏北回到房间的时候，已经差不多十一点了，开了一整天的会，又打了几个小时的牌，柳苏北头昏脑涨，回到房间柳苏北就进了浴室，准备洗洗睡了。

没想到就这么短短十几分钟的时间，就让眼镜男钻了空子，他已经以借东西为名进了苏雪的房间，或许是感觉分别在即，没有什么时间了，他对苏雪剖白了真心，说自己非常欣赏苏雪，如果苏雪愿意，他可以把她调到省里的学校当校长，意下之意是想对苏雪潜规则，高傲如苏雪定是不从，没想到此猥琐男就撕破嘴脸说苏雪假正经，并且开始对苏雪毛手毛脚，似乎想靠蛮力逼苏雪就犯。

苏雪碍于各自的颜面，本不想把事情闹大，何况隔壁还住着柳苏北，她可不想让柳苏北看到这难堪的一幕，所以她只是拼命抗拒，和眼镜男推搡起来，嘴里却并没有发出任何声音，正因为如此，这厮便认为有机可趁，愈加亢奋，把苏雪按倒在了床上，“吱”一声，床不堪重压，发出了抗议的声音。

这一声动静太大，惊扰了刚洗完澡的柳苏北，本来就非常警觉的他，立马意识到出了问题。

房门没锁，柳苏北气定神闲地进了屋，拿出手机拍了起来。

“继续，很精彩，明天各大新闻头条就是省教育局某领导因犯强奸罪而被逮捕，丧失大好前途。”

“你干什么？把手机拿过来，小心我让你教不成书。”此男急了，跳起来就要抢柳苏北的手机，因柳苏北个子高，他裤子没抓紧掉了下来，露出了红色的三角裤衩。

“再拍一个。明天全部传上网，让你的学生，旗下老师还有你老婆，都看看你的丑态，为人师表，哼！”

“你敢！”此男还在摆领导架子，出言恐吓。

“他不敢，我敢！你再不滚蛋，我还会告你强奸，你信不信？”苏雪两眼冒着寒光，咬牙切齿地说。

“好好，我走。那视频？”

“放心，只要你不难为我们，我们一定会删掉。”苏雪代替柳苏北做了保证。

眼镜男心有不甘地甩门而去，柳苏北想安慰苏雪，不料想苏雪下了逐客令，让他也离开。

柳苏北知道苏雪不想让他看见自己狼狈的模样，他能够理解她的心情，第三天的会议两人都没有参加，收拾东西提早回了学校。

回程的路上，苏雪一直保持沉默，眼睛闭着不想搭理柳苏北。

苏雪这人除了好胜心强以外，自尊心也非常强，跟柳丁的性格有得一拼，只不过，她一直尽量让自己活得优雅，像个女人。所以，很多时候，她都戴了一张面具，把自己的真心妥善地掩藏起来，她不允许别人看到她慌乱、难堪、狼狈的样子，她也不允许自己活成这样，所以，就算前夫与她离婚，嫌弃她强硬，她也是笑着签了离婚协议书，虽然她的内心非常委屈，她也是个女人，她也需要疼爱、珍惜，为什么这个男人就是不懂，还拿这个当做借口，好似对她非常不满，她做这一切，不过是为了生活得更好，让整个家，让女儿生活得更好，她只是想过一些更有品质的生活，这一切难道有错吗？她不明白，她认为自己没有错，签字离婚她不后悔，因为她决不要和一个不珍惜她的男人生活下去，与其如此，不如单身，一个人自由自在。

苏雪一直相信一句话：如果没有人爱你，那么你一定要加倍地爱自己。

苏雪重遇柳苏北，本想避免交集，然而很多事情像是很久以前就铺排好的，多年前的离别是因，今日的重逢便是果，甚至她也认为她的离异与柳苏北的丧妻也是老天安排好的剧情，他们本注定了相爱相守度过残年，然而偏偏多了一个鲁花。

苏雪虽然表面上没有说，但是她在等柳苏北的决定，通过眼镜男的事件，苏雪已经可以确定自己在柳苏北的心中还是有着非常重要的分量的，她在等这份重量不停地增加，增加，直到重到可以让柳苏北下定决心放弃再婚的鲁花，丢下怕人耻笑的自尊，重新张开怀抱，把她娶回家，用尽剩下的时间，弥补曾经错失的岁月，她不会说破，她有她的骄傲与矜持，她选择耐心的等待。

而另一个当事人柳苏北是怎么想的呢?

他看着苏雪难受的样子，心里面也像打翻了五味瓶，说不出的滋味。

他在想，如果当初他没有抛弃苏雪，或许苏雪就不会遭受如此的羞辱，他最最后悔的便是娶了鲁花，让自己再也没有转圜的余地，从此便与苏雪咫尺天涯。

当然这一切都仅仅是想想而已，柳苏北作为一个顶天立地的男子汉，怎么可能轻易推翻自己的决定，更重要的是他不能推托他作为丈夫的责任，毕竟当初是他开口先要求鲁花嫁给他的，他亲口给了鲁花承诺：我们结婚吧，老来也好做个伴，生病的时候也好有个知冷知热的人。虽然他没有说爱，鲁花也非常高兴地答应了，柳苏北本以为自己年老的身心已经承载不了爱情，鲁花也认为难以跨越与柳苏北之间存在的漫长距离所以并没有奢望得到爱情，这两个人在那一刻达成了共识，或者说是一份默契，他们要相伴到老，照顾对方。

在那一刻，柳苏北没想到会重遇苏雪，更没想到自己心中还能有爱，当然鲁花在此之前的种种无理举动已经让他产生了后悔之心，因初恋情人的到来，这份后悔之心更加严重了，他也试过分手，试过让鲁花走，最终都以失败而告终，他累了，不想再折腾了，同时，他的内心深处，也不愿意失了颜面，让别人看了笑话去，以至于晚节不保，遭人闲话。

如果有人溺水，他不到最后一刻，都不会放弃求生的念头，他会挣扎，柳苏北此刻就是那个溺水的人，他的挣扎换来的不是解脱，而是更加痛苦的沉沦，他盼着鲁花给自己一根救命的稻草，让他可以给自己找个理由继续与她生活下去，并且安安稳稳相伴到老。

然而鲁花没有看到这一切，她没能体会到柳苏北的苦苦挣扎，她不仅没有给柳苏北一根救命的稻草，她还给了他致命的一脚，把他踹入了无底的深渊。

事情源于那些照片和录像，柳苏北怕眼镜男反悔找苏雪的麻烦，所以把证据保存在了手机里，没有及时进行删除，柳苏北犯了“艳照门”似的错误。

回到家里的柳苏北异常疲惫，倒头就睡，这让本来就憋了一肚子气的鲁花更加承受不住，她不知道这三天两夜发生了什么事情？两个人在外边到底干了什么缺德事情？柳苏北累成这样，是不是跟苏雪有什么见不得人的勾当，两个人是不是睡了，所以才把柳苏北折腾得累了？

不能怪鲁花如此害怕，她已经绝了经，很少满足柳苏北，而柳苏北似乎还精力不错，没有任何衰老的迹象，这样一个精力充沛的男人和一个貌美如花的女人，共处三天两夜，何况两人还是情人关系，重温旧梦跟重新刷了一次牙没有任何区别。

鲁花越想越肯定，她像个侦探翻开了柳苏北的行李，拿出柳苏北所有的贴身物品，寻找柳苏北已经出轨的蛛丝马迹，不过，很快她就失望了，没找到任何线索。

最后，她把希望放在了柳苏北的手机上，她想看看有没有肉麻的短讯，有没有深夜的电话。结果，她意外收获了照片和视频，没有丝毫迟疑，她找到了柳苏北手机通讯录里“同事”那一栏，把这些照片和视频全部转发了出去。

她没有想太多，就想尽快地解决对手，她没法顾及别人，她只想扫除一切威胁。

她不知道她的做法已经触碰到了柳苏北的底线，让事情变得再也没有回旋的余地，她自己封死了自己的退路。

第十四章　细微处

当然，每个人都有冲动的时刻，尤其是当你在乎的那个人做出了一些令你难以接受的行为，你就会感到非常失望，甚至愤怒，你会下意识地做出一些动作，恰是这样的一些微小的动作和行为，会让你身边的人对你了解得更为深刻，从而产生一些新的评估，而进一步的了解往往会让你们的关系发生质的变化。

虽说柳丁和赵杨是同学，但是两个人并不在同班，所以中学时代几乎并没有什么真正的交集，谈恋爱的时候，对方都努力表现自己美好的一面，所以另一面就很难发觉，但是结婚给了彼此再一次重新认识对方的机会。

一开始柳丁一直认为脾气好是赵杨最大的优点，因为每个女人都希望碰到一个能疼爱和包容自己的男人，谈恋爱的时候，两个人发生什么不愉快，都是赵杨先低头，要么一直跟在后面，要么一直发短信打电话，直到柳丁气消为止，而柳丁这个人最大的优点便是从来不记仇，有什么事情让她发泄出来就好了，就算再生气，也会很快雨过天晴。

然而婚后，柳丁已渐渐觉得赵杨并不是一个脾气好的人，相反，他的脾气非常坏。比如上次，因迟交一天电费，他就能把她们母子抛下，走得义无反顾，虽然第二天赵杨在柳丁的短信威胁之下回了家，但是仍是暴露了他隐藏得很深的坏脾气。

柳丁之前没有接触过这种人，表面上看起来非常温和，但是内里却是非常坚硬，就像一根包裹着一层海绵的大头针，初次碰触，你感觉软绵绵的，完全没有伤害力，但是时间长了，坚硬的针头便会隔着海绵扎伤你的手，让你猝不及防。

这不，因为一件微小的事情，赵杨的绵里针性格表露无遗，让柳丁颇不是滋味，事情由一顿饭而引起，因为赵杨不喜欢吃肥肉，所以柳丁烧菜的时候都要把肥肉切成薄片把油炸干，肥肉在锅里被炸得“砰砰”作响，柳丁在翻炒的时候被溅出来的油烫伤了，手背瞬间就留下了指甲大般的红印子。

吃饭的时候，柳丁的手背还隐隐作痛，她拿了牙膏涂在伤口上，希望不要留下疤痕。

“大惊小怪！”赵杨看到柳丁郑重其事地对待烫伤，不仅没有给予安慰，还出言讽刺柳丁。

“我是因为谁呀？还不都是因为你，不是为了做饭给你吃，我会烫到吗？你知道吗，手是女人的第二张脸。”柳丁觉得委屈极了，她的付出不仅没有换来感动，反而被轻视和责备，所以说出来的话也诸多抱怨。

“不要什么事都拿我当借口，明明是你自己想吃。”赵杨不仅没有体谅柳丁，还把责任全部推到了她的身上。

“你什么意思？天天你吃的饭都是谁做的？到底我是为了谁？我从来没为任何人当牛做马过，除了你。你还有什么不满？”柳丁气得直发抖，盯着赵杨的眼睛控诉道。

赵杨没有看她，头低着，表面上一副不以为然的样子，但是柳丁不知道的是他正在极力控制自己不与柳丁争辩。

短暂的沉默，柳丁也冷静下来，开始往赵小兵碗里夹菜，他们约定了在孩子面前绝不争吵，免得伤害到孩子。

赵小兵非常喜欢吃丸子，所以柳丁就给他夹了几个，他吃得飞快，然后自己去拿筷子夹，谁知道一个不小心，丸子掉到了桌子上，他情急之下，就拿手抓。

谁知道就是因为这么一件小事，赵杨彻底爆发了，他“啪”地扔下了筷子，像老鹰提小鸡一样把赵小兵拎过来就打，边打边骂，“妈的，你饿死鬼投胎呀！”下手之重，让柳丁都傻了眼，柳丁心里着急，一直让赵杨住手，谁知道越劝打得越狠。

柳丁终于明白过来了，赵杨这是心里有气，往孩子身上撒呢，他做这一切就是因为不痛快，所以让柳丁也不痛快，他就是打给柳丁看的。

柳丁食不下咽，分外尴尬，她觉得巴掌都打在了自己身上，她听着孩子被打的尖叫声哭泣声，怒火攻心，她“啪”地摔掉了手中的碗，冲到赵杨面前用手指着他说：“要打你给我滚出去打，有本事你打死他！多大的事情，他又不是故意的！你至于吗？还是你是故意打给我看的？你有什么气冲着我撒？打孩子算什么本事？有种你就冲着我来！”

赵杨没有理柳丁，但是停下手，不再责备和打骂孩子。

柳丁看着赵小兵哭得凄惨的样子，心里说不出的气愤，为什么这个看似老实的男人却能做出这么龌龊的事情来，对孩子下这么重的手，仅仅因为这么一件小事情。

细微处见精神，看一个人不能光看表面，你以为他憨厚忠诚，实则往往不是，一个不经意的动作与反应发生在特定的时刻，特定的地点，便让他的本性暴露无遗。

如果说这一件事情，柳丁看到了赵杨暴戾的一面，那么第二件事情，则让柳丁对赵杨有了更进一步的了解。

打孩子的事情才过去，柳丁突然接到了赵杨朋友的电话，电话里朋友说赵杨把自己的摩托车骑走了，整整一个月也没有归还。

柳丁很奇怪，她并没有看到赵杨骑摩托车回家，那车子去了哪里？

柳丁回去就问了赵杨，赵杨承认说借了人家的车子，说车子放在XXX家里，因为回家的路上车子没油所以就放在那了，一直没有去取。

柳丁搞不明白，怎么能拖一个月都不去取车子。

不久，赵杨的朋友又打电话，说车子还没还，怀疑是被赵杨卖了。

柳丁便回去追问赵杨，赵杨承认说放在了修理行，当时急着用钱，就抵押在了那里，只要拿点钱赎回来就行了。

过了几天，柳丁打电话给他朋友确认，车子确实已经归还了，不过人家诸多抱怨，说车子被糟蹋得不成样子。

柳丁本来知道赵杨是个慢性子，但是没想到他做事会拖成这个样子，柳丁很奇怪他是怎么想的，为什么能早点解决的事情，非要拖到不能再拖才去勉强结束。

柳丁知道赵杨工作上也会这样，也曾经试图过问，不过赵杨说工程上的事情她不懂，让她别管，一句话就把她打发了。

不久，工程部的人却找到了他们家里，没找到赵杨，就在柳丁面前发了火说了很多难听话：你问赵杨他还想不想干了，不想干就给我滚蛋，别一天八样，一屁八谎！

“城门失火，殃及池鱼”，柳丁觉得自己何其无辜，要受这等冤枉气，柳丁本不想再跟赵杨争吵，工程上的事情她确实不懂，也没想着去掺和，生活上的琐事已经让他们吵了一次又一次，她不想再因为工作上的事情与他发生什么分歧，所以对于赵杨工作上的事情柳丁也是唯恐避之而不及，然而这一次她真的很生气。

在她心目中，她一直觉得男人都应该说话算数，掷地有声，然而，她偏偏遇上了这么一个违反了她心中定义的男人，这个人不是别人，还是她最亲密的人，她的丈夫。

柳丁下了决心，无论如何要把赵杨这个坏习惯改掉。

这周二，柳丁上午没有课，她没有去学校，她要看看赵杨到底在忙啥，早晨送完孩子们上学，柳丁就返回了家中，只见赵杨倚在床上看 NBA 的球赛呢。

“你今天没有事情做吗？”柳丁明知故问。

“上午没什么事情，下午再去做。”赵杨说谎说得脸都不红一下，简直比说真话还要自然。

“你昨天晚上不是答应人家早上去的吗？我明明听到你讲电话的。”柳丁一语戳破他的谎言。

“上午有球赛，下午再去也不迟。”赵杨不紧不慢地说。

“这一个赛季你都不打算做事了？”柳丁真的生气了。

“你别管了。迟点去做。”

“你是不是个男人呀？怎么答应人家的事情老是不去做？既然你明知道做不到，为何又要答应人家，答应了又一直拖拖拖。”

赵杨仍是没动静，不过表情有点不耐烦了。

柳丁一看赵杨那半死不活的样子，一股火苗“腾”地蹿了上来，她上去就拔掉了有线电视的接头，并且拿了个剪刀，把有线电视的接头剪断了，随手扔到了窗外。

“我叫你看，叫你看。”柳丁把气全撒在电视线上了。

赵杨站起来，把头伸到窗户外边看看，没发现接头，转而又坐回窗边讪讪地说："你干吗呀？我不是说了上午没事情。"

柳丁不理他，自己气吼吼地坐到了沙发上。

"你脾气也太坏了，干吗扔东西？"赵杨还责怪起柳丁来。

不一会儿，赵杨起身出去了，柳丁以为他去做事了，结果不到三分钟，他又回来了。

"我下去找接头，没找到，不知道被谁捡了去。"赵杨的话像兜头的一盆凉水浇灭了柳丁的满心希望。

柳丁真的想跟他大吵一架，但是该说的也说了，该做的也做了，这人还是无动于衷，只有自己在这边干着急，干上火，人家还是不紧不慢地按自己的路子走着，根本没想过去改变什么。

结果，赵杨愣是跑到隔壁人家去看了一上午电视，到底是把球赛看完了，就算柳丁扔了接头，也没耽误人家心里的正事。

柳丁拼命控制自己的怒火，她觉得赵杨完全不可理喻，不可理解，她本想尽自己的最大努力去改变他，但是好像于事无补，他还是那个他。

俗话说"江山易改，本性难移"，有的人远远不像表面看到的那么简单，只有经过长时间的相处，你才会慢慢地发觉他真正的性格。

而婚姻的好处就是你会拥有这样的机会，去了解你爱上的那个人，但是婚姻的坏处就是当你认清了那个你爱着的人的真正面目时，你却没有什么机会去反悔，因为一旦反悔，你就会付出相当大的代价。

离婚的代价究竟有多大？这一点只有柳丁最清楚，因为她已经离过一次，她不能再有第二次，哪怕这个人与自己臆想中的有多么不同，哪怕这个人的某些行为自己万分不能苟同，哪怕这个人的某些秉性已经大大超出了自己承受的范围，她也只好往后退，把这个范围慢慢扩大，她无法改变他，所以只好选择退让。

她以为退一步海阔天空，退一步就能维持这个家庭的和谐，然而有些事情，恰是你退了一步，对方便进了一步，你退了两步，对方便进了两步，你无止尽地退让，只会换来对方无止境地越界，到最后，你不仅得不到你想要的生活，你还会失去主动权，就算你一直忍下去，总有一天，你会发现，这早已经不是你想要的生活，因为你会发现自己活得太累，而别人还在无动于衷，活在自己惬意的世界中，毫无改变。

第十五章 人心

所以这世界上最难测的不是高度，不是深度，而是人心，纵使亲密如夫妻，两颗心仍是隔着一段肚皮的距离。

最近柳橙对此深有感触，李灿的借钱事件让她对自己的婚姻重新审视了一遍，或许她对自己的幸福太过笃定了，她对李灿也太过放心了，她对自己也太过自信了。

柳橙有点苦恼，她已经成功地把自己塑造成一个温柔贤淑的妻子形象，她已经尽力了，她不知道她还可以做些什么，按道理说，男人娶到像自己这样的女人应该知足了，难道还有女人做得比她更好不成？

她的疑问没人解答，于是她跟萧峰聊了这个话题。

“对于婚姻你怎么看？”柳橙先发问。

“婚姻是复杂的，但是和人性有关。”萧峰答。

“怎么讲？”柳橙问。

“就是婚姻中个体的性格非常重要。”萧峰答。

“比如？”柳橙问。

“双方都安于现状，喜欢按部就班的生活，害怕有波折、变数，这样的一对夫妻通常都能相伴到老。”萧峰答。

“这个世界上有几对这样的夫妻呀？”柳橙言下之意少之又少。

“所以，离婚率高呀，现代人越来越有性格了，稍有一点儿不满意、不高兴，都有可能离婚，他们的责任心也慢慢薄弱，不再为了子女、父母而委曲求全，他们只要自己活得高兴就行，现代人在为自己而活，不像老一辈父母好似都在为了儿女而活。”萧峰好像非常有感触，同时好像又把自己隔离在了现代人之外。

“难道你不是现代人呀？听你口气，好像你和现代人有多深的代沟似的。”柳橙觉得萧峰有点好笑，所以反驳道。

“说实话，姑且不论我的真实年龄确实跟你们有代沟，我的心理年龄更加苍老，我觉得两辈子的事情都被我看透了，人生就是一段经历，无论你如何挣扎，都难免走到尽头。婚姻也是一种经历，你所在乎的那些细枝末节，在时间这棵苍天大树上，只不过是渺小如一粒微尘。你以为漫长的一生，转瞬间已经快到终点。想开了就好，不要计较太多得失，也不要计较谁付出得多点，谁付出得少点，只要你的内心还爱着这个人，那么就凭着你的真心去做，他一定能够感觉到的，就算他将来辜负你也不要抱怨，因为失去一个爱他的人，那是他的损失，相反，你只不过丢了一个不爱你的人。”萧峰一反常态地说了好多话，占了大半个电脑屏幕。

“你对婚姻的感触很深呀。她是否是你想共度一生的女人？你后悔娶她吗？”柳橙问。

“婚姻和人生是一样的，有得必有失。她是个好女人，娶她我其实并不后悔，只是人生有好多事情并不是单单用后悔二字可以形容的，时间长了，你就会懂了，现在你还小，才刚刚走进婚姻，你就把它当做一堂课，认真地学习吧。”

“嗯，我想在这堂课中做一个优秀的学生，你就当我的老师吧。”柳橙觉得听萧峰的一席话，让她受益匪浅，有一种重回到校园的感觉。

“老师不敢当，作为经历过的人，倒是可以与你一起讨论一下，把自己的观点讲给你听，至于能不能学以致用，就看你有没有慧根了。”萧峰也会开玩笑。

关了电脑，柳橙的心情平复了许多，她觉得萧峰说得非常有道理，把婚姻当做一堂课来学习，未尝不是一件两全其美的事情。

柳橙认为李灿绝对是一个理智的人，他做不出感性的事情来，然而有些事情，往往会出乎意料，有些人，往往也会出人意表。

事情跟钱有关。

因林慧合伙人的资金问题，李灿把工资借给了她，本来当着柳橙的面林慧也答应了贷款下来就还钱，谁知道贷款竟然迟迟没有下来，工人等着拿工资，林慧只好再一次找李灿借钱，李灿见不得初恋情人在自己面前哭得梨花带雨，一时冲动之下，预支了大半年的工资，交给了林慧去周转。

月底到了，要交房子和车子的按揭贷款，李灿一看瞒不住了，才把事实真相告诉了柳橙，这次真的把柳橙惹恼了，她劈头盖脸对着李灿就一顿骂，别的事情她都可以忍，但是只要是谁动了本来属于她的钱，她的血就往头顶上涌，她完全控制不住自己。

李灿被骂得低着头，像个做错事的孩子，柳橙看他那个样子，忽而又心软了。

没有人比她更加了解李灿，他什么都好，就是性格太温柔，见不得女人受委屈，何况这个女人还是自己的初恋情人，人家开口，他能不帮吗？

柳橙没办法，只好把定期拿出来应了急。

她本想找林慧问个清楚，顺便探听一下虚实，但是最终还是忍住了，她觉得这个时候如果自己去惹林慧的话，有可能还会被她倒打一耙。

柳橙不在乎林慧怎么看自己，但是李灿怎么看自己却非常重要，因为这个人是她的丈夫，是她决定要共度一生的人，所以她不能让李灿认为自己是一个吝啬而又不仗义的女人，尽管她的内心真的不想对林慧大方和讲义气，但是表面功夫，却是非做不可。

柳橙把自己的苦恼倒垃圾一般倒给了萧峰。

“如果初恋情人找你借钱，你会借吗？”柳橙问。

“会。”萧峰答得非常爽快，不带一丝犹豫。

“为什么？”柳橙问。

“不好意思拒绝，想必她不是困难到一定程度，断不会找到我。”萧峰说的话应该也揭示了李灿的真正想法。

“最近，我老公遇到了这样的问题，那作为老婆，这钱我应该过问吗？我怕是骗局。”柳橙问。

“最好不要过问。”萧峰答。

“为什么？”

“因为这种事情不需要你插手，如果想骗钱，她自然还会开口，第一次借钱，因为曾经是情人关系，所以男人碍于情面在有能力的情况下必定会拔刀相助，第二次，也有可能会，但是对这个旧情人已经产生了不信任感，因为她不但没有信守承诺归还，还再次张口，他开始怀疑她的羞耻心和她的最终目的，第三次，断然会拒绝，并且从此后还会对这个女人敬而远之，唯恐避之而不及。”萧峰分析得非常透彻，明了。

柳丁感觉豁然开朗，无论林慧是出于何种目的，她这招看来都是自掘坟墓了，如果她是为了激怒自己，从而达到挑拨他们夫妻关系的目的，那么这一点她失败了，如果她是真的缺钱把李灿当做了摇钱树，那么事不过三，李灿必定会感到失望，继而拒绝，这招不仅不会拉近他们的距离，相反会让他们走得更远。

果然，被柳橙骂了一顿的李灿已经开始后悔了，他开始怀疑林慧的诚信，再加上最近林慧的项目因为资金短缺而造成了很大的损失，他也受到了牵连，这让他的心里更加不舒服，他觉得自己做事太冲动了。

每天上班，柳橙都往李灿的皮包里偷偷地放钱，这一点儿让他更加惭愧不已，为了一个已经成为过去式的女人，连累了自己的老婆，还影响了自己的事业与生活，他觉得自己真的太过分了。

从那后，只要是林慧来他办公室，他都尽量躲着，不与她接触太多，再有林慧的短信和电话，他也当做没有看到，随手就删除了。

但是林慧也不是省油的灯，她很快就察觉到了李灿的变化，于是她在贷款下来后，第一时间把借李灿的钱连本带息还了，并且附上了一封手写的书信。

李灿如释重负，把钱如数上交，唯独把信的事情隐瞒了下来。

一封信到底有什么样的威力呢？在这里不必细说内容，讲一个类似的事情，大家便能够明白了。

阿娇被汉武帝打入冷宫，请司马相如写了一封信，于是她便重新获得了宠幸。

林慧写的书信虽不至于达到司马相如的水平，但是却起到了同样的作用，信中她重提旧事，回忆了以前的甜蜜时刻，更加感激李灿给予自己的无私帮忙，最重要的是她控诉了柳橙利用小刀陷害她的事情。

信写得情真意切，柳橙陷害她的事情也证据确凿，林慧已经通过小刀媳妇得到了事情的全部真相，并且顺势把她和李灿分手的直接原因全部追究到了柳橙的头上。

李灿把这封信藏了起来，他不能让柳橙看到，其实看完信后他的内心深处不是没有悸动，只是他知道他没有任何理由去追究柳橙，因为她曾经做的一切恰恰带给了他如今美满幸福的生活，这封信反而让他更加清醒了，他更加清楚地明白了柳橙对于他的重要性，她是他婚姻中的伴侣，也是他要信任和爱惜到老的人，至于旧情人的一切都只能用来回想，或许某一时刻某一场景灵魂会有所触动，但是只限于此而已，他并不打算改变自己的现状，他爱着柳橙，他要跟她幸福地走下去，哪怕这条路一开始便是由柳橙在前面领跑，他也决不会中途逃跑，他们要一直奔向幸福的终点而去。

林慧以为这份封信会打动李灿，也会让李灿认识到柳橙的真实面目，然而人心却是非常复杂的东西，有些事情并不是黑与白那么清晰分明，感情本就是随心的一种东西，更何况这份感情现在已经走进了现实阶段——婚姻。婚姻牵扯的东西就更多了，面也更广了，家庭，社会责任，双方父母感受，同事朋友关系，等等。一个理智而又清晰的规划好了自己家庭的男人，他绝不可能因为一封旧情人的信而去破坏自己的计划。

李灿不再躲着林慧了，自那后，他反而控制住了自己内心深处的那一份悸动，因为他已经知道了林慧此次是带着破坏的目的而来，说不定自己一个不小心就会中了圈套，丢失这本来已握在手中的幸福，他不想冒险，也不愿意尝试，有些东西适合收藏，不适合拥有，有些感情适合追忆，不适合曝光。

鉴于林慧对自己的这份感情，李灿也许还会在她需要的时候给予无私的帮助，但是却多了一份戒心，学会了在适当的时候保持距离。

柳橙看出了李灿的变化，心里面很是安慰，她知道李灿和自己一样，是决不会让过去的事情来打扰到自己现有的生活的。

虽然他们的内心偶尔会怀念过去，虽然曾经的旧爱也许还会出现，还会影响自己的一些情绪，但是最终他们都可以很好地控制住。

婚姻不是光靠感性就可以经营的，理性往往是更加重要的一个因素，好在她与李灿两人都具备这点。

现实生活中，很多夫妻之所以由亲人变成陌路，最大的原因都是因为他们不善于控制自己的情绪与情感，一次次的争吵会让感情变淡，而变淡之后又会更加争吵，就这样恶性循环下去，最终会觉得对方可有可无，甚至离婚收场。

“三思而后行！”如果婚姻中的男女双方都能够做到这一点，那么他们的婚姻一定会顺利度过危机，幸福美满地走下去。

第十六章 “艳照门”事件

然而能做到“三思而后行”确实也不容易，鲁花就做不到，当她接到苏雪的挑衅电话，当她看到柳苏北手机中苏雪被非礼的视频，她想也没有想，直接用柳苏北的手机转发了出去，那一刻她没法多想，因为积蓄了三天两夜的怒气冲昏了她的头脑，她没有想到后果，她要用这一招让苏雪颜面尽失，威严扫地，最好能把她逐出校门，永远地远离柳苏北与她的生活，她才高兴。

苏雪确实颜面扫地了，当天夜里她的视频就以风一样的速度传播开了，甚至那个缺心眼的家伙群发的时候还把视频不小心发到了她的手机上。

她以为是哪个同事的恶作剧，所以才会在深夜发短信过来，她睡得迷迷糊糊，听到了短信提示音，但是却没有去管它，还好她当时没有起来去查看这则短信，要不然她下半夜一定睡不着了。

相反，柳苏北这一夜倒是睡得特别踏实，连日来他身心俱疲，忧虑重重，但是这一次他保护了心爱的人，他终于为苏雪做了一点事情，他感到分外安慰，所以睡得格外香甜，他不知道鲁花已经把视频群发了出去，他更不知道一场轩然大波即将在学校掀起。

第二天，鲁花照常做了早餐，柳苏北吃完就去学校了。

到了校门口，门卫看到他显得特别兴奋，一边跟他打招呼一边对他竖起大拇指，眼神还有点意味深长，柳苏北感到莫名其妙。

才踏进办公室，七八个同事一窝蜂似的围了过来，七嘴八舌说了一堆话。

“照片拍得不错，手机多少像素的？”

“现场直播呀？老柳你没流鼻血吧？”

“那男的是谁呀？是不是省局里的哪个领导呀？”

“苏老师身材怎么样呀？看起来保养得不错呀，胸部没有下垂，哈哈。”

柳苏北猝不及防地被这些问题包围了，他瞬间就知道出事了，那些视频和照片一定是他开会时候拍的那个，怎么回事？柳苏北还没有完全搞明白，他慌慌张张地站起来一路小跑到了教导处办公室。

苏雪脸色苍白地坐在那里看着手机，苏梅在一边咬牙切齿地骂着柳苏北。

“苏雪，怎么回事？”柳苏北走到苏雪身边，想问问清楚。

“啪！”苏梅率先冲了过来，给了柳苏北一记响亮的耳光。

“柳苏北你简直太龌龊了！这事你都干得出来！你让苏雪以后怎么见人！你还算是个人吗？你还配当老师？”苏梅打过还不解气，用手指着柳苏北，双眼通红，边哭边骂！

“姐，我想辞职。”苏雪没有责怪柳苏北，她只是淡淡地说了一句，随即站起来走出了办公室。

柳苏北也跟了出来，他想开口解释，却又不知道如何说起，这件事情虽然不是他做的，但是却跟他脱不了关系，“我不杀伯仁，伯仁却因我而死！”

苏雪走在前面，步履维艰，脚步蹒跚，她的背影看起来是那么消瘦，单薄，柳苏北的心疼了又疼，事隔多年，他再一次将她残忍地伤害。

柳苏北这个年过半百的人跟在苏雪后面忍不住流下了眼泪，为自己、为生活、为苏雪、还是为命运，他也说不清楚，总之前半生发生的事情在他脑海里反复重演，他忍不住有点心酸。

不知道走了多远，苏雪停了下来，坐在一棵大树底下。

柳苏北恍惚间觉得此情此景是何等熟悉，他四处环顾才发现原来他们来到了河堤，这个当年他和苏雪分手的地方。

柳苏北苦笑了一笑，当年自己走在前面，故意走得很慢很慢，他在前面流着眼泪，苏雪在后面一步一步跟着，虽然她拼命地压抑自己的哭声，但是他还是能够听见。

如今苏雪走在前面，他在后面跟着。

事件重演，他仍是伤害了她，不同的是时光催人老，事隔多年，他们仍旧逃脱不了互相伤害的命运。

柳苏北转身，边哭边大踏步地离开，为什么他永远无法带给苏雪幸福，只有伤害，他恨自己，他恨命运，他恨鲁花，他永远不要原谅她。

生活永远在跟我们开玩笑，坐在那里哭泣的苏雪不知道柳苏北一直跟在她后面，她更加不知道这个年过半百的男人还拥有着年少时的童真，他不忍心伤害她，他的心和多年前一样，为她心疼。

柳苏北没有去学校，而是径直回到了家里。

出乎意料的是鲁花没有去打麻将，她反而在煲汤，香菇炖鸡的香味散发到了整个楼道，这是柳苏北最爱的汤——鲁花原创，他曾经不止一次地夸过她，而且每次他都喝得干干净净，一滴不剩。

鲁花每次做错事情，都会煲汤给柳苏北喝，吵过闹过事情平息，柳苏北喝完一碗汤就会笑了，再美美地喝上两杯小酒，一锅汤泯了所有恩仇。

然而这一次鲁花错了，她这招不再管用了，因为她做得太错了，她伤害的不是苏雪，而是柳苏北。

自己被误解，柳苏北委屈，苏雪难过，他又心痛，鲁花煲汤，他也难受。

这样复杂的感情，让柳苏北没办法再待下去，他也没有力气再赶鲁花走，因为结果肯定还是会跟以前一样，所以他一声不吭地收拾了自己的衣服，他要离开。

鲁花看到柳苏北拿了行李出门，慌了，上来就拽住柳苏北的包。

“你要去哪？”

“我们离婚吧。”柳苏北就说了五个字，用劲挣脱了鲁花，鲁花一个不小心被推到了地上，号啕大哭。

屋里正在熟睡的婴孩好似也被吓醒了，跟着嗷嗷大哭。

柳苏北被这一大一小哭得心乱如麻，走到门口的脚步顿了一顿，然而想到苏雪，想到鲁花曾经干的这些事儿，柳苏北坚定了下来，转身大踏步地离开。

第十七章　照片的秘密

柳苏北因为一段视频不能原谅鲁花，自己离家出走，而柳橙也因为一张照片，使得自己与李灿刚刚平静的婚姻生活起了微妙的变化。

周末柳橙照旧上了网，和萧峰聊天，李灿则因为项目的事情出差去了外地，要第二天才能回来。

柳橙很高兴地把上次的事情汇报给了萧峰，她称赞他分析得太对了，简直比算命先生还准，现在自己和老公的生活又恢复了平静，那个初恋情人因为借钱，老公也对她敬而远之了。

萧峰很沉得住气，回复了一个微笑的表情过来，没有说话。

柳橙又叽叽喳喳地打了很多字，那边的萧峰还是沉默以对，柳橙觉得今天的萧峰挺奇怪的，所以就发了一个窗口抖动过去，随即打了一行字：惟草木之零落兮，恐美人之迟暮。她用第一天和萧峰聊天的话来试探屏幕那边是不是本人。

很快，回复来了：你是谁?

柳橙一慌，赶紧退了 QQ，直觉告诉她这个人可能是师母，也就是萧峰那个比自己小十几岁的学生老婆。

做完这一系列动作，柳橙蓦然觉得自己有点反应过度，她和萧峰是正当的网友关系，她有什么好怕的，何况萧峰根本不知道自己的真实身份。

没错，她应该内心坦荡，不过，却仍有做贼心虚的感觉，因为毕竟她确实惦记过萧峰，而且她还曾经和这个女人同坐过一张桌子，她们坐在一张桌子上聆听讲台上的萧峰讲课，而且那个时候她已经开始对这个女人羡慕嫉妒恨。

过了几分钟，柳橙经不住好奇心的驱使，又重新登录了QQ，她想看看她还说了些什么，她也好奇她会有什么反应。

然而令柳橙失望了，屏幕那边没有任何消息传来，萧峰的头像静悄悄地亮在那里，气定神闲。

“终于上来了，你到底是谁？”柳橙一上线，消息便来了。

“你是谁？”柳橙明白了，原来她在等自己重新上线，而且很有把握柳橙一定会重新上来的，柳橙有一种恼羞成怒的感觉，反问她是谁。

经柳橙这么一问，那边不说话了，没一会儿，竟然下了线。

柳橙对她的行为诧异极了，忍不住把QQ一直亮在那里，她以为对方会跟自己一样按捺不住好奇重新上线来盘问她。

没想到，等了一上午，萧峰的头像都是灰色的，对方再也没有上来一次。

柳橙咬咬牙，在心里说：算你狠。

结果这一整天下来柳橙都跟得了神经病一样，一会儿打开一遍QQ看有没有动静，一会儿又发个留言问对方是谁，结果还是没有动静。

柳橙第一次觉得自己失了镇定，相反，对方倒是十二分地沉得住气，不仅再也没有上线，更是没有再问她一句话。

柳橙心里暗忖这女人太可怕了，简直比自己还可怕，她还没遇到过比自己还要可怕的女人，所以她有点发慌。

到了晚上，柳橙还是把QQ挂在线上，她就不相信那个女人不会出现，果然不出所料，萧峰的头像亮了起来。

“你终于来了，你到底是谁呀？”柳橙也装作气定神闲的样子，发了一个消息过去。

“说什么呢？什么我是谁，你这丫头。”对方很快回复。

“你是本人？”柳橙一看回复便知道现在聊天的肯定是本人。

“你说呢？傻吧。”听这口气，此人确实就是一直把自己当成小丫头的萧峰。

“把QQ密码改了吧，你这QQ之前估计被人盗去了，还连连追问我是谁！”柳橙不想把自己的怀疑直接说出来，萧峰是个聪明人，他肯定能够听懂。

“知道了。”萧峰果然没问原因，就答应下来。

“今天忙什么？”萧峰问。

“没什么事情，就上了一天网，老公去出差了，明天才能回来。”柳橙倒是毫不避忌，直言相告。

“那一个人在家要锁好门窗，关好煤气。”萧峰果然没有辜负柳橙的信任，不仅没像其他网友一样觉得有机可乘，反而千叮咛万嘱咐，让柳橙注意安全。

“放心吧！我又不是小孩子，我成年了。”

“呵呵。”萧峰笑了。

“对了，你有博客吗？我想看看你写的文章。”柳橙问。

“有，不过，写的都是一些零星的片段，没有什么文采，也没有什么好看的。”萧峰似乎想推辞。

“给我看看吧，我保证不会泄露半点。”柳橙撒娇。

“好吧，不过你答应我，你看过什么也不要说，什么也不要问，只当个普通的看客就行了，也不要评论，也不要留言，OK?”萧峰与柳橙约法三章。

“好。我保证，拉钩上吊，一百年不许变。”柳橙发了一张两个卡通小猪的图片过去。

“呵呵，你慢慢看吧，我下线了。早点睡。”萧峰发了地址过来，就匆匆下线了。

柳橙用鼠标点击萧峰发过来的链接，网页打开得有点慢，柳橙趁着这个空当起身去倒水，等她回到电脑桌前的时候，网页已经打开了，她看到那个画面，整个人都呆掉了。

那是一幅动态的图，画面上一个小女孩穿着碎花的裙子站在河堤下，树上的花朵一瓣一瓣地落下，飘到了小女孩披散下来的长发上，女孩手里拿着一把口琴，眉头微蹙，眼神忧伤地凝望着远方。

不，确切地说不是凝望远方，而是凝望一个人，这个人不是别人，是站在树下的萧峰，当然除了画中的小女孩，没有人知道这个秘密。

知道这个秘密的不是别人，正是呆掉了的柳橙，她因为看到自己的照片而几乎窒息，她不知道原来自己小时候是如此美丽，她更加不知道有个人竟然把这张照片悄悄地收藏了起来，而这个人还是自己曾经喜欢的那个人。

柳橙慢慢地坐了下来，上了自己的博客，打开了相册里那张加了密的照片，柳橙把两张照片放在一起，这才是完整的一幅图像：柳橙站在河堤下凝望萧峰，心里面又恨又忧伤，萧峰站在树下望着她，笑意盈盈，眼睛里面满是欢喜。

照片的秘密解开了，柳橙知道了答案，或许这并不是爱情，不过，却胜过爱情。因为萧峰一直把自己放在了心底最软弱的角落里，小心翼翼地收藏至今。

有些回忆，如此美丽，超越所有界线，在那一刻定格，永远留在了两个人的心里，是任何人都无法分享的瞬间，这种感情有时候比任何关系都要私密。

因为这张照片，柳橙辗转难眠，她觉得跟萧峰真的很亲很亲，这种亲昵感几乎超越了与自己同床共枕的李灿。

萧峰不再是别人，不再是遥不可及的老师，不再是电脑屏幕那头陌生的网友，他变成了一个重要的人，一个别人永远无法替代的亲近的人。

第十八章 “经济危机”

其实这种微妙的感觉很多人都曾经拥有，尤其在我们年少的时候，曾经总会有那么一个人关心着自己，他不声不响地陪你走过一段岁月，让你多年后都难以忘怀。

他总是在晚自习过后与你同路，骑着自行车跟在你的后面，时不时便按一下铃铛，让你知道你不必害怕，有人会一直保护着你。

当你越来越频繁地遇到他，你便很好奇地问：“你家也在这附近吗？怎么老是遇到你！那以后我们都一起结伴回家吧。”他只是点点头，腼腆地笑了。

多年以后你为自己的幼稚感到好笑，你明白了那个人绕了多远的路来与你同行，他用自己的方式默默守护着你，而单纯的你一无所知。

柳丁生命中就出现过这样的人，那已经是十几年前的事了，那个男孩子有着柔软乌黑的头发，清亮的大眼睛，他总是骑车等在柳丁必经的路上，陪伴她走过一段。

柳丁老是遇到他，就问他是不是住在附近，那个男孩子点点头。

从那以后，柳丁就一直与他同路，不过却再没有什么交谈，毕业后，他们也失去了联络，从此再没有见面。

柳丁有时候会想起那个画面，感觉像是在看一部无声的黑白电影，但是那种被人守护的温暖感觉却长久地印在了心底，从此再也没法获得。

所以，柳丁是个没有安全感的女子，多年来觉得自己都在颠沛流离，自从妈妈去世后，她觉得自己再也没有家了，柳苏北再婚，家里多了一个陌生的女人，她觉得那已经不是自己与妈妈爸爸妹妹所共同拥有的那个家了。

直到重遇到赵杨，与他结婚，她才感觉自己与儿子暂时有了栖息地，然而赵杨一直没有能力买房子，他们一直住在租来的房子里，柳丁心里的漂泊感其实一刻也没有停止。

赵杨曾经答应柳丁，一定会在两年内买房子，让柳丁拥有自己的家，这一点柳丁从来没有怀疑过，她一直都在等待，等待拥有属于自己一家四口的幸福的家。

然而，一年过去了，赵杨工程上的事情似乎毫无起色，相反他把柳丁微薄的存款也搭了进去，他总是说这个工程要投资多少钱，还不够，所以找柳丁借钱，柳丁为了他们共同的目标几乎每次都没有任何犹豫，然而最终没有一个工程赵杨会做得漂漂亮亮，他总是结不到账，总是没钱。

柳丁近来陷入了“经济危机”，她的存款已经全部被赵杨拿去投资工程，一时半会也未见回报，赵杨总是说今天结账，明天结账，然后就一直拖下去，柳丁几乎看不到回头钱，那些钱一去不复返。

柳丁曾经也非常苦恼，跟妹妹讨论过这个问题，妹妹总是让她长个心眼儿，不要到最后让自己血本无归，借钱还债，重蹈覆辙。

柳丁是一个血性的女人，她不看重钱，她看中的是情，然而一个钱磊已经让她受够了被人追债的滋味，如今好不容易攒了一点钱，却又被赵杨拿去打了水漂，柳丁觉得自己永远就是一个大傻瓜，她痛恨自己的大方。

然而，这绝对是她的自以为是，赵杨却完全不那么看。

这一天，赵杨又来找她借钱，不多，一千块，说要买工程上的什么材料，等结了账就把钱还给她。

柳丁想也没想拒绝了：“我没钱了！”

“你不是才发工资吗？”赵杨倒是很清楚。

“那你把钱拿去，我们四个还吃不吃饭了，还买不买菜了，还过不过日子了？”柳丁气愤极了。

“你怎么这么抠门呀？从来没见过你这么抠的女人。”赵杨恼羞成怒，指责柳丁。

“我抠门，你怎么不说你自己不争气？你做的什么工程呀？哪一次给人家善始善终的？还怪结不到账，那是因为每次都没把人家的事情做好！还一直找我借钱，哪一次你还过呀？还说买房子，你再这样下去，一辈子也买不起房子！”柳丁不吐不快，连珠炮似的把憋在心底的话全部说了出来。

“买不起就不买。”赵杨冷着脸说。

“那你把钱还给我！把之前借的全部还给我！”柳丁一听这话，更加来火了。

“好，你算算，我借了你多少钱。”

“你说你借了多少？”柳丁反问。

“前前后后，最多一万多块，结到账还给你，现在没钱。”赵杨倒是会算账，把钱算少了一半，还理直气壮地说有钱就还。

柳丁还想再数落一番，没等她开口，赵杨已经站了起来，甩门而去。

柳丁见状，气得脱掉系在身上的围裙，扔到地上，锅里烧的菜正向外散发着香气，柳丁冲过去关了火，把菜倒进垃圾桶，眼泪随即也掉了下来。

柳丁不知道为什么别的女人就能简简单单地拥有一个幸福的家，她们没有她聪慧没有她漂亮，但是她们的命为什么都比自己好，她们什么心都不用烦，她们就在家带带孩子，打打麻将。

柳丁觉得自己上辈子一定是做了坏事，这辈子才过得这么凄凉，她的梦想其实很简单，找一个可以依靠的男人，拥有一个自己的家，怎么别的女人可以那么轻松就获得的，到了自己这里却如此艰难。

如果说曾经的自己还有那么一点贪念，想找一个又帅气又体贴又能挣钱的老公，那么经历过一次失败的婚姻，看透了男人本性的柳丁此刻已经把愿望降了又降。

“小富即安，小爱则满。”她只想这样，就够了。

难道这是她的贪心吗？还是冥冥中一切皆已注定。

柳丁突然觉得自己不适合结婚，或许她只能单身，她应该带着儿子过着幸福的生活，而不是把希望寄托在赵杨身上，这个世界上，除了家人，她只能依靠自己相信自己，赵杨名义上是她的丈夫，事实上却没有尽到哪怕一丁点儿丈夫应该尽的责任。

然而一想到别人的眼光，一想到柳苏北和柳橙伤心的样子，她很快逼着自己放弃了这种荒唐的想法。

第十九章　隐居生活

的确如此，现实生活中好多人都因为畏惧世俗的眼光而逼自己去做一些不情愿的事情，他们不知道快乐是什么滋味，因为他们的心一直都很累很累。

就像柳苏北，他对鲁花的忍耐虽然已经到达了极限，但是他还是不想离婚，遭人耻笑，因为他已经一大把年纪了，说得难听点，现在多活一天都是赚的，身子已经一大半都埋在了土里，再折腾只会让别人看了笑话。

柳苏北没有办法，唯有在世人看不见的地方使劲折腾自己，他求爷爷告奶奶地好不容易办理了退居二线的手续，他已经没脸再去学校，他不想再给苏雪脸上抹黑，他也不想苏雪因为他的关系而放弃大好前途，毕竟苏雪还年轻，他不能毁了她。

柳苏北过起了隐居的生活，他回到了乡下的老家，每天种种菜，养养花，日子倒也过得平静踏实。

他想效仿陶渊明：方宅十余亩，草屋八九间，榆柳荫后檐，桃李罗堂前。

柳苏北甚至亲自动手在院子里搭了一个草棚，上面简单地盖了一些瓦片，以做遮阳挡雨之用，他把祖父的躺椅、茶具和墨宝全部搬了出来，放到了棚子下面，闲暇的时候便去翻祖父的书柜，里面全是祖父的藏书和墨宝，他翻出一些，拿来欣赏和临摹。

到了周末，他照常去把柳笑接来同住，他教柳笑写字，带他去田里玩耍，柳笑从来没有来过老家，所以非常兴奋。

他看到黄牛，非常疑惑。

“外公，那是什么？”柳笑指着黄牛问。

“是牛。”柳苏北答。

“它在那里干吗？”柳笑问。

“吃草。”柳苏北答。

“那它为什么不回家？”柳笑问。

柳苏北停顿了一下，思考怎么回答。

“牛吃草，猫吃什么？”柳笑继续问。

“猫吃鱼。”柳苏北答。

“狗吃什么？”柳笑问。

“狗吃饭。”柳苏北答。

“错了，狗吃骨头。”柳笑纠正，总算难住了柳苏北，开心地笑了。

“呵呵，其实狗也吃饭。”柳苏北也笑了，补充了一句，抱起柳笑一路小跑，两人去了河塘，又去了田里，摘了野花，还摘了一些莲蓬。

不料天公不作美，转瞬下起了大雨。

柳苏北和柳笑只好一人摘了一片荷叶顶在头上，往家里跑去，乡下的土路经过雨水的湿润很快变得稀松泥泞。

柳笑边跑边新奇地对柳苏北喊：“外公，好多奶油呀。”柳苏北听着直乐。

周末的时光因为有了柳笑而分外愉快，柳苏北和柳笑约定回去一定要对妈妈保密，不能告诉她在乡下玩耍，要不然下次他就不能带柳笑来了。

柳苏北还没有把目前的状况告诉两个女儿，因为他还没有想好应该怎么办，他也不想让两个女儿反过来为他心烦。

然而柳丁教出了一个好儿子，他不擅长说谎，回去的第一时间便告诉柳丁：妈妈，外公没有带我去乡下玩。

柳丁听完马上就明白了，原来柳苏北带儿子去了乡下，她觉得特别奇怪，再联想上次柳苏北喝酒事件，她觉得事态严重了。

不用多想，柳丁迅速打了电话给妹妹柳橙，汇报了这么一个情况。

两姐妹一商量，各自买了一些生活用品，约定了下周就去乡下找柳苏北。

柳丁没有把上次柳苏北喝醉酒失态的事情告诉柳橙，直觉告诉她，柳苏北此次去乡下跟这件事情有直接的关联。

在去乡下之前，她想自己先了解一下，她要去找鲁花问个清楚，两个人的新婚生活到底出了什么状况。

柳丁到家里的时候，鲁花正在打麻将，她一手抱着孩子，一边正高兴得直喊：“门清对对和！给钱给钱。”

柳丁皱皱眉头，走到鲁花面前：“怎么打麻将门也不关，你们也不怕抓赌的来？你累不累呀，还抱着孩子？”柳丁没办法控制自己的口气，眼见着鲁花在自己家里快活，而柳苏北却被逼到了乡下，过着孤独的隐居生活。

“柳丁来了，怎么没事先说一声，不打了不打了，大家回去吧，这局不用给钱了，就当我请喝茶了。”鲁花连忙招呼大家离开，众人听到这把钱免了也都喜滋滋地走了。

“你跟我爸怎么了？”众人一走，柳丁问鲁花。

谁知道不问还好，一问就出事了，鲁花放下孩子，抓着柳丁的手就哭了起来，边哭边把事情的始末讲给柳丁听。

柳丁听完，才知道原来事情搞得这么严重，她上前把鲁花扶了起来，悠悠地叹了口气，一时之间，她也不知道该说什么。

“我爸怎么说？”柳丁问。

“他说要离婚。”鲁花的眼泪还没止住，一边哭一边回答。

“你怎么想？”柳丁问。

“我是不会离的！”鲁花回答得斩钉截铁。

房间里孩子好像受了惊吓似的“哇”地哭出声来，柳丁见状连忙进去把孩子抱起来，鲁花也去厨房找奶粉泡给孩子喝。

尽管柳丁一开始就不太喜欢鲁花，但是事到如今，她却也并不赞成离婚，因为没有任何人比她更了解离婚对于女人所带来的伤害，而且鲁花和柳苏北都是再婚，如果离婚，别人会怎么看，鲁花的儿女会怎么看，他们本来以为自己的母亲已经可以安享晚年，所以他们甚至放心地把孩子也交给鲁花来带。

不去想鲁花有没有私心，或者鲁花的孩子有没有私心，既然柳苏北娶了鲁花，这些责任本就不可避免，所以就算柳苏北心里有怨言，他也没有理由拒绝。

柳丁带着柳笑与赵杨重组家庭，赵杨虽然在经济上没能给她们母子带来帮助，但是在感情上也算是尽到了责任，至少他没有把柳笑当做外人，虽然暂时没有能力，倒也一直一视同仁地对待柳笑和赵小兵，无论是买吃的喝的穿的兄弟俩都是一样。

没有任何人能够明白这种感受，那就是作为父母更希望子女能够得到爱，得到关注，得到幸福。

柳丁可以理解鲁花，她并不想打破这安稳的一切，她与孙子现在的依靠就是柳苏北，无论从经济上还是感情上，柳苏北在她心里的位置应该都是无法替代的。

柳丁留下来吃了晚饭，鲁花问柳苏北在哪里，柳丁说让他冷静一下吧，也许分开一段时间，他就能够想通了。

两姐妹好似心有灵犀，第二天柳橙也登了鲁花的门，她跟姐姐的目的不一样，她不是来了解的，她是来直接要求他们离婚的。

“你们离婚吧。”柳橙单刀直入。

“为什么？”鲁花的眼睛一下子睁得很大，看来非常惊讶柳橙说出这样的话。

“你给不了我爸幸福，你们本来就不适合，他只是被一时蒙蔽。”柳橙说出自己的分析，好似这是一个简单的数学题。

“我不离。”鲁花转身走进房间，抱起孩子。

“你要多少钱？”柳橙跟着走进了房间。

“你什么意思？”鲁花放下孩子，转身狠狠盯住柳橙。

“你跟着我爸不就是为了钱吗？你别告诉我你爱他，你才认识他几天，还有这个孩子，你儿子为什么把他放这里，难道不是想占我爸的便宜，你们家还挺会算账的。”柳橙的想法和柳苏北一样。

“你怎么知道，难道你是我肚里的蛔虫？”鲁花的眼泪掉下来了，反问柳橙。

“不管怎么说，结婚后，你唱的戏是左一出右一出，让我爸不得安稳，颜面扫地，你不仅没做到妻子应尽的责任，你还把他逼到了乡下！你难道这么贪心，还想要这套房子；告诉你，鲁胖子，这房子是我爸妈一直住的，就算我爸答应给你，我都不答应。”柳橙一想到自己老爸被逼到乡下，鲁胖子和孙子却霸占了自己家，她就非常气愤。

“我没有想过要这房子。”鲁花听到柳橙这么说，连忙解释。

“那你到底要什么条件。”

“不管你怎么说，我就是不离！”鲁花急了。

“为什么？你还想要什么？到底为什么非是我爸不可，他有什么好？他也没什么钱，只不过是一个穷教书的。”

“我不知道什么是爱情，我只知道老柳是个好人，他心软，心软的男人坏不到哪里去，以前我男人动不动打我骂我，不把我当人看，老柳却让着我，疼着我，他虽然很烦小孙子吵他睡觉，但是他夜里还是会起来给他泡奶粉喝，我想找个好男人，有什么错？他越好我越怕他被别人抢走，我是他的合法妻子，我只是在捍卫自己的家庭，我有什么错？总之，不管你说什么，这辈子就算死，我也要跟柳苏北埋在一块。”鲁花说不出什么大道理，但是却把自己内心的想法说了出来。

柳橙听完鲁花这一席话，愣住了，她一直以为鲁花只是贪图柳苏北的钱，她不知道鲁花更看重的是柳苏北这个人，她不知道柳苏北在鲁花的心目中原来如此重要，她也不知道鲁花看似蛮横无理的做法只是因为她太过紧张，她的前半生一定是受了太多的苦，所以她才会杯弓蛇影，她害怕自己的幸福是镜花水月，所以一有风吹草动便神经敏感，反应过度，她想不到别的，只想着抓住柳苏北，死也不能让别人抢走。

柳橙静静地看着鲁花，好似重新认识了这个人。

过了一会儿，柳橙什么话也没有说，转身走了，下楼的时候，她听到了鲁花号啕大哭的声音，这声音第一次刺痛她的心，也是第一次，她从这哭声中听出了悲怆和心酸，这个女人泼辣不讲理，连哭声都响得震天，但是她比任何人都知道柳苏北的好，因为她知道，所以她珍惜，她舍不得放手，她不惜一切手段，只是为了使劲地抓住手里的幸福，不让它溜走，她所做的一切看似不合理，其实出发点就是如此简单。

柳橙和柳丁不约而同地有了一个想法，就是柳苏北是对的，鲁花确实是一个不错的女人，至少她很有眼光。

这个世界上，有好多夫妻都过着这样的生活，女方强悍得不得了，男人好似一生都在受罪，但是他却离不开她，别人看了都觉得这个男人活得窝囊，其实这个女人想必有一定的好，别人看不到，只有这个男人自己心里清楚。

第二十章　摧毁

柳苏北的心里到底清不清楚鲁花的好呢？答案是肯定的。

如果没有这次离家出走事件，也许鲁花的好就不那么明显，但是就因为柳苏北离开鲁花过起了独居的日子，鲁花的好反而更加清晰地突显了出来。

每当柳苏北吃饭的时候，他就想起鲁花，因为鲁花烧的菜真的非常好吃，鲁花煲的汤更是一绝；每当晚上睡觉的时候，他也会想起鲁花，因为鲁花每天都会在睡前给柳苏北推拿按摩，手法绝对纯正；每当柳苏北手痒想打麻将的时候，他也会想起鲁花，因为鲁花打麻将真的很厉害，赢多输少，每当她赢了钱回来，她就会眉飞色舞地讲她的必胜秘技给柳苏北听，一边讲一边教育柳苏北下次遇到这样的情况应该怎么打，柳苏北每次都听得津津有味，下次用在实战中，果然颇有收获。

还有很多很多，生活中的细枝末节，柳苏北都会想起来，毕竟他们共同生活了一段时间，两人还有共同的爱好。

爱好是一件很微妙的东西，就算两个人文化水平上再有差异，都可以通过共同的爱好来沟通，不论这个爱好是什么，两个人都喜欢，这便是他们的相通点，他们一起欣赏，一起讨论，这是他们生活中必不可少的东西，所以他们有说不完的话题，而且一讲起来就分外高兴，也就能够引起情感上的共鸣。

不要小看这一点，很多人恰恰是因为这一点而成为知己良友，当然也会因为这一点而成为夫妻，这个世界上最值得羡慕的夫妻不是永远不会争吵的夫妻，而是他们总是眼光一致，喜欢对方所喜欢的东西，他们有共同的爱好，他们一起去做喜欢的事情，这种感觉无法替代，每当他们对此有了新的想法和感触，他们就想第一时间告诉对方。

这不，柳苏北最近闲得无聊，翻到了祖父珍藏的一本麻将秘籍，他如获至宝，仔细研究，觉得这本书写得真的非常好，里面写的实战性的技巧也非常好，看到精彩处柳苏北拍着大腿恍然大悟，原来是这样。

看完整本书，柳苏北第一时间想打电话给鲁花，他想把这本书讲给鲁花听，两个人共同研究一下，然而他又突然想起，他与鲁花已经分手了，不久还会离婚。

柳苏北不可避免地有点沮丧，突然间他觉得鲁花不再是那么面目可憎，虽然她确实蛮不讲理，做错很多事情，但是总得说来，她对自己还是非常好的。

但是，柳苏北又想到了苏雪，想到了那条河堤，前尘往事再加上近来苏雪所受的伤害，他又忍不住替苏雪心疼，这个时候他又觉得鲁花特别可恨，同是女人，为何她能做得那么绝，不留一点余地，她太狠毒了。

刚刚回想起来的鲁花的好瞬间就被她的狠毒替代，柳苏北没有办法给她找理由开脱，他也不能为她所做的错事找借口，因为这样就伤害了苏雪，好似她应该承受这一切，全部都是她咎由自取似的。

苏雪何其无辜，要被伤成这样，柳苏北不敢想象现在苏雪过的是什么日子，她还在学校吗？她怎么能承受住别人异样的眼光，多年来她把自己的形象经营得那么好，如今一朝毁尽，她能不恨吗？

当然恨，苏雪不可能不恨，她恨柳苏北毁了她的生活，从前是，现在还是。

苏雪不知道自己上辈子做了什么对不起柳苏北的事情，所以这辈子才要受尽他的折磨，永远生活在他的阴影之下，当年毫无理由被柳苏北抛弃，只说了一句对不起就再也没有回头地离去，如今又是他亲手摧毁自己的一切。

一个女人重要的是什么？是自尊，是名节，苏雪可以被杀被剐却不能被侮辱，她之所以离婚，也是因为前夫嫌弃她不够女人，她宁愿伤了心绝不能伤了自尊，她要自己活得漂漂亮亮的，让所有人都知道她是一个多么自信而又美丽的女人。

然而，柳苏北的到来，彻彻底底地摧毁了她苦心经营的一切，她绝不会放过他，她绝不能让他好过，就算他不来学校，她也要他不得安宁，她也要摧毁他的一切。

柳苏北自己躲起来享清闲，而苏雪在学校里却时刻被人说三道四，指指点点。

苏雪感到前所未有的惶恐，她看到每个人都觉得人家拿异样的眼光看她，有男同事对她笑，她觉得那笑容充满邪恶，有女同事对她笑，她觉得那笑容充满嘲弄，甚至有学生对她笑，她也觉得那笑容不怀好意。

她没办法再留在学校里，所以先办理了停薪留职手续，她要好好想想，下一步应该怎么做，她不能任由柳苏北毁了自己的一切。

这些天苏梅也请了假陪她，生怕苏雪想不开，气极了的时候，苏梅就当着苏雪的面骂柳苏北，倒是苏雪表面上始终一言不发。

“你是不是对柳苏北还有感情？”苏梅问。

“没有。”苏雪否认。

“你不要傻了，他这种事情都干得出来，你对他还有什么好留恋的！”苏梅对柳苏北的恨已经到了一发不可收拾的程度，如果允许的话，她杀了他的心都有，先是自己，后是妹妹，她们姐妹俩的人生因为这个人变得充满坎坷痛苦。

“也许不是他，是他老婆干的。”苏雪替柳苏北辩解，因为她的内心深处不愿意相信柳苏北会干出这样的事情来。

“那个泼妇知道什么，她懂什么，一看就是没有文化，我看一定是柳苏北屈于她的淫威不敢反抗。总之，都不是什么好东西。”苏梅分析得头头是道。

苏雪听了，也不再说话，毕竟，苏梅比她更了解柳苏北和鲁花，她几十年没有见到柳苏北，她也不知道柳苏北和鲁花的感情到底怎么样，只不过现实生活中太多这样窝囊的男人，柳苏北看着就是一个标准的怕事的人，要不然当年也不可能因为柳妈妈反对，就不管不顾她的感受和她分了手。

苏雪想到这里，新仇旧恨一起涌上心头，她不甘心，她的心不能平静，她觉得自己不做点什么会疯掉。

当然得做点什么，任何一个有血性的女人被人欺负到这种程度都不可能无动于衷，苏雪还不是一般的女人，她比别的女人更看重她的形象，她的自尊，柳苏北的所作所为和把她凌迟处死没有任何区别。

苏雪不能让他们安生，柳苏北的避而不见让她几乎抓狂，她要见他，她要知道他为什么这么做。

没有告诉苏梅，她单枪匹马地找到了柳苏北家。

柳苏北已经几天没回家了，鲁花一开始还抱着侥幸心理，认为柳苏北气过一阵子就会回来，没想到的是他竟然沉得住气一直没有回来，电话也不接，好似消失了一般，鲁花心乱如麻，没办法再安心地吃饭睡觉打麻将，她多数时候都抱着孩子搬个板凳坐在小区门口等柳苏北回来，孩子如果睡了，她就站在家里的阳台上望着小区门口，她盼着柳苏北已经消了气，哪怕没有消气回来跟她争吵也好。

苏雪敲门的时候，鲁花正站在阳台上望着小区门口，她一听到敲门声便喜出望外地小跑着去开门，她心想一定是柳苏北回来了，她还责备自己一直站在阳台，却为什么没有看见他进小区的门。

房门打开的一刹那，两个女人都失望了，门外的人不是鲁花盼望的柳苏北，开门的人也不是苏雪痛恨的那个人。

“你是谁？”鲁花最先反应过来，问道。

“我找柳苏北。”苏雪也很快恢复了平静，她已经猜到开门的人正是鲁花。

“你是谁？”鲁花也猜到了此人的身份，但是她还是追问。

“我是苏雪。”苏雪倒也不怕承认，说完便使劲推门而入，边走边喊“柳苏北，你在哪？你给我出来！”

鲁花跟了进来，面无表情地看苏雪一间房一间房的找柳苏北。

“他人呢？”苏雪找遍了房间，都没有看到柳苏北，她把矛头对准了鲁花。

“出去打麻将了。”鲁花想也没想，脱口而出。

“打麻将，我让他打，我让他打，有种他不要出现，要不然我饶不了他。”苏雪被鲁花的话一刺激，整个人彻底失控了，她的眼泪瞬间就下来了，同一时刻她发了疯似的见到什么就砸什么，柳家客厅很快就狼藉一片。

鲁花一反常态，很冷静地看着苏雪砸东西，她没有阻止，也没有出声劝阻，她更像在看戏，好似一切都跟她没有什么关系。

“就是你，就是你打了我姐是吧，你这个狠毒的女人，你这个泼妇。”苏雪一看鲁花没有反应，更生气了，上去就给了鲁花一个耳光。

鲁花没有反抗，这巴掌打得狠，有血沿着鲁花的嘴角流了出来，孩子在屋里被吓得“哇哇”大哭。

苏雪还要上来纠缠，鲁花推开她，说了一句：“你去照照镜子，看看谁更像泼妇。”转身进了房间把孩子抱到了怀里。

苏雪听完这话，想也没想就冲上去跟鲁花拼命，她已经丧失了所有理智，她被鲁花的镇定刺激得发了疯。

两个人拉拉扯扯间，孩子哭得更加厉害，鲁花怕孩子伤到，所以用手护着孩子，自己就吃了亏，头发被苏雪大把大把地揪了下来，胳膊上身上到处都被苏雪抓伤踢伤，她只是拼了命地护着孩子，几乎没有怎么反抗。

苏雪心里的气愤可想而知，她使劲地发泄着对柳苏北和鲁花的怨恨，所以她的力气也大得惊人，鲁花终究失了力气，手一软，孩子被苏雪拉扯间摔到了地上。

孩子落地，凄厉的哭喊，鲁花和苏雪都被这突发的状况震到了，一时间停止了打闹，鲁花率先反应过来，扑过去抱起孩子，慌慌张张跑到客厅打电话给柳苏北。

这边的柳苏北一看是鲁花打的电话，本来不想接，但是转念想想也应该和她好好谈谈离婚的事情了，所以他便接起了电话。

“老柳，孩子摔地上了，要不行了，哭得要断气了，我怎么办，我怎么办？”鲁花的声音和孩子的哭声一下子把柳苏北吓到了。

“快送去医院，我马上就到，别怕。”柳苏北也慌了，人命关天。

这边的苏雪也从惊吓中反应过来，她先一步抱过孩子往楼下跑去，边跑边对吓傻了的鲁花喊：“快点，去医院，快点。”

鲁花被苏雪这么一喊，反应过来似的，进屋拿了孩子的披风跟着下了楼。

赶到医院，苏雪帮忙办理了相关手续，经过一系列的检查，医生初步诊断孩子没有生命危险，只不过受了惊吓，才会一直哭闹不止，不过，仍是建议孩子留院观察一晚，以防有其他症状。

鲁花和苏雪同时松了一口气。

正在这个时候柳苏北也赶了过来，他一进病房门就看到了鲁花，鲁花脸上的血水和泪水混在一起，异常狼狈。

“发生什么事了？”柳苏北被鲁花的样子吓倒了，他冲到鲁花面前。

“没什么。我去洗洗脸。”鲁花避开柳苏北，径直去了洗手间。

柳苏北转过身这才看到苏雪也站在旁边，她的头发凌乱，外套上的纽扣好像全部都被扯掉了，整个人脸色苍白，眼睛通红，一看就似哭过。

“苏雪。你怎么也在这里？到底发生了什么事？”柳苏北走上前。

“不用你管。”

苏雪没有理睬柳苏北，离开了病房。

第二十一章　钱是个什么东西

都说三个女人一台戏，两个女人也不例外，只不过这出戏里一定有一个男主角罢了，柳苏北很不幸地成了这出戏的男主角，他夹在中间，变成了一个两边都不讨好的人。

柳苏北本想平静地走完剩下的时光，然而天不遂人愿，在晚年给他安排了这么剧烈的情节，他苍老的心脏有点难以承受。

然而柳丁却通过这件事情参透了一些生活的玄机，她突然觉得她和赵杨的生活要比柳苏北幸福得多，于是她第一次知道了什么是比上不足，比下有余，原来任何事情都因为有了对比才产生了那么多的心理活动，羡慕、嫉妒都来源于此，这些负面的情绪渐渐地会酝酿成一种强大的力量，摧毁本来应该平静安逸的生活。

柳丁释然了，她不想跟赵杨计较这么多了，因为她确实还爱着他，就算他有这么多缺点，就算他多么让她失望，她还是喜欢与他待在一起，哪怕那些时光里，多数是争吵、不满，但是只要想起来那些开心的时刻，便觉得赵杨对于她而言是任何人都无可替代的。

柳丁主动取出了刚发的工资，又借款一千元给赵杨，赵杨有点不好意思但还是收下了钱，柳丁给钱的时候笑着说："钱是王八蛋，花了再去赚。"

钱是个什么东西，其实古往今来的说法都大有不同，有人说有钱能使鬼推磨，到最后甚至演变成了有钱能使磨推鬼，可见金钱的力量在有些人的眼里已经大到无形，拥有了某种神力；还有人说钱不是万能的，没有钱却是万万不能。当然，钱绝不能买走我们心中更加珍贵的东西，但是当我们去追求这些珍贵东西的同时，却又不能脱离金钱的控制，因为我们要生活，我们要用金钱来支撑最起码的生活，这便是人们对于金钱的一种无奈，金钱这个时候变成了我们追求美好的一种基本手段；还有人说视金钱如粪土，一切皆是浮云，也不能说这种说法是错误的，只能说这些人已经超越了世俗，就快羽化成仙，他们已经不需要吃喝拉撒，他们自身已成浮云。

其实钱到底是个什么东西呢？钱就像锅里的红烧肉，自己碗里没有的人，就会对它非常渴望；自己碗里有的人呢，就没什么感觉，甚至还会非常厌烦，当然这个世界上还是碗里空空的人居多。

你喜欢一样东西，不在于那样东西本身具有什么样的价值，而是取决于你对这件东西的在乎程度，金钱的定义本是价值的货币表现，金钱是劳动交换的等价交换物，只不过，很多人太过在乎，所以它便仿佛有了神通，反过来把人奴役了。

柳丁年轻的时候非常清高，她有点视金钱如粪土的感觉，这跟柳苏北和丁橙橙从小就没让柳丁缺过钱有相当大的关系，她不知道赚钱的辛苦，钱在她眼里就是一个数字，直到她与钱磊那个贫困的家庭打了交道，她才知道金钱真的是生活中必不可少的东西，不过，虽然如此，她的内心仍是充满了热血，她摩拳擦掌地想与钱磊共同打拼，用自己的双手创造一个美满而小康的家庭，然而各方面的巨大差异让两个人从情人变成陌路，不仅如此，到最后，钱磊还给她留下了一笔不小的债务，还债的那几年，她过得非常辛苦，因为从小到大，柳丁没有向谁低过头，但是面对那些债主，柳丁没办法保持她的骄傲，她低三下四地请求他们给一些时间，让她可以按月还钱，她觉得自己已经没有任何自尊可言，那种感觉，她一辈子也忘不了。

这一次，柳丁又开始冒险了，她把最后一个月的工资也借给了赵杨，因为比起金钱，她觉得还是赵杨更加重要，尽管赵杨的做事方法她一直不喜欢，她之前的那些钱也没有收回，不过，她仍愿意再相信他一次，给彼此一次机会。

赵杨这次的表现没有让柳丁失望，没过一个星期，他就把钱还了，不仅如此，他还给柳笑庆祝了生日，带他去买了生日礼物。

柳丁挺高兴的，她觉得赵杨终于开始改变了，变好了，变得值得信任与托付了。

事情虽小，但是带来的影响却是巨大的，赵杨这一次的表现放在别人身上，几乎是理所应当的，但是就因为是放在一直不太注重承诺的赵杨身上，所以，这一次守信就变成了一个历史性的时刻，值得纪念。

正如有些事情，如果老去做，你就不以为然，但是，当偶然去做一次，那你就会觉得非常新鲜，甚至永生难忘。

就在柳丁以为她和赵杨的生活正稳步向着他们的新房前进的时候，一场变故正悄悄来临。

赵杨最近正在谈一个工程，他回来兴高采烈地讲给柳丁听。

“老婆,我准备接一个工程,包工包料,估计到年底能赚三十万。”赵杨说。

“真的？那不错，不过，要垫多少钱？”柳丁也很高兴，但是又担心前期资金的问题。

“没事，我其他工程的款项抓紧一点，然后我再向亲戚借十万，我们自己再贷款十万,就可以运作了,一百多万的工程,我前期投三十万就差不多了,到了年底我们就可以用赚来的钱买房子了。”赵杨好似都计划好了。

“你自己做主吧，工程上的事情我不懂。”柳丁一听能买房，自然也很高兴。

“那贷款的事情，你多帮忙吧，我不认识什么事业单位的人，就全靠你了。”赵杨说。

“好吧。”柳丁没有丝毫犹豫就答应了。

没过几天，赵杨就和开发商签订了协议，柳丁为此也很开心，她交代赵杨要好好做，切不能再像以前一样拖拉成性了，赵杨也慎重地答应了下来。

前期的材料费就要十几万，赵杨东挪西借凑了十万，又从经常合作的厂家那里赊了一些账，答应人家第一批工程款项下来就全部结清。

赵杨接着又催着柳丁去做贷款，柳丁急忙联系了五个同事给她做担保，只用了几天时间，贷款就批了下来，一切都进行得非常顺利。

柳丁自打赵杨接到这个工程起，心情便变得非常愉快，她几乎每天都哼着歌去上班，甚至有时候睡觉，她都会梦到他们的新家。

赵杨也一反常态，每天早上六点就起床去工地，整个人一改以往懒散的作风，他好像突然间变了一个人，不看球赛，不再熬夜，每天都精神焕发。

就连两个孩子仿佛也受了感染，变得异常听话起来，赵小兵变勤快了，柳丁说一声，他就立刻去动了，柳笑本来特别不爱写字，最近也好多了。

虽然，两兄弟也常有点小摩擦，但是总的来说，两人相处得还算融洽，当和别的小朋友一起玩耍的时候，他们总是连成一线，兄弟感情毋庸置疑，柳丁还给他们两兄弟各准备了一个存钱罐，每天给他们一人存一块钱，她想培养他们理财的意识，不可以乱花钱，而且还要有计划地用这些钱。

刚存了第一天，一人一元。

柳丁就带着他们去逛街，她想试探一下他们对这个钱的认识程度。

路上他们达成了共识，要去坐小型的投币车，一元钱，可以坐两分钟，孩子坐在里面，车子一边摇晃，一边唱歌，有方向盘，屏幕上还有流动的卡通画面。

本来计划好的，谁知道路过街边摊的时候，赵小兵非要买糖果，柳丁跟他说，如果这一元钱用光了，那他就不可以坐车了，他同意了。

柳笑没有买，他如愿以偿坐了卡通车，赵小兵站在一边眼馋得厉害，本来他想和柳笑挤一挤坐一辆车，无奈管理员不让。

柳丁终究没有忍心，掏了一元硬币，让赵小兵也坐了车。

她想下一次，一定不能纵容他们，一定要让他们养成良好的理财习惯，那么长大后，就会少一些辛苦，活得舒服一些。

柳丁吃过这方面的亏，所以她希望孩子少走一些弯路，作为一个母亲，她的想法和做法都无可厚非。

有句话叫：你不理财，财不理你。柳丁觉得很有道理，那些视金钱如粪土的人，金钱一般也视他们如粪土。

就在柳丁准备真正善待金钱的时候，金钱又跟她开了一次巨大的玩笑。

赵杨的工程快要进行不下去了，各方面催债的电话都打到了柳丁这里，他们向她控诉赵杨欠钱不还，而且老是今天拖到明天，没有一天守信用准时归还，到最后他们甚至已经联系不上他了，赵杨电话也不接了。

柳丁很震惊，她每天看赵杨早出晚归，她以为一切都进行得非常顺利，没想到才过了几天，事情便发生了这么突然的变化。

柳丁这一次学聪明了，她没有直接质问赵杨，她采用迂回战术，去了赵杨的工地，她找到赵杨手下的一位得力干将，向他打听事情的来龙去脉。

这个人本来不想说，在柳丁的一再追问下才说出了实情，原来赵杨这个工程就拿十万块钱起步的，结果光材料费就欠了工厂几万块钱，他本来答应别人三天就给人家结清的，但是到现在，他都没有履行诺言，不仅如此，他被追债电话追烦了，开始拒接电话，手下人的工资他已经拖欠了将近两个月了，很多人都着急了，不仅离了职，而且开始打电话追着找赵杨要钱，赵杨也拒接。

柳丁不知道怎么回的家，她理想中的房子在知道真相的那一刻轰然倒塌，她再一次被欺骗了，一切都没有准备好，赵杨便盲目地开始了，他用柳丁借的十万块钱贷款起步，妄图把工程顺利地动作起来，没想到，却演变成了这样。

柳丁觉得心灰意冷，但是更多的却是担心，她怕赵杨资金链断缺，让一切功亏一篑，到时候不仅十万块的贷款还不了，而且还会欠下巨额的债务，柳丁不敢想，她的心里充满了恐惧，一种对于金钱的恐惧，她不敢想象那些负债的日子，她甚至不愿意再去回想，当初因为几万块钱的债务自己便卑躬屈膝的样子。

柳丁愤怒了，她觉得自己的情绪已经到达了崩溃的边缘，她觉得自己一生的好时光都要被赵杨这个不负责任的人搭进去了，不仅如此，如果事情真的再像以前一样，赵杨还是不能做到善始善终，那么他们一家四口的人生可能都要毁了。

意识到了事情的严重性，这一天柳丁回到家里就对赵杨发了火。

“你什么意思？姓赵的。你还要不要脸了？”柳丁的手指都要碰到赵杨的鼻头了。

“你发什么神经？”赵杨手一抬，打掉柳丁的手。

“我发什么神经？我看是你神经有毛病，你没有钱做什么生意！”柳丁更加气愤了，语出讥讽。

“有病！你别没事找事，我天天在工地够累的了，你不要再发神经了。”赵杨一脸不耐烦。

“你累，怎么没有看你赚到钱？反而欠了一屁股的债，人家电话都打到我这里了，你还说一切顺利，顺利个 P!”柳丁气得开始骂脏话。

“欠就欠，不要你还！”赵杨一看真相已经被揭穿，有点恼羞成怒。

“好呀，那你把十万块先还来！还有之前欠的几万块都还来！”柳丁控制自己对那些钱的紧张，因为她真的很害怕再重蹈覆辙。

“现在没有！工程结束还给你。”赵杨又恢复了一贯的态度。

“我告诉你，赵杨，这次工程，你要是不给我做好了，你再吊儿郎当的，你再有头无尾，你就一个人过吧，我是不会再陪你浪费时间了！”柳丁发了狠。

“随便你！不是你一天到晚要房子要房子的，你眼里除了钱，还有什么！”赵杨回击柳丁，起身甩门而去。

第二十二章　离婚

要说柳丁与赵杨因为金钱的问题已经剑拔弩张，那柳橙与李灿则因为情感上的问题而矛盾渐显，两姐妹不约而同地在一个时段走到了婚姻的十字路口，相反，经历屡次动荡的柳苏北这段时期却安稳了许多，因为鲁花孙子受惊吓，他想想都感到后怕和自责，因为他的优柔寡断，因为他的不安于现状，差一点酿成滔天大祸，他怎么能不害怕呢？

柳橙与柳丁不用再去乡下看望柳苏北了，因为他已经乖乖地回了家，他仿佛一夜之间对那个小婴孩有了某种感情，类似于曾经共过患难又劫后余生的革命情感，他自己也说不清楚，反正他觉得自己与鲁花和孩子有了内在的关联，他们好像是冥冥中上天派来克制他的，好让他不再胡思乱想，安稳度日。

一段婚姻一旦有了某种制约的力量，那么婚姻中的两个人便不容易分开，很多人之所以不结婚是因为他们都想找到一个可以降服自己的人，这一点，已经经过了无数的事实验证，很多离婚的理由都是：性格不合。单从字面上来解释，就是两个人的性格存在差异，合不来，但是用更浅显一点解释来说，就是两个人不能相互制约，就像天平的两端，总是达不到平衡，他爱她多了很多，或者他被爱很多很多，总之天平往一方面倾斜失去了应有的平衡，一旦两边中的任意一边遇到一些外来的力量加码，那一边就会瞬间倾斜到底，婚姻生活基本宣布解体。

最近柳橙总在网上与萧峰讨论这个问题，他们讨论爱情，讨论婚姻，讨论人性，两个人的灵魂拥有了一种致命的默契，再加上本来就存在心底的那种隐秘的亲切与熟悉，柳橙最先失去了理智，她用 PS 软件把两张照片合成在一起，并且在底部附上了一首诗：君生我未生，我生君已老，恨不生同时，日日与君好。

某一天萧峰不在线，她把照片离线发送给了他，她不知道怎么直接面对，她不知道自己想传达什么意思，总之她不想再隐瞒自己的身份了。

柳橙万万没有想到，这张照片成了她出轨的铁证，她不知道最近她频频上网，一反常态的表现已经引起了李灿的怀疑，虽然表面上他不动声色，表现出了对她的极大信任，但是趁着柳橙有一天不在家，李灿破译了她的QQ密码，不仅查看了所有的聊天记录，还看到了那张注了诗的照片。

李灿从来不知道柳橙还有这样的一段过去，他把那张照片存到了自己的网络硬盘里，他告诉自己一定要冷静，事情还没有更糟，他要继续关注这件事情，绝不能轻举妄动，打草惊蛇。

全然不知自己已经暴露了的柳橙第二天一下班便急忙上了线，她想知道萧峰是怎么回复的，他知道一切会怎样，会不会非常感慨或是非常悸动。

事情永远出乎意料，萧峰没有任何回复，一直习惯晚上八点上线的他一直到十点都没有出现，柳橙失望地下了线。

第二天，第三天，第四天，直到一个礼拜过去，萧峰都没有再上线了，他好像凭空消失了一般，柳橙忍不住留了言。

“看了照片了吗？怎么不回复。”第一天。

“不在吗？我是柳橙呀，萧老师。”第二天。

“是不是生气了？我不是故意的，我也是看到照片才知道是您的。”第三天。

“你什么意思呀？为什么不上线？”第四天。

“你是不是故意躲着我的，我没有打扰你生活的意思，我就是不想欺骗你。”第五天。

“能说句话吗？是不是出事了？”第六天。

“不知道为什么，在你消失的这段时间里，我觉得特别难受，我没有别的意思，你就回个信息告诉我你好不好就行，哪怕一个字也可以呀！”第七天。

最后一条留言，柳橙等到了回复，仅仅一个字：“嗯。”

柳橙感到前所未有的愤怒与耻辱，她突然开始怀疑这段日子以来网上的那个男人是否就是自己心里的那个人，她控制不住自己焦躁的情绪，她频频留言，她想知道事情到底怎么了，为什么他会是这种反应，难道他保留那张照片只是因为叶公好龙吗？当真实的她出现的时候，他便吓着了，害怕了。

而这段时间柳橙的焦急也全部映在了李灿的眼里，他从来不知道自己的老婆是这样一个善于隐藏的人，她的内心明明非常期盼这个人的肯定与出现，她对他牵肠挂肚，却还对自己表现得情意绵绵，最让他愤怒的是，有一次两个人亲热过后，柳橙还偷偷打开电脑给萧峰留了言，他不禁开始怀疑，哪一面才是她的真面目，到底她是在戴着面具与自己生活，还是她一直就没有真心爱过自己，难道自己只不过是萧峰的影子吗？那么在她的灵魂深处，自己只是一个替代品吗？

李灿想到了林慧的那封信，他已经完全相信柳橙是一个为达到目的而不择手段的人，不仅如此，她还是一个隐藏很深的人，没有人能猜透她的心思，因为她永远不会表现在脸上，她是一头“笑面虎”，危险而又可怕。

李灿这个简单的男人连日来想了很多，他有了一种很深的挫败感，对柳橙的信任土崩瓦解，他为自己的愚蠢感到可笑，他不知道应该怎么办才好。

万分苦闷的李灿找到了昔日旧情人林慧，他们去了酒吧，他向她倾诉了自己的烦恼，他喝得烂醉如泥，醉眼蒙眬里，他突然发现只有林慧还是老样子，仿佛与他第一次见面时候一样，还是那样单纯与美丽，只有她才没有变过，就算他结婚，她都一直守在他的身边，没有放弃过他，她在等着他。

李灿犯了天下男人都会犯的错误，醉酒后，他与林慧上了床。

第二天醒来，李灿几乎已经忘了头一天晚上发生的事情，是床头柜上面的便条唤起了他的回忆：亲爱的，我的内衣被你扯破了，我去商店了，回头见。

李灿慢慢地回忆起了醉酒的画面，一丝后悔涌上他的心头，他把本来就复杂的事情搞得更加复杂化了，两个人的问题现在变成了三个人甚至四个人的问题了，他知道这事情难办了，这样继续下去，他的生活一定就全毁了。

想到这里，他迅速地起身穿了衣服，回了公司，中午的时候林慧打来了电话，他也没敢接听，只是回复了一个短信：忙。他始终做不到无情无义，不理不睬，像一个普通的偷吃过的男人一样一抹嘴概不认账，因为那个人不是别人，而是他的初恋情人，更何况这个女人对自己痴心一片，到现在还单身一人。

当天晚上，李灿回到家里，柳橙又在上网。

李灿没有理睬，径直去洗澡，洗完澡便回了卧室，哪知道，没等他坐稳，柳橙风一样的冲了进来，拖起李灿就往外赶。

“出去，你以为这里是哪里？你想来就来，想走就走。”柳橙说的正是李灿的夜不归宿事件，看起来她非常愤怒。

“你去上网啊，还管我干吗？”李灿出言讽刺，他没有一丁点的愧疚之情。

“你什么意思？一夜未归还有理了，你去哪了？”柳橙把眼睛都瞪大了，为李灿的反应感到吃惊。

“你管我去哪了？你不要心情不好就拿我撒气，倒是你，你天天上网都跟谁聊，在聊什么？”李灿也不想再跟柳橙打哑谜，索性把事情讲开了。

“我就是看看新闻，没聊什么。”柳橙表情有点不自然。

“哼。”李灿没有反驳，只不过用鼻子哼了一声。

“什么意思？到底是你一夜未归还是我一夜未归，你还有理了？”

“这张照片是什么意思，你能解释给我听吗？”李灿受不了柳橙装腔作势的样子，他拿出自己的手机，调出那张早已经下载下来的照片。

“你偷看我聊天记录！”柳橙的脸刷地红了，有点恼羞成怒。

“你要是坦荡的，就不怕别人看。”李灿扔下一句话，转身去阳台抽烟了。

柳橙站在卧室，脑海里乱成一片，她努力地想把一切理出个头绪，无奈事情太过突然，她一时之间还是有点混乱。

两分钟过去，柳橙理清了来龙去脉，她已经大概猜到了李灿从何时知道的，而一根烟燃尽的时候李灿也有了决定，他走到了卧室，站到了柳橙跟前。

“事情不是你想的那样。”柳橙率先开口。

“我们离婚吧。”李灿仿佛没有听见，说出了自己的想法。

“我跟萧峰没什么，信不信由你，倒是你，究竟昨天晚上去哪了？”柳橙不觉得有任何愧疚，因为她确实没有与萧峰发生什么实质性的关系，她只不过一直缅怀年轻时候的一段感情，并且对此颇为感慨罢了，难道这也算是背叛吗？那试问这个世界上还有几对夫妻是忠诚的。

“我给你一个星期考虑的时间，我发现自己已经不再爱你了。”李灿没有解释他未归的事情，而是给柳橙下了最后通牒。

李灿没等柳橙做出反应，到衣柜那里收拾了几件衣服，提了行李箱，出了房门。柳橙没想到李灿会说出这样的话来，愣在原地。

直到听到巨大的摔门声，柳橙的眼泪才刷地掉了下来。

李灿用一根烟的时间否定了他们的婚姻与爱情，柳橙的心好像被谁扎了一刀般疼痛，她从来不知道这个言语不多的男人无情起来竟然会是这副模样，就因为如此一件小事，他否定了一切，抹掉了一切，好像他与她之间的一切都只是画错了的线条，瞬间就可以擦拭干净，甚至连痕迹都不应该留下。

第一次，李灿表现出了强烈的性格特征，她一直以为他心软，两边倒，不尖锐，性格温顺，然而这一次，他的表现超出了预料。

出了门的李灿也感到非常苦恼，在说出离婚的那一刻他也感到了揪心的疼痛，他找不到方法排解，又拨通了林慧的电话，他需要一个爱着他的女人用无比的温柔来安慰他这颗受伤的心。

就这样，他住到了林慧家里，带着行李。

柳橙在这一个礼拜里一个电话也没有打给李灿，似乎也已经下了某种决定，李灿每天除了上班，就是等柳橙的电话，然而连一则短信也没有，渐渐地，他从伤心，转为愤怒，他不明白为什么柳橙做了这么大的错事却连一句道歉的话也没有。

当然不可能有，因为柳橙在与李灿对话的当天已经收到了李慧快递过来的内衣，那些因为激情而碎裂的内衣，已经告诉了柳橙，李灿已经不再是当初的那个李灿。

林慧一大早就离开不是去买内衣，而是为了寄最早一班的快递。

柳橙之所以发那么大的脾气就是因为李灿的出轨，没有一个女人在受了这种刺激以后还能正常与平静，哪怕她平时再是怎么一个理性的人。

李灿以为柳橙的愤怒是因为迟迟没有萧峰的回复，所以她把一腔无名火发泄到了他的身上，他不知道他心目中一如既往单纯着的那个初恋情人已经变了，他以为他挣脱了一个圈套，实质上只不过是跳进了另一个圈套。

柳橙没有点破李灿，因为她还想给彼此一次机会。

她知道婚姻不是儿戏，而是一件关乎一生的大事情，如果草率地作出决定，说不定他们会后悔一辈子。

柳橙的委屈和伤心可想而知，但是，她用尽了全部的理智控制住了自己，她提醒自己不要轻易地作出回应，她要好好地想清楚才行。

第二十三章　官司

这边两个女儿的婚姻大战刚刚拉开序幕，柳苏北和鲁花的战争却已经几乎谢幕了，因为主要当事人柳苏北想通了：他要安稳，不要改变；他要平静，不要波澜；他要祥和，不要战乱。

关于那些初恋的细枝末节都变成了小事儿，只有婚姻才是唯一的大事，因为一不小心，弄不好还会搞出人命，到时候柳苏北不仅晚节不保，还要背上死了也要被人挖坟头的滔天罪名。

柳苏北最终恢复了理性，而鲁花也欢天喜地地迎来了新的生活，柳苏北不仅前尘往事不再追究，还死心塌地的要与她同生共死，她怎么能不欢喜。

俗话说，有人欢喜便有人愁，这厢柳苏北和鲁花过着幸福的小日子，那厢的苏雪却正在经历着炼狱一般的痛苦生活。

她被正式辞退了，那个龌龊的视频男主角不知道动用了什么关系，向上面交了一份材料说是苏雪引诱的他，并且拍下了视频要挟他自己调到省教育厅，苏雪就这么不明不白地被开除了，而且是以作风有问题为理由。

苏雪的精神再一次崩溃了，她用尽一生所守护的尊严名节在一刻间荡然无存，她的前途尽毁，她的人生从此后沾上了再也抹不去的重大污点。

她没有得到柳苏北的爱，她没有得到她期待中的任何承诺，甚至她还没有得到柳苏北对于此事给予的一丝安慰，她找上门去，想亲自问问柳苏北，没想到的是他毁了她的生活，自己却在家里享尽了清福。他去打麻将，他置她的痛苦于不顾，他担心鲁花，对她的伤心欲绝视而不见，他不仅没有愧疚，也没有任何行动，不仅没有行动，还心安理得地与鲁花过着幸福的生活。

苏雪好恨，她找了一个律师，一纸诉状把柳苏北告上了法庭。

那天柳苏北出去打麻将，鲁花正在家里煲汤，快递公司将法院的传票准确送到了预定的地点，鲁花代替柳苏北签收下来，经不住好奇心的驱使，她拆开了文件。

虽说识字不多，小学五年级毕业的鲁花仍是看懂了信件的内容，是苏雪要状告柳苏北恶意传播视频，侵犯他人隐私。

鲁花吓傻了，她一屁股坐到了地上抹起了眼泪，刚刚开始的幸福生活再度面临悲剧的命运，想到年迈的柳苏北要因为她下半生都在牢狱中度过，鲁花的心就揪了起来，她想到柳苏北对她的好，对孙子的好，还有对自己的百般容忍，她的心就像被谁硬生生地捅了一刀，她拿着那张薄薄的纸，恨不得撕成碎片，除了哭，除了疼，她已经没有其他的感觉。

一个没有多少文化的女人，一个在前半生受尽了屈辱没有在丈夫那里获得过半丝关爱的女人，本来她唯一的寄托就是孩子，她本没有奢望这一生还能遇到一个疼她的人，但是晚年的时候偏偏遇到了，这个男人儒雅博学，这个男人疼她让她，这个男人正直善良，这个男人她与他有好多讲不完的话，他的手是温暖的，他的身体是温暖的，甚至他的微笑都是温暖的，他给予了鲁花前所未有的温暖，他是上天派来拯救与守护她的人。

多少个夜里，鲁花都会失眠，她总是从睡梦中惊醒，那些曾经做牛做马，稍有不顺便被打骂的日子在她的生命里留下了深刻的阴影，她多少次绝望地哭泣，她多少次想逃离，想死，但是为了孩子她都一一忍了下来，还记得有一次，就因为她走在路上没有看到那个男人的兄弟所以没有打招呼，她便被告了状，回到家里，那人便疯了似的揪着她的头发，拿着板凳就砸了下来，她痛得晕了过去，不知道过了多久才苏醒，醒来时还睡在冷冰冰的水泥地上，她挣扎着起来，跟那个男人说：我们离婚，说完回屋收拾了几件衣服，骑上自行车就走，两个孩子都吓着了，拉着车座哭喊着跟她到了门口，她的心被哭得生疼，那男人一看孩子拉着车座跟在后面跑，强制性地把孩子带回了家。

鲁花投降了，她扔下自行车，回来抱着孩子嗷嗷哭喊，她哭自己的命运，她更加担心孩子的命运，她走到哪里都不会幸福，虽然她疼她难受，但是最起码可以看到自己的亲骨肉。

没有做过母亲的人可能永远也无法理解鲁花，打断骨头还连着筋说的就是亲情，母爱永远是世界上最伟大的感情，因为她们的隐忍与付出，为我们打造了一座铜墙铁壁的城堡，隔绝一切危险，避免一切伤害，我们在里面健康幸福地长大，我们到老到死都舍不得离开，因为里面有我们的妈妈，那是世界上最亲的人。

世界上到底有没有报应，鲁花不知道，不过她却等来了重生的机会，孩子长大成家，那男人也因为疾病去世，他到死都没有对鲁花说过一句感谢的话，他到死都在奴役着鲁花，当他躺在床上不能动的时候他便骂，当他骂不动的时候，他便睁圆了眼睛瞪，仿佛这一生他的死不瞑目只是因为他还没有把鲁花折磨个够，他竟然早死在鲁花前面。

鲁花那个时代，好多家庭都是如此，大男子主义空前盛行，女人被打骂是家常便饭，尤其是在农村，文化落后，经济也落后，知识的贫乏与生活的贫困都是争吵与打骂的直接导火线，尽管如此，那个时候的离婚率却是最低的，那个时期的女性为了孩子拼命地隐忍着自己的悲喜与感情，她们为下一代打造了一段神话，但是却葬送了自己一生的幸福，离婚对她们来讲是一件天大的事情。

随着经济的增长与社会的变化，婚姻在人们的眼里渐渐变得不再神圣，仿佛只是一种程序，一段经历，他们更加在意自己的感受，他们不再愿意委曲求全。

难以评价究竟谁对谁错，但是有一点却是肯定的，那就是婚姻始终是一件大事情，它牵扯的不再是一个人，而是关乎了父母、儿女、亲人、朋友等一大群人，这些人就像食物链一样环环相扣，息息相关，稍不留神，你一个处理不慎，便会带来难以预料的后果，甚至给自己和别人的命运带来非常大的负面影响，直接毁掉一生。

鲁花本来以为她与柳苏北的婚姻是上天的恩赐，终于让她也可以做一个幸福的女人，二次重生，然而接二连三的事件把她逼入绝境，或者说是她自己草率的做法才让事情到了如今的田地，是她自己逼自己到了绝境。

鲁花哭完了，也想通了，她要去找苏雪。

这天晚上，柳苏北抱怨鲁花煲的汤咸了许多，他不知道，鲁花怎么样也止不住眼泪，因为她就要离开她的丈夫， 她就要离开这个改变了自己命运的男人，她的悲伤与心痛可想而知，她怎么还有心思去尝这锅汤的咸淡呢。

第二天趁着柳苏北去打麻将，她收拾好了自己与孩子的衣物，便直接去了苏梅家。

苏梅听到敲门声，以为是苏雪回来了，便小跑着开了房门，谁知道外面站着的恰是她姐俩儿的克星鲁花，她吓了一跳，条件反射性地准备关门，哪知道鲁花一只腿已经跨进门里，稍微一用劲，苏梅便关不了门。

“你要不要脸呀，你还来干吗？”苏梅气得脸都红了，出口讽刺她。

“我不找你，我找苏雪。”鲁花说。

“我妹妹被你害得还不够惨呀，你还来找她干吗，我告诉你，因为你，她已经被学校开除了，你们高兴了？你赢了，她一生的名节也被你们毁了，你还想怎么样，同是女人，为什么你的心就那么黑？”苏梅对鲁花的愤恨已经难以用语言来形容。

“她被学校开除了？”鲁花没想到事情搞这么大，她不敢相信似的问道。

“怎么？是不是她死了你才高兴呀？我就不明白了，她也没杀你全家，你至于干出这么缺德的事情吗？你怎么不怕遭报应呀？你等着吧，天都会收你的。”苏梅一用劲，想把门关上。

“我想跟她谈谈。”鲁花已经知道理亏了，但是她想到那张法院传票，就更坚定了，她使劲推了一下门，闯进了苏梅家里。

苏雪的确不在，家里只有苏梅一个人。

“滚出去，我们家不欢迎你！”苏梅见鲁花进了门气愤得要死，她走到鲁花面前拽着她的衣领往外赶。

“我今天不想跟你吵，也不想跟你打架。”鲁花挣脱开苏梅。

“你走不走？我们跟你没什么好谈的，你不走我就报警了。”苏梅实在不如鲁花的力气大，她除了报警确实没有更好的办法了。

就当她掏出电话的时候，苏雪回来了。

她见到鲁花一点也不吃惊，“让她进我房里来。”丢下一句话，苏雪便率先进了房间，鲁花跟在后面进了去，苏梅本来也想跟进去，但是苏雪却“啪”的一声关上了房门。

十分钟，鲁花便出来了，她的眼睛都哭红了，苏梅一看那情形，便没再说什么难听话，放她走了。

苏梅打开房门，苏雪正趴到床上放声大哭，苏梅的眼泪也跟着掉了下来，姐妹连心，没有人能够明白苏雪所遭受的不白之冤，也没有人比她更加了解苏雪这段时间的痛苦，因为她失去的不单单是工作，还有她最在乎的东西，她这一生的骄傲、清白，然而却因为柳苏北和鲁花，葬送了一切。

苏梅后悔让苏雪牵扯其中，她不应该因为一时的气愤而连累家人，她更加不应该冲动，她应该忍了就是，光看鲁花对付她的手段，便知道这个女人是个狠角色，结果平白无故把自己妹妹的一生也搭了进去，她后悔，心疼，无可奈何。

苏雪大哭，不是因为失了工作，蒙受了不白之冤，而是因为柳苏北。

鲁花来找她要求她撤诉，作为唯一的交换条件，她愿意与他离婚，并且她还坦白那件事儿是她干的，她是趁着柳苏北睡觉的时候用他的手机转发的，而且上次苏雪找上门去，柳苏北也没有去打麻将，而是离家出走，他坚持要与她离婚，最后，因为苏雪上门去闹，孩子出事，他才回了家门。

最后她们达成了一个协议，鲁花与柳苏北离婚，但是不能把这件事情告诉柳苏北，她要自动地离开柳苏北的生活，鲁花含着泪答应了，她说衣服已经收拾好了，她从这里回去后便带着孙子去儿子那里生活，从此以后再也不会露面。

苏雪想到鲁花会来找她，但是没想到她会提出这样的条件，之前她拼死拼活地捍卫着这段婚姻，苏雪本以为她会哀求自己放过柳苏北，没想到她却会为了柳苏北，而放弃这段婚姻，她的做法出人意料。

苏雪一直以为鲁花只是一个什么都不懂的蛮横无理的农村妇女，她贪婪低俗，只会耍赖与索取，没想到为了柳苏北她竟然选择了牺牲与付出。

苏雪一点也不同情鲁花，因为她一直怀疑上次的事件是一个阴谋，要不然鲁花为何不还手，还冷静地看着自己在家里面大闹，她利用孩子作为理由把柳苏北骗回了家，她还假装软弱博取了柳苏北的同情。

苏雪绝不可能让鲁花称心如意，本来她并没有想把柳苏北也逼到绝境，只不过，柳苏北对于这件事情的反应太让她失望了，他不仅没有作出理智的判断，舍弃鲁花选择自己，他反而因为一时心软而决定与鲁花好好过日子，他对鲁花的仁慈是对她最大的残忍，这个男人的决绝从年轻时候开始便让苏雪痛苦万分，时隔多年，痛苦没有丝毫减弱，反而更加深刻，更加沉重。

苏雪本来想逼柳苏北来认错，来忏悔，那么她便放他一条生路，本来她也没有打算把自己心爱的男人送进监狱，没想到鲁花提出来的办法却更合她的心意，这样她不仅不会得罪柳苏北，而且还会因为鲁花的主动退出而顺理成章地与柳苏北走到一起。

她哭不是因为这件事情本身，而是因为她的爱情竟然需要别的女人的成全，她哭不是因为终于可以和柳苏北在一起，而是因为她必须用这种逼迫的办法成全自己，她哭因为自己不知道何时开始变成了一个没有自尊而又十分虚伪的女人。

第二十四章　你总是心太软

这个世界上永远不缺乏那种自尊心超强的大女人，柳丁就是其中的一个典范，她每次都因为钱的事情烦恼难受，但是每次事情出来以后，她都不忍心因为这些身外之物而让自己深爱的人陷入危机与痛苦之中。

柳丁宁愿自己活得累，也不愿意让自己的男人累着，她喜欢强出头，她总是忍不住想为所爱的人遮风挡雨，所以每当赵杨因为金钱而烦恼的时候，她都没有丝毫犹豫便拿出自己的全部，但是当她需要这些经济上的帮助的时候，赵杨通常都是爱莫能助，正因为如此，柳丁总是会抱怨，她埋怨赵杨不能同等对待自己，而时间久了，次数多了，赵杨便会不耐烦，他觉得柳丁小气，斤斤计较，面对这些指控柳丁怎么可能接受呢，因为在她的心里她可能会对全世界的人小气与计较，但绝不会包括赵杨在内，就这样一来二往，事情便形成了恶性循环，让两个人永远也达不成共识，都说沟通非常重要，但是对于这两人却障碍重重，因为一个觉得自己冤，一个觉得自己很客观。

这一次，因为赵杨承接的这个工程，柳丁又控制不住自己那颗大女人的心了。

赵杨工地上的资金周转不开来，工程几乎停掉了，工人也走得差不多了，还有几个亲戚碍于情面没有离开，赵杨这段时间整天在外面跑资金，整个人瘦了一大圈，但是，好事不出门，坏事传千里，全世界好像都知道了内情，没有人肯雪中送炭，生怕他破产，一个个反而都在雪上加霜逼他还钱。

赵杨在外受尽白眼，在家又得面对柳丁的冷脸，他的情绪达到了崩溃的边缘。

柳丁近来也不好过，催债的电话打到了她手机上，让她的心情不爽到了极点，眼看着赵杨整日在外奔波，她又心疼，在这两种对立的情绪影响下，她没有办法给赵杨一个笑脸，她只好整天板着脸不说话，另一方面她也想通过这种方式给赵杨增加压力，逼他努力闯过眼前这道难关，切不可再像以前一样半途而废，虎头蛇尾。

柳丁没有想到赵杨的承受力如此之差，他玩起了失踪，他把赵小兵送回了老家，然后整个人已经十天没有在柳丁面前出现过，手机也不开，甚至一个电话也没有。

他把柳丁和柳笑扔在了出租的房子里，不闻不问。

电费、水费、房租，这些钱加在一起，用光了她本来就所剩无几的存款，柳丁很多时候都觉得像是做了一场梦，她难以理解赵杨的所作所为，为什么他可以如此不负责任的消失，难道他一点也不担心自己和柳笑？

相反，柳丁天天都会想到赵杨，担心他吃不好，担心他睡不好，担心他没有钱用，担心他一个人孤苦伶仃，担心这些的同时，她又会反过来想赵杨并没有担心自己，要不然就不会一走了之，随即又开始恨起他了，她觉得这个男人坚决不能要，太过自私。

担心与怨恨这两种想法每天都穿梭在柳丁的脑海里，夜以继日地折磨着她，她一方面想放弃，一方面又控制不住地担心。

就这么过了一个多月，赵杨终于打来了电话。

“老婆，我想回去拿衣服。”

“你来拿吧。”

对话很简短，赵杨五分钟后就回来了，柳丁坐在电脑前面上网，假装没有看到他进门，不一会儿，赵杨便收拾好了衣服，走出了房门。

柳丁的眼泪刷地掉了下来，她觉得自己被彻底遗弃了，她的心很痛。

正当柳丁哭得不能抑制的时候，赵杨又回来了。

“老婆，我带你去吃饭吧。”

“不去，你走吧，反正我已经个把月吃不起饭了，都吃的萝卜干。”柳丁边哭边语带埋怨地说了自己的凄惨情况。

“对不起。”赵杨的眼睛也红了，过来拉着柳丁的手。

柳丁委屈地抱着赵杨，号啕大哭，赵杨的眼泪也掉了下来。

赵杨带着柳丁去吃了一碗热腾腾的拉面，两个人心满意足地手拉着手回了家，柳笑见赵杨回家也乐得合不拢嘴，使劲挨着赵杨边上坐。

柳丁没有问赵杨这些天是怎么过的，因为这些都不再重要了，柳丁在赵杨消失的这段日子里，只明白了一点，他们相爱，任何事情都不能将他们分开。

第二天一大早，柳丁便去了两个好朋友家借钱，经过首饰店的时候她又把项链和手镯卖了，一共凑了五万块钱。

回家后，她把钱给了赵杨，让他抓紧把那些走了的工人再找回来，工资先发，剩下的再付材料费，不够的部分再想办法。

赵杨不想要，但是柳丁容不得他拒绝，她说：你做的一切都是为了给我买房子，你要记住这个目标，无论怎么样的艰难，你都要实现。

赵杨的工程起死回生，柳丁功不可没，不仅如此，经历过此次波折，两人的感情也更加深厚了，患难见真情，两个人的心贴得更紧了。

赵杨的改变最为明显，不仅每天起早去工地，晚上还去那些材料商家里拜访，一一说明情况，和人家协商还款的问题。

柳丁总是很容易满足，这段时间她感觉很幸福，是因为别后重逢，还是因为她再次拯救了赵杨，她自己也说不清楚，反正她就觉得前所未有的舒畅，之前的郁闷之气一扫而光。

柳丁的大女子主义就像绝症一样无可救药，她总是控制不住地想去同情和帮助弱小，她总是喜欢把自己臆想成一个英雄，然而实质上她就是一个标准的小女人，多数时候她都是内里强悍，外表柔弱，所以，她的这股英雄气概，没有几个人会放在眼里，每当她打抱不平，想要发作的时候，别人通常都是懒得看她一样，丝毫不觉得这个女人能有任何兴风作浪的能力。

柳丁确实没有，她的这股大女人思想，在她妹妹柳橙眼里永远只有两个字：冲动。她认为归根结底是因为柳丁太过感性，她根本一点理性思维都不具备，发生任何事情，她总是热血往上一涌，根本控制不住自己的所作所为，但凡她能够控制住那热血沸腾的几秒钟，任何大事都能过去。

柳丁当初之所以跟钱磊结婚完全也是一时冲动再加上心太软，本来理智已经让她看到了钱磊的一些缺点，但是当钱磊站在大雨中不肯离开的时候，她又忍不住伤心了，心疼了，她总是心太软，失去理性的判断，亲手把自己推入艰难的境地。

这次也是一样，一个不小心，她又为赵杨背上了十五万的债，她的心是舒服了，但是算算这些钱，如果真的出了什么纰漏，她要不吃不喝多少年才能偿还。

柳丁自己到底有没有想到这些呢？毫无疑问的，她想到了。但是还是跟以前一样，她控制不住自己，她的心又软了，更重要的是她爱赵杨，她要与他患难与共，而且她比任何一次都要坚定，因为她看得出来，赵杨这次是豁出去了，一定会好好干出个样子来给她看。

她没有看错，赵杨的确发了狠：这次不成功便成仁，就算是为了柳丁的一腔热血与鼎力相助，他也决不能再像以前一样马虎了事，他不仅要把工程结束，而且他还要干得漂漂亮亮的，他不仅要买房子，他还要挣好多的钱，让柳丁花也花不完，用也用不尽，他要带着柳丁、柳笑、赵小兵去旅游，他要给他们最好的，他要柳丁在任何人面前提起老公都能炫耀，并且引以为豪。

有些事情，在你的想象中总是特别美好，例如你中了五百万应该怎么花？为什么每个人听到这个问题都会眉开眼笑地考虑呢，因为这是很多平凡的人都想实现的梦想，但是真正拥有五百万的人却在考虑，我怎么样能让这五百万变成上千万，甚至上亿？他们不考虑钱多了怎么花，因为与其浪费这些时间，还不如去做点实事，以期能够实现这个最基本的前提条件，先有五百万，再有上千万，最后想怎么花就怎么花。

赵杨和柳丁目前就面临着这样的一个问题，假如工程结束了，赚到了三十万，可以按揭个什么样的住房？想想两个人就特别乐呀，晚上睡觉都在讨论房子应该怎么装修，屋里面应该怎么布置。

房子还没有个影子呢，柳丁已经展开了实际性的行动，以前她一直讨厌十字绣，因为她知道自己绝对不是那种心灵手巧的人，更何况还要有足够的耐心，一针一线的确不易，听朋友说，有绣了一年没有绣好的，柳丁本来对自己极度没有信心，可是看到人家绣好的成品挂在新房子里的那股骄傲劲，她就忍不住开始羡慕，更何况裱起来的十字绣真的太漂亮了，不是那种死板板的艺术画能够比拟的，不知道是不是因为是主人一针一线费了好多心思花了好多时间才完成的，所以看起来极具生命力，沾染上了一丝灵性。

柳丁怎么着也要绣一幅，虽然这对于她来说几乎是不可能完成的任务，但是因为是挂在自己家里的，她有决心可以克服一切困难。

周六的时候，她带着两个孩子去逛了集市，她采购了很多零碎的东西准备放在新房子里用，例如一张漂亮的台布，一套可爱的杯子，四双崭新的拖鞋等等，最重要的是她要选一幅非常精美的十字绣，用来放在客厅里装饰，这样别人一进门就可以看到，一定也会羡慕嫉妒，就像她一样。

柳丁和两孩子目光一致，选中了一幅：中间是一个大大的“家”字，两边写着非常温暖的两句话：“人是漂泊的船，家是温暖的岸”，左下角有一条蓝色的带着金光的小船漂在海上，右下角是一幢蓝色的房子，上面覆盖了厚厚的白雪，旁边的松树上也覆着未融的雪，但是看似寒冷的小屋的窗户却向外透着温暖的黄色光芒，可能里面的火炉正烧得旺旺的，柳丁觉得这简直就是自己理想中家园的模样，他们一家四个坐在地毯上看书或者画画，世界上没有什么比拥有一个这样的房子而更加让人向往了。

回到家里，赵杨看了这幅十字绣的图案和文字也是非常喜欢，他频频点头，嘴巴咧得很大，喉咙里“嗯嗯”有声，这一系列动作显示出了他内心里的真正欢喜，他想的和柳丁一样，这幅画是女主人绣的，非比寻常，而且那两句诗也说到了他心里头，家对于他们一家四口来说都有着非比寻常的意义。

的确，从心理上来讲，那些再婚的人，尤其是带着孩子的已经很难找到那种家的感觉，因为他们从内心深处存在着一种破裂感，他们觉得本来一对父母加上一个亲生的孩子这才是一个完整的家，犹如一面完好的镜子，再怎么粗糙怎么难看，始终是浑然一体，但是离婚与再婚仿佛就是把这面镜子摔破了，然后再去重新组合拼装，就算这面被修复过的镜子外人看起来再怎么漂亮怎么完整，但是两片曾经破裂过的镜片都知道，它们已不是原装。

人家都说再婚的人过不到一块去，孩子就是最大的问题，但是柳丁却不这么看，她觉得孩子并不是最大的问题，只要适当的注意一下相处方式和教育方式就可以，更何况孩子到了初一年级的时候基本上就会拥有自己的朋友圈子，他们会独立交际，并且拥有独立的思想，他们与家长基本上可以非常独立的生活，他们或许还会谈恋爱，有自己喜欢的人，然后为了那个人拥有一些新的生活观、价值观，这些身体与思想的成长是家长控制不了的，家长只能起一个引导作用，更何况孩子随着年龄的增长也会结识到到一些良师益友，这都是除了家长以外能够帮助孩子成长的人，当然有的家长也会担心，孩子受刺激学坏怎么办，那未免有点太杞人忧天，试想那些家庭健全的孩子难道就不会行差踏错吗？错误是每个人都会犯的，只要能够改正就行，家长的态度端正，孩子多数也不会走极端。

柳丁从来没有为赵小兵和柳笑的将来担心过，因为她相信只要她和赵杨好好的，给他们一个健康而又温暖的家，那么一切便都不成问题了。

第二十五章 意料之外

家对每个人来说都是非常重要的，尤其是当你在外面受了委屈、冷落，你就想回到家里，回到家人身边，他们总是无条件地为你打抱不平和嘘寒问暖，家人亲手做的一顿热腾腾的饭菜，比外面的任何美味都令人怀念和难忘，因为那里面散发的是家的味道。

不到万不得已，谁都不想离开家，但是有一个人却必须离开了，柳苏北的老婆，柳丁和柳橙的后妈鲁花。

一个月前。

没有经历过的人大概永远不会懂得鲁花的不舍，要她离开柳苏北跟直接剜她的肉没有任何区别，她提着简单的小包袱抱着孙子下了楼，一步一回头，一步一流泪地走出了她与柳苏北居住的小区，拦了一辆出租车，往车站的方向驶去，孩子仿佛也有了灵性，“哇哇”哭喊起来，鲁花越加悲痛，她抱着孩子转身跪直在出租车的后座上努力张望着家的方向，泪流成河。

这边鲁花刚离开，那边的苏雪已经从失控的情绪中恢复了正常，她要趁着这个最佳的时机彻底收服柳苏北，她要他用一辈子的时间来偿还自己，那么就算她失去前途失去名节也无所谓了。

而一切都被蒙在鼓里的柳苏北，打了麻将赢了钱给小孙子买了一罐好奶粉便兴冲冲地回了家，没想到的是鲁花和她的孙子都不见了，两人的衣服不见了，孩子的玩具也没有了，柳苏北不知道发生了什么事，放下奶粉，楼上楼下去敲门，问有没有人看到两人，人家告诉他，鲁花提着行李抱着孙子坐上出租车走了。柳苏北简直不敢相信自己的耳朵，这不，刚过了没几天好日子，她怎么就会做出这种事，柳苏北气愤极了，回了家摔上门，倒床上就睡，他不相信鲁花会离开他，之前他赶她走，她还死乞白赖地跟着他，好不容易他下定决心跟她好好过了，她才不会傻得要走呢，她肯定是有事儿。

想着想着，柳苏北就进入了梦乡，等他醒来的时候，窗外已经漆黑一片，左邻右舍家的饭菜香味四溢，引起了柳苏北肚子的强烈抗议，频频发出巨大的响声，他抬头一看钟，已经快八点钟了，鲁花还没有回来。

他饿极了，到冰箱找吃的，就在这个时候，他看到了鲁花留的字条，可能她料到他一定会来找吃的，所以把条子贴在了冰箱上，上面只有几个字：你说离昏，我同意了。

柳苏北看到这写得歪歪扭扭，还有错别字的纸条，傻了眼，怎么鲁花突然答应了离婚，而且好像还不辞而别，柳苏北想不明白，他急切地想知道这是不是一个玩笑，他要跟鲁花当面对质，但是直到这个时候他才发现他根本就没有鲁花的任何联系方式，鲁花连手机都没有，而粗心大意的柳苏北一直也没有想起来给她买一个，因为自从他们结婚后，她一直都在家，要么就去打麻将，基本上没有出过这个小区，现在柳苏北才惊觉自己从来没有主动打过电话给她，她在家的时候用家里电话给柳苏北打电话，她在外打麻将迟了的时候她也会用别人的手机打电话给他，她从来没有让柳苏北联系不上，她总是主动地把自己的所在地告诉柳苏北。

柳苏北至今才发现他并没有对鲁花付出多少，相反都是这个女人在为他考虑为他付出，虽然表面上是她一直胡搅蛮缠地对付他身边出现的任何女人，但就其本身而言，她对于柳苏北的好却似乎没有要求任何回应。

鲁花很细心，柳苏北找不到她留下的任何蛛丝马迹，除了这张写得歪歪扭扭的字条，仿佛这几个月她从来没有出现过，但事实上她的确出现过，并且像一颗重磅炸弹，以超强的破坏力把柳苏北原本平静的生活炸成了一片废墟，四处都弥漫着硝烟，连普通的同事也被波及，还有最无辜的苏雪，更是被折磨得伤痕累累。

她把所有人的生活都搅了个鸡飞蛋打，然后没有任何征兆地拍拍屁股，不带走一丝炮灰便消失了。

柳苏北叹一口气："罢了，这悍妇走了也好。"

事到如今他除了这样，也没有别的办法了，因为他连鲁花儿子的电话也没有，他去哪找她，除非她主动出现，要不然他只能放弃了。

柳苏北无奈地接受了现实，莫名地有点孩子似的委屈，觉得他被鲁花还有她的小孙子抛弃了。

有点心酸，还差一点掉了眼泪的柳苏北控制住了自己的失态，拼命地去想鲁花做的那些坏事，本来十分可恨的事情，如今想来竟然十分好笑，柳苏北忍不住感慨，这个女人怎么做的事情就这么形象和生动，让柳苏北想忘掉都难，这些事搁别的女人身上压根就不可能发生，除了一个鲁花，这个世界上没有第二个这么坏的女人了。

柳苏北暂时没有把鲁花的出走告诉任何人，因为他怕她万一回来，左邻右舍以及两个孩子会取笑她，他要给她留点面子，留一条退路。

柳苏北把奶粉放到了冰箱里，还有那张字条，他想着这女人迟早要回来的，要不然她拼了命地干的那些事儿就没有意义了。

就这样抱着这个信念柳苏北硬是撑了个把月，他还特意买了一个手机，精心选了一个亲情号码，准备鲁花回来的时候好给她用，要不然以后再发生这样的事情，他又得着急上火，联系不上她。

一个多月过去了，鲁花还是没有回来，他开始相信鲁花是真的走了，不会再回来了。

这一天他正胡思乱想的时候，手机铃声响了，寂静的房间里，这突如其来的声音吓了柳苏北一跳。

“喂，谁呀？”

“柳苏北你个大混蛋，你还是人吗？干出这么大的缺德事，人影也不见，你赔我妹妹，你把她害死了。”电话那头苏梅的声音又骂又哭，听得柳苏北心惊肉跳。

“出什么事儿了？苏雪怎么了？”柳苏北心里升起不妙的预感，听到苏雪还有“死”字，他的心一个劲儿地往下沉。

“她自杀了！妹妹，你怎么这么傻！”苏梅情绪一度失控，又哭又自言自语。

“什么？她人现在怎么样？”柳苏北慌了，腾地站了起来，走出了房门。

“不知道，还在抢救！我告诉你，柳苏北，如果我妹妹死了，我也去死，我们姐妹俩做鬼也不能饶了你。”苏梅伤心欲绝。

"告诉我地址，我马上到。"

苏梅已经泣不成声，说不出话来了，不一会儿，苏梅的老公接过电话，把地址告诉了柳苏北。

柳苏北拿了钱包急忙赶去医院。

到了医院，苏雪已经被洗了胃，医院说还好抢救及时，没有什么生命危险，但是还要留院观察几天。

柳苏北松了一口气，苏梅好不容易止住悲伤，扑过来就想给柳苏北一个耳光，柳苏北条件反射似的躲了一下，苏梅老公一看这情况，使劲拽住了挣扎向前的苏梅。

"对不起，这件事是我的错，你消消气，注意一下身体，你们先回家，我留在这里照看苏雪，我一定给她一个交代。"柳苏北诚恳地对苏梅夫妻说了这么一番话，言语中，似乎已经有了某种决定。

"你能负什么责，你能让学校不开除她？你能洗刷她的冤情？你能还她清白？你能做什么？"

"苏雪被开除了？"柳苏北没想到事情会变成这样，他感到非常自责，同时又万分惭愧。

"你自己问吧。我看你怎么负责！"苏梅本想再说什么，被她老公劝住了，最后被连拖带拽地带走了。

"你跟她好好谈谈吧，世上没有过不去的坎儿。"临走的时候那男人对着柳苏北说了一句。

柳苏北非常感激，朝他使劲点点头。

到了病房，苏雪还没有醒，手上还扎着针，打着吊瓶，柳苏北看着苏雪苍白的脸，心里面一酸，眼泪就掉了下来，他使劲握着苏雪的另一只手，心里面的悲伤决堤成河。

这段时间他强逼着自己去忘记苏雪，因为在他的内心深处总觉得苏雪是坚强的、好胜的，她一定能够克服一切困难，重新做回那个漂亮而又骄傲的自己，但是令柳苏北没有想到的是她竟然会选择吃安眠药自杀，可见，她的内心承受了多大的痛苦、多少的委屈，要不然她也不会想不开走到这个地步。

柳苏北陷入了深深的自责之中，因为事情出来以后，他没有解释没有安慰，甚至没有去看望过她，他只觉得没有颜面，一心只想着尽快消失在苏雪面前，他知道她恨他。

爱与恨本就一线之隔，柳苏北不知道的是苏雪不仅恨他，还爱着他，正因为这种爱恨交加的双重煎熬让她面临崩溃的边缘，在加上被学校开除，她夜夜睡不着觉，就在昨天晚上，她照例又吃了安眠药，但是一颗两颗对她来说已经不起任何作用，所以她陆续地吃了五颗，但是还是睡不着，折腾到夜里快十一点，她就起来喝了一些红酒，她想借助酒精入睡，没想到这些酒提升了药性，让她一睡不醒，还好早上苏梅开门的时候发现了异常，要不然苏雪这条小命有可能真的要死得不明不白。

苏雪不能死，因为她还没有见到柳苏北，她还没有在他的怀里淋漓尽致地哭过，她怎么能够死得安心，她的委屈他还不知道，她不能死。

苏雪醒了，她睁开眼睛，看到柳苏北拉着她的手正无声地哭着，她觉得自己像是在做梦，她动动手，柳苏北吃了一惊抬起头。

“你醒了？”柳苏北说话了。

“饿吗？我去给你买粥。”柳苏北想站起来。

苏雪没有放手，柳苏北只好坐在那里看着她，想说什么，一时间又不知道如何开口，苏雪看着柳苏北哭得红红的眼睛，这才相信一切都是真的，她爱的人此刻正陪在她的身边，而且他还为她伤心了，心疼了。

苏雪多日来的委屈终于失去了控制，她抱着柳苏北痛哭失声，前尘往事一起涌上心头，她的委屈从十九岁被这个人抛弃那年开始，便一直没有找到宣泄的出口，他甚至没有给她任何一个机会去控诉去发泄，他总是头也不回地便走了，这次又是一样，他躲了起来，再一次让她独自承受痛苦与委屈，苏雪不止一次地想，当年如果他能回头看一眼，那有多好，也许他便会舍不得，只要一眼，他就会了解她有多么难过，他还会任由她一个人独自伤心吗？他一定不会。

没有人能够了解苏雪的悲伤，因为她一直不能释然的是，分手的时候这个人竟然没有回头，走得决绝，好似他们曾经的情爱不过是一场云烟，轻轻一阵风，便消散得无影无踪，她介意的是他有没有真心爱过她，她介意的是他怎么能如此轻易地便说出“分手”这两个字，她介意的是他怎么能如此狠心，如此绝情。

没错，男人与女人就是如此不同。

男人分手的时候总是不留任何余地，他们只要下定了决心，好像一切便已经成了定论，再也无法推翻，所有的美好回忆瞬间便成过去式，再也无法干预他们即将要进行的美好生活，他们在决定的那一刻，便不允许自己回头，这便是男人的理性。

而女人则不同，就算是分手，也会忍不住伤心，自制力差一点的有可能要分好多次才可以分掉，她们的这种做法看似有情，其实往往却把人伤害得更加彻底，这跟女人的性格有极大的关系，她们天性敏感、善良、心软，她们总是不忍心，哪怕是街边的一个小动物也会让她心生爱怜，更何况要抛弃的还是自己曾经爱过的人，她们的痛苦可想而知，但是男人却往往不能够理解这种情绪，反而对此非常怨恨，这不能怪任何一方，只能怪他们从生下来那一刻起便是对立的，一个是男，一个是女，他们代表的本就是两个相反的个体。

第二十六章　别人的错误

同样的一个月里，柳橙也面临着痛苦的抉择，虽然她已经对李灿失望至极，但是究竟到没到必须离婚的程度，柳橙一点也不能确定，她只知道现在的自己很难过，她还知道李灿当时的决定也不见得足够理性，她要给彼此冷静的时间，她想时间会解决一切问题，时间也可以抚平一切伤痕。

与此同时，柳橙也在进行深刻的反省，她对萧峰的感情是不是已经超出了自己理性的控制，她是不是心里面对他仍有期待，难道她还是爱着萧峰吗？事隔多年，这段感情因为萧峰收藏的那张照片大有卷土重来的架势，柳橙也有点困惑了，她梳理不清自己的感情了，面对萧峰的避而不见，她似乎有点沉不住气了，或者换句话来说，她理想中的那个人突然改变了，让她一时之间有点难以接受。

萧峰本是一个坦荡的人，他从来没有在柳橙面前畏畏缩缩过，但是这一次，面对柳橙的坦荡，他的表现倒是失了常，是因为照片被柳橙看到了觉得难堪，为人师表的形象尽毁，还是因为他觉得尴尬，被当事人洞穿了心事，抑或是他怕与柳橙再纠缠下去，挑起什么不必要的事端，柳橙不得而知，总之，她的心里非常不舒服。

李灿出轨可能就是受了这件事情的刺激，柳橙不得不承认，事情是因她而起，所以她应该负主要的责任，她不相信李灿对她已经没有感情了，他与林慧在一起，有可能只是因为一时冲动。

然而，就在柳橙暗自为李灿的出轨寻找理由的时候，快递公司又寄来了一样东西，是林慧的验孕试纸，两条红线明目张胆，一如林慧一直以来的嚣张行径，她从一开始便表明了来意，这一次她更是要让柳橙明白，她已经赢了，而柳橙输定了。

柳橙看着那张试纸，轻蔑地笑了。

没想到短短的一个月林慧便怀上了孩子，看来从第一次开始她就处心积虑地想达到这个目的，她想以此作为筹码，让李灿就范，让柳橙投降，为了这一天，她可谓是煞费苦心，机关算尽。

但是人算不如天算，她不知道的是，柳橙也怀孕了，就因为一次的疏忽大意，事后她忘了吃药，她的宝宝便瞅准了这么一个空子，钻了进来，她想，这个孩子一定非常聪明，因为他太会把握时机了，所以她不忍心打掉这个孩子，但是考虑到他们的经济状况，她又有些犹豫，所以一时半会儿她下不了决定，也就没有告诉李灿，后来便出了这个离婚的事情。

正因为林慧的挑衅行为，柳橙下定了决心，她要生下孩子，她还要给孩子一个完整的家，她不允许任何人来破坏她一直苦心经营的一切，她也不允许李灿落到这个看似简单其实一直喜欢玩弄阴谋诡计的女人手里。

最重要的是，柳橙已经想通了，她爱着李灿，她要跟他好好生活，一家三口幸福快乐地待在一起。

柳橙也算是个雷厉风行的女人，一旦什么事情想通了，她便会立马采取行动，她翻出电话簿，找到了一个号码。

电话通了，柳橙就说了一句话："妈，我怀孕了，你快来照顾我。"

那边老太太高兴坏了，连连答应几声便挂了电话，乐巅巅地去收拾东西了。

不出所料，两位老人订了当天的机票，晚上就到了，柳橙开车去接他们，出门的时候给李灿发了一个短信："公公婆婆来了，马上到家，你回不回来，自己看着办。"

发生了这么大的事情，要是搁别的女人身上，说不定早已经失了方寸，精神崩溃，被打击得一塌糊涂，但是柳橙跟一般的女人不同，她有着一颗非常理性的脑袋，她知道一哭二闹三上吊对于李灿这种人来说根本没用，况且她的情绪也还没有失控到这种程度，伤心是在所难免的，但是伤心过后，她会考虑下面的日子要怎么继续，她这种思维可能跟她学习财务有一点的关联，她总是会习惯性地把一笔一笔账目计算清楚，而且所有的公式都会经过一步一步的计算，最终得出一个结果来。相对来说，过程在她的眼里没有结果来得那么重要，这一点，很多女人则不同，她们中间流行着一句话：不在乎天长地久，只在乎曾经拥有。

柳橙恰恰相反，她不要曾经拥有，她要天长地久，这句流行的话她觉得应该送给林慧，因为这将是她和李灿之间的真实写照。

果然，等她把两位老人接来家里的时候，李灿已经把自己的衣服收拾好重新归了位，并且像以前一样做好了一桌子饭菜等着他们。

柳橙很满意，两个老人更是乐得合不拢嘴，他们从家里带了好多东西过来，其中还有李灿小时候用过的小被子，还有李灿小时候穿过的小披风，饭桌上，李灿已经听出了意思，柳橙怀孕了。

李灿一边用疑惑的眼光看看柳橙，一边满脸堆笑地给两位老人夹菜，他不知道这是不是柳橙的阴谋，她可能用这件事情把老人骗来好让他撤消离婚的决定。

晚饭其间，林慧打了好多电话，李灿都没敢接听，柳橙时不时地用眼角的余光扫一下李灿的手机，最终没有吭声，李灿后来直接关了机。

晚饭过后，两位老人太累了，早早便休息了，李灿回到房间，柳橙正坐在床上，好似在等他发问。

“你真怀孕还是假怀孕？”李灿很生气，他冲到床前，居高临下地问柳橙。

“你自己判断。”柳橙的回答倒是非常理性。

“如果你用这种手段试图让我妥协，告诉你，不要做梦了，这样做，只会让我更加讨厌你。”李灿一反常态的激动。

“那你准备怎么办？跟我离婚，然后跟林慧结婚吗？”柳橙冷静地问。

李灿被柳橙问住了，一时之间没有吭声，他显然没有想过这个问题。

“用你的理性好好判断一下，我会拿这么大的事情开玩笑吗？我会专程把爸妈骗来只是为了利用他们逼你回家吗？我有这么笨吗？难道这种幼稚的谎言不会被拆穿吗？而且我从来没想过要你回家，我还需要利用别人！我确实怀孕了，我不允许你跟我离婚，我也不允许我的孩子出生在一个没有爸爸的家庭。”柳橙的语气非常坚决。

“告诉你，我就讨厌你这副冷静的样子，那你对萧峰怎么就失了理性，你怎么对他就不一样了，你告诉我，你是不是爱上他了？”李灿最见不得柳橙这副模样，要是以前他会非常喜欢，但是自从知道了她对萧峰感性的那一面，他就觉得柳橙根本就不爱他，她已经爱上别人了，而且她的心里一直爱着那个人。

“不要开玩笑，我跟他什么也没有。他只是我年轻时候的一个梦，你才是我身边的人，难道在你的心里就完全没有林慧吗？你们之间难道没有任何感情吗？我什么时候要求过你必须把过去的记忆和感情统统抹掉？”柳橙反问李灿。

“那是因为你从来没有爱过我，你只把我当成了影子！”

“那好，你说，林慧和我都怀孕了，你要哪个？是不是准备跟我离婚，去娶她？你只要说一句话，我立马跟你签字离婚。”柳橙面对李灿的指责也非常委屈。

“你连林慧怀孕都知道了？你调查我？”李灿更加气愤了，他简直不敢相信这个女人面对他的背叛竟然还能如此冷静，枉他还处心积虑地想要隐瞒她，怕她受不了这种刺激会伤心欲绝。

“一句话，要我还是要她？”柳橙冷下脸，站了起来看着李灿。

李灿没有出声，他避开咄咄逼人的柳橙，绕到另一边床上，倒头拉过被子，装睡。

柳橙站在床边，也没有再说话，默默地上了床的另一边躺下，她知道他需要时间，本来她想侧过身去睡，但是李灿的手伸了过来，他把柳橙揽进了怀里，一边还解释说：“我怕宝宝冻着。”

柳橙的眼泪刷地掉了下来，多日来的委屈她都拼命控制住了，然而直到李灿回到了她的身边，像从前一样把她拥入怀中，她才知道，她的心里从来就没有放下李灿，她一直爱着他，只不过因为初恋的太过美好而有些耿耿于怀，导致方寸大乱。

一家三口相拥着睡去，很幸福。

然而，当他们沉浸在甜美梦乡的时候，有一个人却失眠了，这个人不是别人是林慧。

她本以为李灿知道她怀孕会很高兴，所以她便在第一时间告诉了他，没想到李灿的反应平平，没有想象中的欣喜，他甚至一句话也没有说，他甚至还皱了皱眉头，点燃了一根香烟，仿佛这是一件多么值得忧愁的事情。

林慧很生气，但是她又不想在李灿面前表现出来破坏自己一直以来的美好形象，她不能开口要求，她只能想办法让李灿主动给予。

第二天，她便快递了那张试纸给了柳橙。

谁知事情不仅没有往她预期中的发展，反而李灿也失踪了，他只是留了一张字条给她，还有五千块钱："打掉孩子吧，重新找个好人吧。我回家了！"

林慧被当头一棒，她搞不清楚发生了什么事情，这一个月里李灿没有回过一次家，他们甚至没有通过一个电话，怎么他就突然想通了，并且在得知自己怀孕的情况下不管不顾她的感受便回了家。

林慧知道一定是柳橙又耍了什么计谋，她一个劲儿地打李灿的手机，妄图知道一些什么线索好拆穿柳橙的伎俩，然而李灿不仅不接，还关机了。

林慧咬牙切齿地坐在床边上，她不愿意相信李灿走了，扔下了她和孩子，她也不愿意相信自己输了，李灿不仅不要她而且不要这个孩子，那么这一个多月来的柔情蜜意，又算什么，一场梦吗？

林慧一夜都没有睡着，躺在床上把眼睛睁得很大，她内心的痛苦从李灿被柳橙抢走那一天便没有停止过，她不甘心。

可以说，如今这个时代因为父母之命、媒妁之言而结合的夫妇已经很少了，他们大多数都是因为相爱而选择在一起，任何一对夫妻在长久的婚姻过程里都不可能一生安稳，遇不到任何威胁，尤其是来自于异性方面，立场坚定点的，思想成熟点的，客观理智点的，一般都能很好地处理这种来自其他方面的异性关系，就算一时失控犯了错误，也能够及时回头，他们并不想因为一时的行差踏错而葬送自己的安稳生活以及美满婚姻。

当然有的人也会说，我的眼里容不下半粒沙子，事实上，这个世界上谁都不想贫穷，但是贫穷的却大有人在，这道理是一样的，不会因为你不想，沙子就不进你的眼里，重要的是沙子进了眼之后，你应该怎么办？要不你把它清除出来，要么留在你眼里继续发炎，决定权在你自己手里，看你如何处理。

婚姻关系中出现了第三个人，当事人的心里充满委屈愤怒都是可以理解的，但是我们不提倡将这种愤怒和委屈凌驾于理智之上，以至于出现暴力、伤害，甚至死亡。

面对老公的背叛，多数女性都是伤心欲绝的，其中不乏一哭二闹三上吊的，有的甚至找到了第三者，两人当街打骂，弄得人尽皆知，彼此颜面尽失，老公最后背上负心汉的罪名，脸上无光，为了挽回尊严或者受不了老婆的喋喋不休，他们通常都会选择离婚。

柳橙没有告诉任何人李灿出轨，并且还造出了一个小生命，一来她不想别人同情自己，二来她认为这是自己的家事没必要搞得路人皆知，三来她想保全李灿的颜面给他留一条退路。

难道柳橙就不伤心吗？想到李灿跟林慧上了床，她就不气愤吗？然而，伤心过后，气愤过后怎么办？日子总得过下去吧？她还没有活够，她还有好多事情没有完成，她压根就不想因为一件别人的错事而毁了自己的一生，别人犯的错让他们自己去承担后果，她没有义务去为别人的错背一辈子的黑锅。

第二十七章　祸不单行

然而柳丁最近却倒了大霉，她因为别人的错误而受到了牵连。

事情还是跟钱有关，她在去年和同事一起帮学校的后勤主任做了一个连名担保的贷款，金额也是十万，没想到今年要还钱的时候，那个后勤主任突然消失了，连同一家老小，仿佛是有预谋的一般，银行的人也追查不到他们的下落，只好找到了柳丁以及几个担保人。

他们被强制停发了工资用来缴还贷款，每个人每个月只发五百元的生活费，算下来，柳丁最少一年拿不到工资，只能拿生活费。

柳丁回家把事情告诉了赵杨，赵杨一听就急了。

“你干吗给他担保？为什么这件事情我不知道？你怎么不跟我商量一下？”赵杨冲着柳丁发了很大的火。

“我哪知道他会跑呀？我见别的同事也答应了，所以也不好推辞。”柳丁还挺委屈的。

“猪脑子！”赵杨口不择言。

“我是猪脑子，我还帮你这头猪担保了十万呢，如果你也跑了，我这几年都去喝西北风。”柳丁也生气了，出言讽刺赵杨。

“好了，事情都这样了，以后你省着点用吧，我可没有多余的钱来贴补你。”赵杨终于说出了重点。

“好，饿死都不要你管。”柳丁气死了，甩上房门，躺在床上发呆。

“好了好了，别生气了，你做饭呀，我可累了一天了。”赵杨跟着进了屋，开始好言好语地说话。

柳丁把手一伸。

“干吗？”

“给钱。”

“什么钱？”

“以后你每指使我做一件事情，我就要五十块劳务费，要不然，我可能到最后真的要去喝西北风。”

“行，我打欠条，工程结束一并给你结账。”赵杨一本正经地说。

“呵呵。小样。”柳丁乐了。

“为了我的房子，不跟你计较了，我就吃点苦吧。”柳丁从床上跳起来，边说边去厨房做饭。

赵杨也把衣服袖子卷了起来，进去帮忙摘菜。

“不用帮忙了，你去接孩子吧。”柳丁嘱咐赵杨。

“差点忘了。要不，干脆让他们俩住校吧，两个小电灯泡。”赵杨埋怨。

“你够狠的呀，幼儿园就想让孩子住校，柳笑不是你亲生的，赵小兵也不是你亲生的吧？”

“就因为是亲生的，所以才要从小锻炼他们。”

“去。赶紧接去，一会儿迟了，两个孩子又要埋怨你。”

赵杨刚出了房门，柳丁就忍不住开始叹气，真是屋漏偏逢连夜雨，难道她这辈子就是破财的命吗？但愿赵杨是个聚财和发财的命，那自己的下半生也不至于穷困潦倒，天天吃萝卜干度日，连吃了一个月，她已经快吐了，她这一辈子都不想再吃了。

然而她不知道的是，赵杨曾经算过命，说他这辈子财运都不错，却聚不了财，如果这个算命先生算得准，那么柳丁最后的希望也就破灭了。

不知道冥冥中这个世界上到底有没有一些能够洞察天机的人，如果说没有吧，有些事情还真的难以解释，比如西方人研究的星座，准确度之高已经到了让人咋舌的地步，现如今大多数人都非常相信，甚至找对象的时候也会留意一下对方的星座，如果是跟自己不适合的，自己不喜欢的，甚至还会拒绝。

柳丁对相术和星座说都半信半疑，算命的说她中年后命非常好，但是各种麻烦事情层出不穷，星座上说她是双子座，赵杨是双鱼座，他们在一起，幸福指数很低，不过她却不以为然，她觉得他们挺幸福的。

柳丁是一个乐天派，虽然她的生活挺坎坷的，但是绝大部分时间她都比较想得开，尤其是遇到大事的时候，她的镇定通常会出乎别人的意料，她总是能很快地调节好。

通常只有一件事情会让柳丁失控，那就是关系到柳笑的事情。

这天柳丁做好了饭，迟迟没见赵杨他们回来，她打电话一问，才知道原来今天柳笑在学校里发烧了，校医给吃了退烧药，当时是退烧了，不过放学的时候又发作了，赵杨带着他们去了医院，给柳笑打了点滴。

柳丁心里非常着急，柳笑自从过了五岁便很少发烧了，而且像这种反复发作的情况几乎从来没有出现过，这可能跟他遗传于柳丁的基因有关系，柳丁长到三十岁只发过两次烧，一次是在小学，一次是在初中，自那以后，好像就没有过。

柳丁一边又安慰自己一定没事的，可能是感冒了，打完吊瓶就好了，她怕柳笑挂完点滴没胃口吃饭，就又在家里熬了小米粥。

大概两个小时后，赵杨带着两个孩子回来了，柳笑已经退了烧，恢复了平时的活泼，一蹦一跳地先进了门，跑到柳丁面前抱着柳丁。

“妈妈，我挂水没哭，我不怕疼。”

“笑笑最乖，妈妈熬了米粥给你吃，我去拿一些白糖放进去。”

赵小兵一听有糖粥吃也很高兴地跟了过来嚷嚷着也要吃，柳丁连忙拿了两个碗盛了一些粥，放在桌子上冷着。

“赵杨，你吃粥吗？”柳丁问进了屋的赵杨。

“吃呀，我也要放糖。”赵杨边回答边走到桌子边上坐下。

“晚上你带着柳笑睡吧，我怕他夜里再发烧。”赵杨叮嘱柳丁。

“好。”柳笑点点头。

吃饭的时候，柳笑一直和赵小兵叽叽喳喳地说个不停，看那个样子应该没有什么事情，吃完饭，柳丁本来想听赵杨的话带柳笑睡，谁知道柳笑不同意，非要跟哥哥一起睡，看来他们还没有聊够。

柳笑和赵小兵两人上了床，盖着被子还在那里窃窃私语，柳丁不放心，在床前的椅子上坐着，想等他们睡着再走。

“哥哥，你长大做什么？”柳笑问。

“我去买个召唤器做铠甲勇士。”赵小兵答。

“那你不会飞呀？”柳笑担心地问。

“没关系，长大了买一辆地皇侠骑的摩托车。”赵小兵答。

柳丁忍不住听着直乐，回房讲给赵杨听，赵杨也乐了。

柳丁觉得柳笑应该彻底好了，所以也就毫不担心地进入了梦乡，谁知道睡到半夜的时候，赵小兵却进了房间，把他们俩从睡梦中叫醒了。

“爸爸，我在这边睡吧。”赵小兵对赵杨说。

“怎么了？”赵杨奇怪地问，柳丁也很纳闷。

“弟弟身上好热，烫得我睡不着。”赵小兵说。

柳丁和赵杨一听坏了，准是又发烧了，两人赶紧起来跑到柳笑的房间，一试他的额头果然烫得厉害，柳丁一急，眼泪掉了下来。

“没事的，赶快送医院。你去给柳笑拿件衣服，给兵兵也穿厚点，我背着柳笑先走，就到县医院吧。”赵杨说。

“都怪我，太粗心了，没有放在心上，也不知道烧到多少度了，怎么这么烫呀。”柳丁难过死了，又十分自责，她不该任由孩子自己睡。

“行了，你快点。”赵杨穿件外套，拿一件大衣包着柳笑便急忙去了医院。

赵小兵也听懂了原来柳笑是生病了，发烧了，他醒了，连忙自己找了衣服穿身上，柳丁带上衣服牵着赵小兵便出了门。

“阿姨，弟弟是不是发烧了？”赵小兵走着走着突然发问。

“是的，幸亏你发现得早。”柳丁蹲下来，背起赵小兵，一边走，一边直掉眼泪。

“阿姨不哭，我长大了不当铠甲勇士了，我要当医生。”赵小兵趴在柳丁身上，喃喃地说。虽然声音比较小，不过因为是贴在柳丁的耳朵边上，柳丁听得很清楚，本来就难受的心被赵小兵这么一说，疼得更厉害了，与此同时，她又觉得非常欣慰，这两孩子深厚的感情十分可贵，还有赵小兵今天表现出来的异乎寻常的懂事，柳丁也觉得非常安慰，她一直以为赵小兵话不多，而且每次老是占柳笑的便宜，会耍小聪明，但是没想到关键的时候，赵小兵竟然表现得这么男子汉。

顾不得多想，柳丁拦了一辆车，直奔医院，还好等她到的时候柳笑已经打上了点滴，高烧渐渐地退了下来，听赵杨说柳笑已经烧到了三十九度五，情况非常严重，要是迟来一会儿，说不定都会引起其他并发症，后果不堪设想。

柳丁不知道说什么好，她抱过赵小兵放自己腿上哄他睡觉，第一次，她从赵小兵那里感受到了温暖，因为以往的赵小兵总是不听自己的话，叫他做什么通常都会当做耳旁风，柳丁一直觉得他很难管教，但是这一次，她对他刮目相看，原来这个孩子是个有主张的人，只是她不懂他而已。

赵杨的手一只握住病床上的柳笑一只握住柳丁，四个人静静地待在一起，仿佛任何人任何事情都不能将他们分开，他们本身就是一体的。

天要亮的时候，柳笑醒了，又开始跟赵小兵说说笑笑，医生建议留院观察一天，柳丁请了假，赵杨要送赵小兵上学，但是他不肯，坚持要留下来陪弟弟，赵杨拗不过他，最后还是柳丁连哄带劝地让赵小兵上了学，因为他已经是学前班了，少去一天都有可能耽误学习，而且赵小兵的成绩一直非常出色，她一直盼望着他将来能考个好大学呢，虽然想得有点远，但是在她的内心的确是这么期望的。

赵杨走的时候给柳笑买来了包子，便是他不想吃，他说想喝饮料。

要是搁平时，柳丁一定满足他，但是这一次她没有同意，因为柳丁觉得柳笑的抵抗力之所以这么差，跟他平时喜欢喝饮料吃零食有着莫大的关系，她决定从今天起戒了柳笑这坏的饮食习惯。

柳笑可能因为生病，整个人变得十分娇气，一看妈妈不给买饮料，就委屈地哭了起来，一边哭一边说："妈妈是个坏妈妈，等我长大以后我不买新衣服给你穿，也不买好东西给你吃。

柳丁哭笑不得，抱过柳笑搂在怀里安慰。

她想起来了，在她跟钱磊刚离婚的那两年，她一直忙于还债，所以老是缺钱，她总是跟幼小的柳笑说：妈妈没钱，所以你也不要乱要东西，每次进超市只能花一块钱，好吗？

"那你怎么不去挣钱？"柳笑反问她。

"因为妈妈不是男子汉，妈妈等你长大挣钱给我花，而且要给我买新衣服，买好吃的，行不行？"柳丁开玩笑。

"好吧，那我快点长大。"

柳笑的语言表达能力非常强，好似这方面也遗传自柳丁，从小到大，只要柳丁跟他好好沟通基本上他都可以理解，而且柳丁从小就喜欢跟柳笑聊天，她也不管他能不能听懂。

“柳笑，你昨晚发烧把哥哥、叔叔、妈妈都吓坏了，不让你喝饮料是为你好，你吃点饭身体才能好，不容易生病，我去给你买粥吧，以后不要吃好多零食了，你再生病怎么办呀？”柳丁又开始跟柳笑讲道理。

“好吧，妈妈。”柳丁答应了，拿过包子吃了起来，柳丁叮嘱护士照看一下柳笑，自己便下楼去买粥。

等柳丁买完粥回来的时候，柳笑已经吃完了三个包子。

“来，儿子，喝点粥。”

“妈妈，我刚才是骗你的，等我长大了还是给你买新衣服，给你买好吃的。”柳丁还没有忘记刚才自己说的狠话。

“嗯。好。妈妈等着。”柳丁眼睛红了。

柳丁觉得自己特别幸福，因为她生了一个这么乖又这么聪明的儿子，他给她的生活带来了希望，他是她可以战胜一切困难的信心来源，她时刻都在提醒自己不可以灰心，不可以失望，不可以倒下，因为她要做好儿子的榜样。

第二十八章　区区小民

这个世界上每天都会发生很多的事情，而这些事情发生在不同人的身上，经过一传十十传百，逐渐演变成了故事，甚至传奇。

苏雪和柳苏北的故事就是这样传播开来的，版本很多，众说纷纭，整个事件扑朔迷离，在各个学校之间引发了一场非常热烈的讨论。

他们大概分成了两派，一派相信苏雪是无辜的，是那个省领导动用了权力颠倒了黑白，自己好色成性，惹上了事端却让这女人背了黑锅，另一派则认为苏雪一看就是标准的红颜祸水，她水性杨花，一定是被人占了便宜又没有得到任何好处，所以恼羞成怒便主动曝光了视频，没想到的是胳膊始终拧不过大腿，自己不仅没吃到肉，反而惹了一身臊。

当然事实真相永远只有当事人最清楚，苏雪的自杀事件让柳苏北下定了决心，他要不惜一切还苏雪清白，他要去学校要求为她平反。

经过几天观察，苏雪已经没有大碍，柳苏北给她办理了出院手续，送她回到苏梅家里。随后他便回了家连夜写了一份材料，他要去上访，他绝不能让那个猥琐男污了苏雪的名誉，他最不能容忍的是他竟然可以利用权力颠倒黑白，这在柳苏北的世界里简直万万无法容忍，黑就是黑，白就是白，不是他说了算。

然而柳苏北的材料并没有获得校领导的认同，他们只是敷衍他会再调查调查，然后几天过去，却没有任何回音，等到柳苏北再去的时候，学校的同事跟他说了实话："老柳，你不要再闹了，俗话说民不与官斗，我们这些区区小民，渺小如一条蚯蚓，根本翻不起什么大浪？你再这样下去，我怕你那点退休工资都保不住啊。”

柳苏北灰溜溜地回了家，他从楼下小卖部买了两瓶白酒，一袋五香花生米，借酒浇愁仿佛是他唯一能做的事情了，同事的一番话让他退却了，本来雄心万丈地想要替苏雪申冤，然而他真的能够冒着也被开除的风险吗？如果被开除了，他有何面目去伸手找一双女儿要钱呢？柳丁为了柳笑，可能一辈子都要省吃俭用，柳橙车贷房贷还没有还清，况且他们生孩子养孩子花钱的地方多着呢，柳苏北想到这些，心乱如麻。

他没有勇气再坚持下去，他感到郁闷极了，活到这么一大把年纪却只能眼睁睁看着苏雪被人冤枉被人诋毁，他曾经满腔正义，他曾经豪情万丈，他曾经嫉恶如仇，现如今却只能借酒浇愁。

“将进酒，杯莫停。与君歌一曲，请君为我倾耳听。钟鼓馔玉何足贵，但愿长醉不复醒。古来圣贤皆寂寞，惟有饮者留其名。陈王昔时宴平乐，斗酒十千恣欢谑。主人何为言少钱，径须沽取对君酌。五花马，千金裘，呼儿将出换美酒，与尔同销万古愁。”

柳苏北只求一醉，他一边念着李白的《将进酒》，一边杯不停，一瓶白酒很快见了底，柳苏北待在空荡荡的房间里，悲从中来，哭得要死要活，边哭还边念：“杯莫停，与尔同销万古愁。”

苏雪走到门口的时候，正听到柳苏北边念诗边哭，她心里也是止不住一阵难过，眼泪簌簌往下掉。

学校领导把苏雪叫去谈了话，他们让她劝柳苏北，还说这样闹下去，不仅帮不了苏雪，自己的饭碗有可能也保不住。

他们摆出一副语重心长的教育嘴脸，其实个个都是道貌岸然的怕事之人，他们明明知道其中有冤屈，但却不敢违背上头的决定，他们枉为人师，自身不正，如何教人。苏雪的气愤可想而知，但是她又敢怒不敢言，因为她怕连累柳苏北，他们既然能将她开除，也就不在乎多一个陪葬的。

苏雪心中悲愤，又担心柳苏北想不开，晚上便来到了柳苏北家里，走到门口就听到了柳苏北边哭边吟诗。

她本来想敲门，但是手一碰门便开了，柳苏北肯定精神恍惚，受了刺激，连门都忘了关了，苏雪的眉头皱了皱。

柳苏北拿着酒瓶站在阳台上，白衬衫被风吹得鼓起来，他摇头晃脑地在那里大声念："与尔同销万古愁。"

循着声音进来的苏雪看到他真把自己当酒仙了，忍不住乐了。

"柳苏北，你醉了没？"苏雪突然间喊了一嗓子。

"没醉！"柳苏北转过身，回答。

苏雪"扑哧"一声笑了出来，柳苏北的双眼迷茫，站在那里东倒西歪，苏雪连忙上前扶住柳苏北，拿下他手里的空酒瓶，好不容易把他架到了床边。

苏雪找了毛巾给他擦了一下，又把柳苏北的鞋子也脱了，帮他洗了脚，给他盖上被子，苏雪本来想走，但是柳苏北却开始哭闹起来，他边踢被子，双手边耍太极似的哭着喊着，眼睛却一直没睁开，苏雪吓了一跳，以为柳苏北犯了什么病呢，她使劲摇晃他，想把他摇醒，柳苏北被这么一摇，反而安静了下来，不一会儿就睡着了，发出了很大的呼噜声。

苏雪把屋子收拾了一下，准备离开，这时候客厅的电话却响了起来。

苏雪转身去接电话："喂。"

"你是谁？"是一个男人的声音。

"你找谁？"苏雪反问。

"算了。"那人好像生气了，莫名其妙地挂了电话。

苏雪一头雾水，也弄不清楚状况，不过现在她实在没心思考虑这些骚扰电话，她已经下定了决心，要回一趟北京。

现在事情发展到了这种地步，柳苏北弄不好也会受牵连，本来她就没打算就这么了结，只不过因为柳苏北的事情她一直没抽开身，现在鲁花也走了，柳苏北又因为自己被打击成这样，她不采取行动看来是不行了。

柳苏北第二天中午才醒过来，他在床头柜上看到了苏雪留的字条。

"你不要再去上访了，我回一趟北京，找一下我以前的熟人，这件事情我自己可以解决，放心吧。"

柳苏北这才知道苏雪来过，怪不得昨天晚上好像有人跟他说话。

他洗漱一番，买了一些水果，准备给苏雪送去，就在这个时候，他手机响了，一看是陌生号码。

"喂，你好。"

"你是柳苏北吧，告诉你，你小心一点。"一个恶狠狠的男人声音传了过来。

“什么意思？你是谁？”

“警告你，不要多管闲事，要不然叫你吃不了兜着走，听说你有一个宝贝外孙，今年才六岁。”对方显然开始威胁柳苏北了。

“你是谁？你想干什么？”柳苏北一听对方提到柳笑，心里面顿时非常紧张。

对方没有回答，“啪”一声挂断了电话。

本来准备去送苏雪的柳苏北，提着水果慌慌张张地跑去了柳笑的幼儿园，他害怕柳笑出什么事情。

还好，柳笑没什么碍，相反看到柳苏北来了非常兴奋，他央求柳苏北再带自己去乡下玩，他还要去摘莲子。

柳苏北趁此机会找老师请了假，带着柳笑回到了乡下。

他打电话给柳丁把事情的来龙去脉简单说了一遍，柳丁气愤极了，要立马报警，柳苏北没让，只是让他们自己小心，他要带着柳笑在乡下住一段时间，苏雪已经去北京活动了，相信事情很快就会了结了。

柳丁和赵杨一商量，觉得此事非同小可，两人还是去警察局备了案，并且把事情的始末都详细地叙述了一遍。

就这么过了一个礼拜，柳苏北接到了苏雪的电话，她说事情处理得差不多了，让他安心，柳苏北又把接到威胁电话的事情也告诉了苏雪，苏雪让他安心，她会好好处理的，有必要的时候她会做报警处理。

柳苏北打电话给柳丁和赵杨，告诉他们苏雪已经把事情处理好了，让他们不用担心了，照常送柳笑上学吧。

柳苏北把柳笑送到了学校，并且对老师千叮咛万嘱咐，除了他和柳丁赵杨，不允许任何人接柳笑。

而身在北京的苏雪呢，这段时间也累坏了，她动用了各种关系好不容易让那个猥琐男接受了调查，平反了自己的冤屈，事情终于得到了解决，上面也下了文件，不仅恢复了她的教师资格，而且还升她做了学校的一把手，之前的领导因为包庇和失职被处分降职。

事情了结后，苏雪见了前夫和女儿，他们约在了以前一家三口经常相聚的金陵饭店，席间前夫和女儿委婉地表达了意见，他们不想让苏雪再离开北京，这段时间发生的事情两个人都知道了。

苏雪一时间也不知道该怎么回答，面对女儿期盼的目光她实在不忍心拒绝，更何况她的心里也非常放心不下女儿。

女儿回学校后，苏雪想了很多，虽然孩子现在已经上了大学，但是她在苏雪的心中永远是一个需要照顾的小朋友，妈妈离得那么远，一年也回不了几次家，女儿的孤单与寂寞可想而知。

前夫也发来了短信，表示希望苏雪可以原谅他，再给他一次机会，他希望可以与苏雪复婚，给女儿一个完整的家，还说苏雪不在的这段日子，女儿都不太搭理他，一到周末回家就把自己关在房间，也不出去玩，也不跟他说话，他觉得女儿有抑郁症的倾向。

苏雪看完短信也非常焦急，她决定留下来先陪女儿一段时间再说。

她给柳苏北打了电话，告诉他事情已经处理好了，她要先留在北京一段时间，让柳苏北自己保重身体，她还告诉柳苏北，文件已经下来了，他可以到学校复职了，不要天天老闷在家里，也不要天天打麻将，对身体不好。

果然，上面的文件下来了，柳苏北又重新回到学校教书去了，校长被停职接受调查，而苏雪替代了他的位置当上了学校的一把手，猥琐男被开除了。

事情得到了圆满的解决，柳苏北的生活恢复了平静，只是，每当他下课到家的时候，老是觉得分外冷清，他经常会想到鲁花还有小孙子，他不知道他们在哪里，过得怎么样，有时候他还会想起苏雪，苏雪为什么还要留在北京，是不是这件事情背后还有什么隐情，因为接到过威胁电话，柳苏北也非常担心苏雪被人报复。

苏雪也是一个聪明人，自从上次柳苏北说收到威胁的匿名电话开始，她就开始暗中调查这个猥琐男，她通过各处渠道打听到，原来这个男的一直利用手里的权力玩弄了不少女老师，其中还有一些刚走出校门的实习女大学生，苏雪暗中找到了那些人，了解了事实情况，苏雪做了很多的思想工作，她们才答应站出来指证他。

猥琐男很快被逮捕了，他也交代了找人恐吓柳苏北的事情。

直到这个时候苏雪才真正松了一口气，她知道这件事情终于要了结了，柳苏北和家里的所有人都不会受到牵连了，她自己也可以安心回去复职了。

她准备走之前跟前夫说个明白，她不会再给他机会了，因为一切已经回不到原点了，至于女儿那边，她相信一定可以做通她的思想工作，毕竟孩子大了，也应该能够承受住一些挫折和打击了。

然而没等她开口，前夫已经主动约了她。

他们约在了老地方金陵饭店。

“苏雪，你不要走了，我们复婚吧。”

“这话说得是不是有点太迟了？当初是你抛弃我的。”苏雪说。

“你看在咱们女儿的面子上，别走了。不复婚也行，你就回来住吧。”

“你什么意思？我的工作在苏北，我决定回去了。”苏雪很坚决地回答。

“苏雪，你看看这个。”他递了一样东西给苏雪。

苏雪拿出来一看，竟然是医院的化验报告单。

“我看不懂，什么意思，你得了绝症了？”苏雪开玩笑。

“是的，我脑袋里长了一个肿瘤。”

“真的？什么时候得的这个病呀？”苏雪很吃惊。

“刚发现不久，请原谅我的自私，我不知道手术会不会成功，在这段时间里我想了很多，我希望你和女儿陪在我身边，如果我手术失败，你就是女儿唯一的亲人了，你要好好照顾她，如果我有幸不死，我也希望我们一家三口能够回到从前，好好地过日子。”

苏雪很心酸，没想到这段时间没见，他便得了这么重的病，毕竟他们是几十年的夫妻，更何况他们之间还有宝贝女儿呢，如果苏雪真的狠心对前夫不闻不问，那以后不仅自己良心上过不去，女儿也绝不会原谅自己的。

苏雪考虑了一下，点了点头。

为了便于照顾他，苏雪申请调回北京，并且推荐柳苏北做副校长职位，她把一切安排妥当，就搬回了家。

苏雪已经没有时间再去想柳苏北了，因为她每天都要奔波于学校和医院之间，几十年的夫妻感情，她不希望他死，女儿也不能没有爸爸，所以她要尽一切努力来挽救他的生命，她已经开始相信这一切都是命。

命中注定她与柳苏北成不了夫妻，就像当年一样，这一切都是无法改变的，最重要的是她已经回去过，圆了那份情，她已经知足了。

第二十九章　背后

这个世界上有些事情确实是要讲究缘分的，有的有缘有分，有的有缘无分，而缘分的促成通常有两个途径，一个是天意，一个是人为。

当你想去达成某种目的，或者想要实现某个美梦的时候，你应该怎么做？聪明的人绝对不会坐在那里等，然后眼睁睁看着机会从身边擦肩而过，他们会想尽一切办法给自己创造机会，至于到底结果如何，他们也控制不了，尽人事，听天命，说的就是这个意思。

不过，有些人却因为各种各样的原因造就了非常偏执的性格，他们不达目的誓不罢休，他们不管不顾别人的感受，他们自私成性，为达目的，不择手段，明里斗不过，他们就会在暗处搞阴谋诡计，让你防不胜防。

最近林慧太安静了，搞得柳橙老是有一种不安的预感，她总觉得有什么阴谋即将发生，虽然她和李灿的生活好似回到了原点，恩爱如初，再加上老人的从旁照顾，她的心情由原来的郁结变得开朗起来，公公婆婆的关爱让她仿佛回到了妈妈在世的时候，她成了家里面最大的宝贝，谁都宠着她，尽管一切看似顺利，但是她还是感到有一丝不安，因为她觉得李灿并没有妥善的解决掉林慧的问题。

柳橙最怕的是这个女人没听李灿的劝，固执地生下孩子，那到头来就不仅是他们三个人的问题了，说实话，柳橙并不是一个冷血无情的人，万一林慧因一时固执生下孩子，那到头来她不仅会葬送自己一生的幸福，也会让孩子一生都活在残缺之中。

李灿因为想躲避林慧，所以出差去了外地，要十天后才回来，这段时间，柳橙本来想直接去找林慧谈谈，但是又怕她受刺激，所以，她便想了一个办法，她从李灿那里找到了林慧的 QQ 号，并且加了林慧为好友。

林慧这段时间一定过得非常不好，她把网名改成了："泪痕"，柳橙参照着给自己改了一个网名"倾城笑颜"。

"你为什么叫这个名字，有什么伤心事吗？"倾城笑颜。

"难道这个世界上还有什么开心事吗？"泪痕。

"当然了，阳光，雨露，花儿，绿草，每一样东西都是那么可爱，你还有什么好伤心的呢？"倾城笑颜。

"我的世界里没有阳光，雨露，花儿，绿草，我的世界只有黑夜。"泪痕。

"怎么会呢？你好好想想，回忆一下，难道没有什么美好的事物值得你笑一笑的吗？"倾城笑颜。

"没有。"泪痕。

"想想你的亲人，你的爱人，你的孩子？"倾城笑颜。

"我没有亲人，没有爱人……"泪痕。

"那孩子呢？"倾城笑颜。

"你问的会不会太多了？我跟你很熟吗？我还没有问你，你为什么叫这个名字呢？有什么事情能让你展露倾城笑颜。"泪痕。

"呵呵，因为我的肚子里有了宝宝，人家说怀孕的女人最美。"倾城笑颜。

"是吗？怀孕是什么感觉？"泪痕。

"感觉很奇怪，又幸福又不安，幸福的是全家都把我当成了大宝贝，不安的是怕自己做不了一个好母亲。"倾城笑颜。

"我觉得你会是一个好母亲，做你的孩子真的很幸福。"泪痕。

"呵呵，别这么说，做你的孩子难道就不幸福吗？"倾城笑颜。

"做谁的孩子都不要做我的孩子，我是一个不幸的人，投胎到我的肚子里，他也会变得不幸。"泪痕。

"怎么这么说。"倾城笑颜。

"别问了，我是一个被遗弃的人。"泪痕。

柳橙还没来得及细问，林慧便悄无声息地下了线，看得出来，她的情绪低落到了极点，说不定正在哭。

柳橙之前面对的是一个浑身带刺的林慧，然而这一次当她装成陌生人和林慧隔着电脑屏幕交谈的时候产生了不一样的感觉，她觉得林慧不像以前那么讨厌了，甚至她对林慧还产生了一丝同情，她猜林慧的背后一定还有什么故事，她好像一直都生活在阴暗之中，这是以前柳橙不曾察觉到的。

柳橙本来想和林慧深入谈一下孩子的问题，她想通过这种陌生人的交流，让林慧放下戒心把内心的真正想法说出来，这样她才好进行劝解，但是没想到的是林慧似乎并不愿意继续交谈下去，她还是存在着严重的心理障碍，从大学那个时候开始，柳橙就觉得林慧不太喜欢与人交谈，除了李灿和小刀，她好像连一个同性朋友都没有，她总是独来独往。那个时候人家都说她清高，柳橙本来也是那么觉得，但是现在看来，她好像并不是清高，而是因为她不愿意与人交流，更不愿意与人交心。

林慧的背后一定有着一些不为人知的故事，这一点柳橙几乎可以肯定，但是具体是什么事情，也不得而知，只有期待下一次她能够敞开心扉，唯有如此，柳橙才能够对症下药。

两天过去了，林慧都没有在网上露过面，柳橙有点失望，然而就在这个时候，失踪多日的萧峰却给柳橙发来了消息。

“丫头，换名字了？”萧峰的态度又恢复了正常。

“什么意思？跟我玩失忆？”柳橙。

“什么失忆？什么意思？”萧峰。

“你前段时间不是玩失踪吗？不是躲着我吗？现在突然又这样，你到底什么意思呀，把人当猴耍呀？”柳橙郁闷了。

“什么呀，我去北京开会了，走得匆忙没来得及跟你打招呼，这不一回来就赶紧上线跟你报到了吗？生气了？”萧峰解释。

“你这段时间都没上网？”柳橙。

“没有。”萧峰。

“那你也没有收到任何图片？”柳橙把照片说成图片。

“没有呀，什么图片呀？”萧峰纳闷了。

“那我发一张图片给你。”柳橙心一横，把她一直保存的那张萧峰的照片发了过去。

“你是？”十秒后，萧峰发了两个字过来。

“你的学生。”

“呵呵，柳橙。”萧峰回复了。

两个人算是真正相认了，聊了大半天，丝毫没有陌生的感觉，柳橙本来以为萧峰看过照片有意不理睬自己的，现在好了，知道一切只不过是场误会，两人和好如初，还是跟从前一样无拘无束地胡侃海聊，两人还约定有空出来喝茶聊天。

柳橙没有等到林慧，却和萧峰相认了，这一点她倒是挺欣慰的，但是想到李灿的态度，柳橙还是减少了上网的次数，她在尽量避免和萧峰的碰面机会，她不想再因为别人而破坏自己的生活。

然而好多事情都不是你想怎么样就怎么样的，柳橙本来打算就算上线也要隐身避开萧峰的，但是当她上线的时候，却收到了来自萧峰的留言。

“柳橙，我们见个面吧，人民路小陶宾馆 301 室，晚上八点，有事请你帮忙。”这则留言很简短，就一句话。

柳橙看到这个留言，考虑了五分钟，她怕这不是萧峰本人，又怕是谁在恶作剧，但是萧峰出差才回来，昨天才与自己对过话，应该不可能是其他人，如果留言的真是本人，那萧峰一定是遇到特别棘手的事情了，要不然他不可能给自己留言的，有可能他遇到什么事情不想让熟悉的人知道，所以才想请柳橙帮忙的。

柳橙思来想去，还是决定去，因为她相信萧峰的为人，如果不是真的遇到了十万火急必须她帮忙的事情，萧峰是不会留言给她的，退一步来讲，就算这个留言不是萧峰留的，而是别人，柳橙也要去会会，她想知道是谁一直在后面捣鬼，为了自己的安全着想，柳橙去之前给派出所的朋友打了电话，她说如果自己五分钟之内没有联系她，便让她带人来搜查小陶宾馆 301 房间，如果五分钟之内她联系了她，报了平安，那么她便不用来了。

小陶宾馆三楼，柳橙找到了房间尽头的 301 室，房门没有关，虚掩着，柳橙刚想敲门，就被人捂住了嘴拖了进去，她本能地挣扎，但是对方的力气太大，她根本挣脱不开。

柳橙心想情况不妙，她强逼着自己冷静下来，在加上她之前已经跟朋友交代过，所以她反而没有刚开始那么怕了。

“不要叫，要不然对你不好。”那人松开柳橙，出言警告。

“你是什么人？你想干什么？给我留言的人呢？”柳橙压低声音问道。

“果然识相，留言的人想请你办件事。”那人说。

“什么事儿？”

“等一下你就知道了。”那人转身不知道拿了什么东西倒进了杯子里，然后用勺子搅了搅，端到柳橙面前。

“你给我喝的是什么？”柳橙看着碗里黑乎乎的东西，完全想不明白。

“放心，死不了人。”那人说。

不等柳橙再说话，那人便猛地冲到柳橙面前，妄图强行灌柳橙喝药。

就在这个时候，门“咣当”一声被人踹开，那人一回头，就被打晕了，头上鲜血只流，柳橙吓一跳，以为是朋友来了，抬头一看，才发现自己面前站着脸色苍白的萧峰。

“你。”柳橙刚吐了一个字，朋友带着派出所的人便冲了进来，他们拿着枪对着手里握有凶器的萧峰，让他投降。

“你们搞错了，是他救了我。”柳橙急忙解释。

“到底怎么回事儿？”朋友问柳橙。

“我也不知道。”柳橙摇摇头，用疑惑的眼神瞥了一眼萧峰，萧峰正神情复杂地看着她，好像有很多话要讲。

“行，到所里再说吧。把地上这个送医院，没什么的话提回去录口供。”

柳橙及一干人等被带上了警车，她和萧峰正面对面坐着，两人十几年没见，如今一见面就是这副景象，柳橙心里顿时充满了无限的感慨，萧峰的样子很狼狈，刚刚他那一棒子打得人家脑袋开花的狠劲，是柳橙从来不知道的，她一直以为萧峰是温文尔雅的、玉树临风的，她从来没有想过他也有如此暴力的一面。

即便如此，柳橙也并没有失望，相反，她为萧峰今天的行为感到欣慰，因为他不顾危险地救了自己，只不过陷她于如此险境的也是他，这到底是怎么回事？

第三十章 不可知

生活就是这样，时刻充满着变数，当你正走在阳光明媚的小路上哼着小调，得意洋洋的时候，一阵打雷闪电，暴风雨便倾盆而下，把你淋成个落汤鸡。

这就是人生，让你始料不及。

柳丁和赵杨的生活便是如此，赵杨工程上的事情刚刚有一点起色，柳丁就出了那个担保的事情，担保的事情刚出，就发生了柳笑高烧的事情。

没想到的是柳笑的高烧竟然一直反复发作，挂了水退了烧，第二天又会发烧，就这样持续了大概有一个星期，柳丁和赵杨担心死了，他们请了假带着柳笑去了省医院，能做的检查几乎都做了，没有任何其他病症，就是咳嗽感冒发烧，最后的方法还是挂水。

没办法柳丁和赵杨又继续带柳笑去挂水，哪知道半夜柳笑又发烧了，老这么反反复复，把柳丁吓得六神无主，她担心这样下去就算柳笑没有其他病症也会被烧坏脑袋。

病急乱投医，她决定试一下同事说的办法，虽然之前她同事就让她这么办，但是她一直没有去做，因为这事儿一点科学根据都没有，她不相信。

情况是这样的，这个同事的女儿两岁多的时候有天夜里手抓到了床边的卷纸，结果不小心把纸扯开了，孩子吓哭了，手开始拼命动，结果纸就缠她手上了，最后不知道怎么着就绕她脖子上了，同事被孩子哭声惊动赶到婴儿房的时候，一卷纸被全部拉开了，孩子被缠在其中，哭得歇斯底里，那情景大人看了都觉得恐怖，更别说一个两岁多的孩子了。

从那天起，孩子便开始发烧，并且老是退了又发，发了又退，十几天都没有好，后来也是实在没办法就抱着试一试的想法听朋友的劝去找了那个人给看一下，结果还真的管用，孩子回来后就好了。

柳丁对于鬼神论一直是持怀疑态度，准确地来说是她不排斥鬼神，但是她也不太相信这个世界上有鬼神，因为毕竟她没有亲眼见过，都说耳听为虚，眼见为实，她一直是接受这样的教育长大的。虽然也听好多人说过这种类似的经历，但是要不是实在没辙了，柳丁也不会愿意尝试，但是眼看着柳笑受尽折磨，她心乱如麻，现在只要有一线希望，她都愿意一试。

柳丁回家和赵杨一商量，两人就在同事的指引下出发了，他们坐着出租车来到了一百多公里以外的一个村庄，他们到的时候，同事已经联系好了那个人，他远远地站在出租车前边，柳丁抱着柳笑坐在前面，摇下了车窗，那人过来看了一眼，点点头，赵杨递过去五元钱。

整个过程不超过五秒钟，柳丁和赵杨回程的路上都没有说话，他们的心里在想着同一件事情：到底真的假的，能行吗？

这天半夜，柳笑又发烧了，柳丁一时气愤打电话给同事，说那个人是骗子，同事安慰她不要着急，她跟他通电话说一下情况，不一会儿同事电话回过来了，她说那人又瞧了一下，这下应该没事了，不会再发烧了。

没想到，柳笑真的好了，当天晚上便退了烧，而且再也没有反复发作，他像从前一样开始又唱又跳，恢复了健康。

柳丁和赵杨长长地松了一口气，与此同时，他们不约而同地对这个世界多了一份认识，那就是这个世界真的很复杂，不是所有的事情都可以用常理来解释，冥冥中到底是否有人主宰一切，真的不得而知。

当然，这件事情本身确实多多少少沾染上了一丝神话色彩，到底是柳笑挂了那么多针，病情已经得到控制，本来就不会再发烧了，还是因为确实是有人参透玄机，看出了病症，还真的不得而知，不过，这真应了一句老话：宁可信其有，不可信其无。抱着这种态度，坦荡地做一个上对得起天，下对得起地，秉性善良而又正直的人，这才是正道呀。

这事儿算是过去了，好在柳笑有惊无险，真相虽然不可知，但是结果最重要，结果是柳笑确实恢复了健康，柳丁和赵杨又能安心度日。

柳丁和赵杨经过这么多事情，好像突然间变成熟了，他们之间的感情更加坚定，他们的婚姻关系也更加坚固，两个人的心真真正正走到了一起。

赵杨的工程也正在如火如荼地进行，为了柳丁和孩子们能拥有一个温暖的家，他付出了前所未有的努力，他起早贪黑，亲自上阵干活，只为了节省一个工人的费用，他对柳丁说，少一个人的工资，他们的房子就可以多出几平方米，柳丁感动得掉了眼泪，也是婚后第一次，赵杨表现得这么男人，这么懂事，他终于变成了柳丁想要的那种男人，重信用，有担当，顶天立地。

然而，不知道是不是两人命运多舛，柳笑的事情没有过去多久，一场毁灭性的灾难便席卷而来。

这天，赵杨到了工地，却看到好多人都涌进了售楼处，原来他们都是买房子的人，本来开发商答应这个月给钥匙，但是房子却迟迟没有盖好，他们以为再等等就可以了，谁知道一等就是大半年，他们是来讨个说法的。

连着几天，售楼处都有买房的人来闹来吵，到最后，那些售楼小姐都不干了，那些买房子的人便发了疯，砸了售楼处。

赵杨本来以为这事跟自己没什么关系，但是连着几天售楼处都是一片狼藉，无人问津，他突然有了一种不好的预感，难道出事情了？怎么会没有人来处理，而且售楼处连着关了几天门，很多买房的人在门外聚着，议论纷纷，到最后警察也来了。

赵杨这才意识到不对劲，他连忙拨打他承接的几幢工程的开发商手机，结果竟然提示关机了，赵杨再拨过去，还是冷冰冰的语音提示音："对不起，您拨打的电话已关机。"

赵杨又打了几次还是没通，他提醒自己要冷静，也许人家有什么事情不方便接电话，等到了明天再打看看。

回家后，赵杨没敢把事情告诉柳丁，况且这段时间柳丁受了不少打击，他不想再因为不确定的事情而让她再担惊受怕了。

第二天，赵杨打给开发商的电话还是没有通，而且工地上已经人心惶惶，好多幢楼都已经停了工，因为人们已经传言开发商卷款逃跑了。

赵杨做工地这么久，还从来没有遇到过这样的事情，所以他还是有点难以置信，他心想这可能是因为工期拖延，买房子的人着急了，所以才会散播这些流言蜚语，造成恐慌，况且盖房子这种事情，里面还有政府的支持和参与，不能说黄就黄。

赵杨找到了与他签约的开发商的家里，谁知道人去楼空，隔壁邻居说，已经快十天没有看到有人在这里出入过了，估计已经退租了。

赵杨强打着精神回了家，但是他还是不愿意相信事情已经到了不可挽回的地步，他让工人停了工，自己一个人还坚持做着，因为工程眼看就要收尾了，他绝对不能半途而废，如果这次他再这样，柳丁不可能再原谅他了，就连他自己也无法原谅自己。

工地所有的人都停了工，只有赵杨还在坚持干着，开发商已经不见踪影，售楼处也被砸得一干二净，这个小区好像突然间就变成了被遗弃的孩子，只有赵杨还在坚持不肯放弃，因为房子就差最后的门窗没有安装好了，本来预计这个月底就可以交付了，而赵杨也会在这个月底拿到工程款，还了债务，拿着赚的几十万与柳丁幸福地挑选房子，就差那么一点，赵杨怎么能够放弃，这是他唯一一次心甘情愿地坚持。

就这样，赵杨仍是每天早出晚归，一身臭汗的回家，柳丁心疼极了，变着法儿地给他煲汤滋补，她怕他累垮了。

赵杨喝着汤几乎控制不住哭出声来，他不知道如果这次事情出了什么纰漏，他拿什么向柳丁交代，他们臆想中的房子，他们的家，他应该怎么办才好。

直到有一天，赵杨又若无其事地出了门。

到了工地，很多买房子的人坐在自己当初选的房子楼下，痛哭失声。他们中的很多人都跟赵杨一样，为了这个房子，倾其所有，有的可能欠了债，有的可能动用了一生的积蓄，有的甚至可能砸锅卖铁，天天就吃萝卜咸菜，尽管如此，他们的生活却充满了希望，他们日盼夜盼就希望能够早日住进新房。

赵杨爬到楼顶，装完最后一个窗户，他按下了开发商的电话，仍是无人接听。

赵杨坐在地上，陷入了深深的绝望之中，他跟着楼下的人群痛哭失声。

《西游记》里面，唐僧有一句台词，他说："人生来就是受苦的。"赵杨本来不以为然，只到此时此刻仿佛才感同身受顿悟过来，原来人来到这个世界真的是来受苦的，几经波折，本以为一切都会好起来，但是理想总在一瞬间便幻灭。

赵杨差一点从十楼刚装好的窗户上跳下去，他感到前所未有的绝望，经历过这次事件以后，他觉得人生真的没有意思。

你以为你付出努力便能够得到回报，然而这只是人们一厢情愿的想法，谋事在人，成事还在于天，如果老天都不帮你，那你就没有一丝出头的机会，就算机会砸到你头上，你也不像别人那么幸运可以把握住，因为有可能你被直接砸死，连欣喜的机会都没有。

站在窗台上，赵杨看到了楼下的一幕幕，老人，孩子，年轻的情侣，他们一脸沮丧，哭的哭骂的骂，但是到了最后他们都在家人的搀扶与安慰下收起来眼泪，相扶着离去，赵杨郁结的心突然间便舒缓开来，原来，只要有人在，一切困难都可以度过，都可以战胜。

赵杨想开了，他几乎是飞奔着到了家。

柳丁正在厨房忙碌，她怕赵杨因为工程累坏了，所以又花了两个小时煲了一锅滋补的汤，她怕火候掌握不住，便一直站在锅灶前面守着，一会儿拿起盖子看一下，一会儿又盖上，如此反复，额头上的汗水一个劲儿地往下滴。

赵杨悄悄地站在厨房外面，看着自己的老婆汗流浃背地为自己煲汤，他第一次发现原来自己竟然娶到了这么好的一个女人，以前他一直拿柳丁和前妻做比较，他觉得柳丁脾气不如前妻好，而且还喜欢动手动脚，个子小小的，但是爆发力却非常惊人，明知道打不过赵杨，她都决不认输，她宁为玉碎不为瓦全，甚至情愿玉石俱焚，要不是赵杨一直都让着她，换成别人，她是一定要吃亏的，但是她并没有因为怕吃亏而泯灭了自己的血性，这是柳丁最难能可贵的地方，她一直拥有自己的原则，她不允许任何人去挑衅她的底线，她誓死也要守卫住自己固守的家园。

的确，柳丁在某些方面非常像一个男人，她豪爽不喜欢记仇，一旦事情过去，她便会忘了所有恩仇，掏心掏肺地对待身边的人，赵杨做了这么多让她失望的事情，但是她还是一如既往地对他好，对他充满信任，可能在别人看来她是一个比较傻的人，因为她容易轻信，非常好骗，但是从另一个方面来看，她心地善良，为人单纯，她不愿意怀疑别人的真心，并且非常愿意掏出自己的真心对待人家，因为她相信这个世界上还是好人多，她不容易把每个人都想得那么坏。

没有人比赵杨更加了解柳丁，虽然她一直不拘小节，脾气坏又现实，但是却非常讲道理。赵杨怕她伤心，受不了打击，本来还想把工地的事情隐瞒一段时间，但是他却不想再骗她了，他已经对自己发了誓，以后骗谁都不骗柳丁。

当天晚上，赵杨等柳丁把孩子们哄睡了，拿了一瓶红酒给柳丁倒上了，两人就着一碟花生米，开始边喝边聊。

“老婆，工地的开发商跑了，我的工程款估计要泡汤。”赵杨借着酒劲，一口气把话说完。

“我已经知道了，等你主动告诉我。”柳丁的反应出乎赵杨的意料，她的冷静超出了赵杨的想象。

“我们以后怎么办？”赵杨一看柳丁那样，忍不住开始抽抽答答地想哭。

“不要哭，男子汉大丈夫，咱流血不流泪。”柳丁一口气喝了杯中的酒，铿锵有力地劝赵杨。

“对不起，老婆。我已经尽力了。”赵杨很心酸，觉得对不起柳丁。

“老公，事情不到最后的地步，我们都不要放弃，工程你把它结束得漂漂亮亮的，我们但求对得起自己的良心，至于那些昧着良心的人，我们不收他，老天也会收他。”柳丁的内心也是充满了愤怒，但是她还是安慰着赵杨，并且叮嘱他把事情做完。

“嗯，工程已经结束了，还有一些清理的活儿。”赵杨点头。

“那好，你继续上工地，把那些活儿干完，别的什么都不要担心，放心吧，天塌下来，有个子高的顶着。”柳丁超乎寻常的坚强安抚了赵杨的焦躁与失望，让他那颗一直悬在半空中的心彻底放松了下来。

第三十一章　保护神

柳丁和赵杨因为遇到了这么大的危机，所以便决定把孩子交给老人照料一段时间，赵小兵交给了奶奶，柳笑交给了柳苏北。

柳苏北本来一个人也挺寂寞的，现在因为要接送柳笑，生活倒也充实忙碌起来，他每天早晨六点起床，给柳笑准备早饭，七点钟送柳笑到幼儿园，自己再赶往学校上课，到了下午，六点钟接柳笑回家，七点吃晚饭，八点看电视，九点半两人准时睡觉。

夜里，柳苏北偶尔也会失眠，他会想到鲁花和小孙子，不知道他们现在在哪里，不知道他们过得好不好，有的时候他又会想到苏雪，据说她留在北京不回来了，并且已经跟前夫复婚了，她还推荐了自己做副校长，真是让人想不到。

柳苏北对这一阶段发生的事情非常感慨，他觉得自己简直像做梦一样，直到他看到柳笑真实地躺在自己身边，时不时便侧身搂着他，他才彻底踏实下来。

柳苏北不知道柳丁和赵杨在忙些什么，但是他猜他们肯定遇到了什么烦心事，所以才会把柳笑送到他这里来，可能是怕他担心，所以任他再怎么追问，两人也没告诉他怎么回事，不过看两人的表情，倒也不像是感情方面出了什么问题，柳苏北心想只要不是婚姻方面出现问题，别的那就都不成问题。

很快到了周五，柳苏北这天下午放学后，照常来接柳笑放学，路过街角的时候看到一个五金店正开张，门口支了一个小摊，摆着各种各样的工具，其中最夸张的是一把锤子，柄长约八十公分，柄头很大，约摸有半个西瓜大，不知道是用来砸什么的，还有一把斧头，跟这把锤子相差无几，也是巨无霸型，还有各种各样的特别夸张的工具，不知道店主是为了彰显其店面的实力还是纯粹为了吸引视线，所以才会整这么多造型奇特，特大或者特小号的工具在这里供人观赏。

要搁平日里闲来无事，柳苏北一定停下摩托车好好进店逛一逛，就凭这几样新奇的工具，他就特别想了解这家店，他尤其想知道店主是个什么样的人，长得什么样，这一点他与鲁花极像，她要是看到这锤子说不定还会买回家，不一定能派上什么用场，就是摆在家里也觉得非常新奇，曾经，她就干过不止一件这样的事情，买超大的玻璃杯，买超大型的打火机，买超大型的烟灰缸等等。

柳苏北发现自己又想到鲁花了，不禁对自己失望地摇了摇头，人家已经消失那么久都不来一个电话，自己还惦记她干吗呢。

不去多想，柳苏北拐过街角五金店，到了柳笑的幼儿园，由于今天是周五，家长们都早早就来把孩子接走了，大多都是爷爷奶奶，外公外婆接的，因为按照惯例很多年轻人都把孩子送到老人家度过周末，自己也好能有一个轻松自在的周末生活，当然也有一些是双休日还在加班、上班的人群，他们是逼不得已，孩子放假了，他们没放假。

等柳苏北到教室接柳笑的时候，同班的孩子差不多都走了，就剩下三两个了，柳笑看到外公来了，蹦蹦跳跳地过来挽柳苏北的手。

牵着柳笑走出校门口，柳苏北转身拿钥匙去开摩托车的锁，谁知道就这么一转身的时间，柳笑"啊"地叫了一声，柳苏北回头一看，有一个男人强行把柳笑拖了四五米远，孩子吓得尖叫哭喊，使劲赖在地上。

"外公。"柳笑一只手伸向柳苏北的方向，一边使劲挣扎，那人见状，随即抱起柳笑就跑，柳苏北魂都被吓飞了，扔下钥匙，拔腿便追。

但是，迟了，眼看着柳笑被那男人连拖带抱地拉进了一辆灰色的面包车里，柳苏北一急，大喊一声："笑笑。"

"外公。"面包车门被关上，柳苏北还是听到了柳笑凄厉的哭喊。

车开动了。

柳苏北一着急，大喊："来人呀，有人绑架，笑笑！有人绑架，救命呀。"

柳苏北老泪纵横，绝望地发出呼救。

说时迟，那时快，只见街边转角处突然飞奔出两个人影，一个在前，一个在后，前面那个人影奔到车前，拿起手里的东西一把抡向面包车挡风玻璃。

面包车发出刺耳的刹车声，随即挡风玻璃便被人不知道拿什么东西砸了个粉碎，司机双手捂着脸，发出野兽般的嚎叫。

那人再度抡起手里的东西使劲砸断了钥匙，以及半个方向盘。

跟在后面奔跑的人大叫一声："谁绑架，什么情况？"

柳苏北一下子反应过来了，跑向面包车。

抓柳笑的那个男人也受到了惊吓，丢下柳笑，爬到前面的驾驶台，把那个眼睛受伤正在嗷嗷叫唤的司机推开，妄图自己发动车子。

就在这个时候，叫唤"什么情况"的那个男人已经拿手里的家伙砸开了面包车后面的门，柳苏北爬进车里，抱起柳笑。

绑架柳笑的那人见钥匙砸断在里面，没办法启动车子了，慌了神，回头一看柳苏北上来了，他狗急跳墙，拔出腰间的一把匕首，刺向柳苏北。

柳苏北抱着柳笑正准备下车，一不留神，外加躲闪不及，后腰被那人刺了一刀，鲜血飞溅。

柳苏北牙一咬，抱着柳笑跳下车，随即支撑不住，倒地。

这时候一个人影尖叫一声，跳进了面包车，抡起手里的家伙砸向那人的双腿，那人躲闪不及，只听"咔嚓"一声，他从面包车里摔到地上，骨头断裂，痛哭流涕，满地打滚。

"胖胖。"柳笑似乎认出了抡家伙的人，大叫一声。

柳苏北露出了久违了的微笑，来不及喊一声"胖子"便晕了过去。

医院里，鲁花抱着柳笑，站在柳苏北的床前，鲁花的后面还站着一个身材矮小，但却非常黝黑健壮的男人。

柳苏北并没有伤得太严重，匕首避开了要害，只伤到了血肉，不过仍是缝了十几针，医生叮嘱鲁花一定要好好照顾他，不能让伤口化脓感染，要不然后果就严重了，弄不好搞出人命也是有可能的，鲁花慎重地点点头，问医生柳苏北怎么还不醒，医生解释可能是受了惊吓加上过度劳累所致，毕竟病人的年纪也不小了。

柳笑在鲁花的怀里睡着了，鲁花想了一想，把照顾柳苏北的任务交给了站在她后面的矮小男人，自己则抱着柳笑回了家，只听那人在后面抗议叫唤，鲁花跟没听到似的抱着柳笑径直走出了医院，回到了柳苏北的家。

鲁花用自己那把钥匙开了门，把柳笑放到了床上，盖了被子，直到柳笑睡得沉了，鲁花才走开。

鲁花第一件事情便是进厨房，她想看看有什么吃的，明天一早好给柳苏北做好送去，谁知道冰箱里除了一罐奶粉，和一张纸条，别的什么也没有。

鲁花拿出奶粉，把上面的字条拿下来一看，这正是她当初留的，柳苏北还在字条上面做了批示，离“昏”的“昏”字上面被他用红笔打了个叉，然后引了一个圈，写了一个正确的“婚”。

鲁花摇摇头，笑了，不愧是个教书先生，看到错别字不纠正过来心里难受。

鲁花关上冰箱门，她想到了一件事情，那罐奶粉好像是柳苏北买给小孙子的，那是她之前一直想买的，柳苏北老是反对，说太贵了，是进口货，要长期吃未必吃得起，所以坚决没同意。

鲁花回屋躺到了柳笑身边，望着天花板想心事，这个世界上就是有这么一种男人，他们平时也许对你好似漠不关心，但是总是会做出一些事情让你觉得非常温暖，比如鲁花每回打麻将缺钱了，找柳苏北要，他总是会骂她败家娘们儿，多少钱都不够她赌的，但是第二天一大早，又会把钱准备好了放在床头，他就是心软，鲁花知道一个心软的男人坏不到哪里去，所以她才死乞白赖地跟着柳苏北，这一次那罐奶粉，一看就是柳苏北给小孙子准备的，肯定是没来得及给，所以才一直收在那里，等着她们哪天回来的时候给，鲁花想到这里，心里面有一种说不出来的幸福感，要不是苏雪要告柳苏北，鲁花怕他去坐牢受罪，就算苏雪拿十幢楼来跟她换柳苏北一个她都不答应，因为没有人比她更了解女人的幸福所在，一个女人的幸福不会来源于自己，而是来源于她所爱的男人的给予。

或许有的女人没有男人照样活得很不错，她们有自己的事业，她们有高收入，但是鲁花一直觉得那种自己给予自己的不是幸福，只是满足，幸福和满足之间有着极大的区别。

按理说鲁花那个该死的老公死了，儿女也成材了，鲁花也应该满足了，她生活无忧，再也不用被打骂，但是她幸福吗？她满足，但是不幸福。不过，自从嫁给了柳苏北，她就觉得幸福，因为她嫁了一个好男人，他给予她关心温暖，他给予她尊重理解，他给予她一个承诺，互相照顾到老，她给了他一个幸福的家。

婚姻的定义永远不是责任和义务，而是当每个人选择走进婚姻，他们便成了有家的人，一个有家的人便是幸福的人，家里面的人相爱、和睦，共同经历风雨，共同微笑流泪，那些生活的片段，那些琐碎的细节，当你想起来的每一刻，都觉得温馨感动。

鲁花这一晚上都睡不着，她想了好多事情，回首与柳苏北在一起的日子，虽然时间不长，但每一天她都过得非常踏实，只要柳苏北在她身边待着，她就觉得非常有安全感。

鲁花这次去了儿子那里，把事情的始末都跟儿子媳妇说了，他们都一致认为柳苏北是一个好人，让她坚决不要跟他离婚，还说这个事情虽然鲁花做得有点过，但是她的出发点是好的，她做的一切都是为了捍卫自己的家庭，她做的一切都是一个有血性的女人应该做的，他们劝她回来，绝对不能让苏雪占了便宜，这种好男人，过了这个村就没有这个店了。

鲁花知道儿子媳妇在帮着自己，明知道自己做得有点过，但是他们都没有表现出一丝愤怒，因为可能这个世界上没有人比儿子更了解自己从前的生活，所以无论她做出什么出格的事情，只要是能够得到一个温暖家庭，得到一个珍惜她的男人，他们都会无条件地同意并且给予极大的支持，这便是亲情，他们为了鲁花能好好解决这个事情，亲自买了票把鲁花送了回来，本来儿子媳妇也想跟回来，鲁花没同意，媳妇不上班了，在家里一心一意地带小孙子了，他们只希望鲁花能够在晚年的时候拥有一份幸福，那么他们便也就没有什么牵挂了。

女儿因为嫁得远，所以鲁花并没有把近来发生的事情告诉她，只要女儿生活得好，她就放心了。

鲁花决定了，她要再去找苏雪，她要去求求她，哪怕下跪认错，她都不想跟柳苏北分开，她更不要让他坐牢，如果苏雪非要告，鲁花就认罪，她发誓决不会连累柳苏北。

第三十二章　计谋

鲁花的回归带着那么一丝传奇色彩，然而无巧不成书，可以说有些人平时看起来非常普通，甚至讨厌，但是一旦到了关键时刻，他便化为保护神，让你安然无恙地度过危机，也许直到那一刻，你才会发现他是你生命中多么重要的人，没有他你就彻底失去了主张，你不知道如何是好。

柳丁对于赵杨这次的工程危机事件，也表现得非常镇定，临危不乱，她把两个孩子送给两个老人照顾，然后便请了假，奔走各方，想把事情调查清楚。

柳丁先是陪着赵杨找到了开发商一直租住的单元楼，他们楼上楼下一家一家敲门调查询问，终于打听到了这家人原来是在一个月前才搬走的，听说是回了老家，至于为什么搬走，他们也不是很清楚，总之，走的时候慌慌张张的，好多没法拿的东西都卖了，那些不值钱的锅锅碗碗都送了人，看样子是不会回来了。

赵杨听到这话，非常灰心，他觉得这事情已成定局了，开发商跑了，他这个工程款万万是追不回来了。

柳丁却还不死心，她是那种不撞南墙不回头的人，凡事她都要尽全力，并且绞尽脑汁，动用一切关系和办法。

柳丁一夜没睡，第二天一大早就去了移动公司，她提了两袋零食，找到了以前一个并不算很熟悉的朋友，她托人家给调查一下这个开发商的通话清单，朋友很为难，因为这么做是违反公司规定的，但是柳丁把整个事情都给朋友详细解释了一遍，她说如果她可以找到这个开发商，把钱追回来，不光是能够帮助自己，还能帮助那些买房子的人，那有可能是他们一辈子的积蓄呀，甚至有的可能还借了高利贷都不一定。

朋友知道了整件事情的经过也非常气愤，她也有亲戚在那买了房子，她相信就算她犯了这个错误，作为一个有点血性的公司，也断不可能因为这件事情而把她开除的。

柳丁成功地调出了开发商的通话记录，回到家后，她和赵杨研究了一下，把那些清单上经常出现的号码全部都画了圈，接下来就是怎么利用这些电话，来查出这个开发商所藏身的位置，还有现在使用的电话号码。

柳丁在关键时刻充分发挥了一个军师所具备的卓越才能，她分别编了两个故事，给自己和赵杨头上各安插一个，然后便开始打电话。

她打通了第一个电话：喂，你好，打扰了，请问张总最近跟您联系过吗?

“哪个张总？”那人问。

“张 xx。”柳丁答，声音都带了哭腔。

“哦，你找他呀，我们有段时间没联系了，最后一次通话还是在一个月前呢，也不知道这家伙死哪发财去了，电话也打不通了，还想找他吃饭喝茶呢。”那人答。

“那您知道他家里电话吗？”柳丁都要哭出来了。

“怎么回事，姑娘？你找他干吗？”那人问。

“我，我，这个没良心的，我怀了他的孩子，他却人影都见不着了，眼看着就要生了，你让我一个人怎么办呀？”柳丁泣不成声。

“有这样的事情，姑娘你别怕，我想办法帮你找找他，一有消息我就打电话给你，你千万别急，我一定帮你找着他，这个混蛋，干的这是什么事儿。太不像话了！”那人又气愤又同情柳丁，他答应帮这个忙了。

“谢谢你，大哥，你联系上他，千万别告诉他是我找他，我怕他又躲起来，你只要打听出他人在哪就成，我想当面见见他，是死是活总得有个说法。”柳丁哭得一把鼻涕，一把眼泪的，把自己完全带进了角色。

“妹子，你放心。这事我知道了，一定给你办好。”那人倒是非常豪爽，一口答应下来。

“谢谢你，大哥，你救了我们娘俩的命呀。”柳丁继续演。

“行，你保重身体，等我的好消息吧。”

挂了电话，柳丁还沉浸在悲伤中呢，她的眼泪止也止不住地往下掉，多少天积攒的委屈、伤心，在这一刻全都假戏真做起来。

赵杨一看柳丁哭成这样，乐了。

“怎么了？你进入角色也太快了吧，哭得跟真的一样。”

“呵呵，那是，我没进军演艺界，要不然还能有巩俐什么事儿呀。”柳丁抹一把眼泪，笑着说。

“演得不错，我宣布，我老婆得最佳女演员称号。”赵杨的心情也放松下来，跟柳丁开玩笑。

“得了，别闹了。我给你编的故事，你记住没，表现得好一点。”柳丁叮嘱赵杨。

“放心吧，我老婆是最佳女主角，我最起码是个最佳男配角。”赵杨举个 OK 的手势，开始打电话，还是刚刚柳丁拨打过的那个号码。

电话通了。

“喂，你好，请问是张总的朋友吗？”

“张 xx?”那人问。

“是呀，正是他，请问你最近见过他没有？”

“有一阵子没见了，你找他有事吗？”那人问。

“这个王八蛋搞了我妹妹，现在人影却都不见，我妹妹挺着八九个月的肚子，在家里要死要活。”赵杨非常气愤。

“原来你是那个妹子的哥哥呀。”那人反应过来了。

“是呀，大哥，你说怎么就让我妹妹摊上这么个事情呀？我们家可怎么办呀，我爸妈都七十多岁了，经不住这个刺激，那姓张的，好歹露个面，把事情说清楚呀。”赵杨的演技也不错，柳丁在一旁频频竖大拇指。

“你别急，张 xx 也不是这种人，他肯定是有事，这么着吧，我肯定给你们找着他，让你们当面把事情解决了。”

“行，您找着他就告诉我们地点，不过，千万别告诉他是我妹妹找他，我怕他躲起来不认账。”

“放心，我知道怎么办，他这事做得不厚道，无论如何，我一定安排你们见面，这么着，你带着妹妹先到我家里来，我把他约这儿来，他一定不带怀疑的。”这人真是不错，特别热心，还特别仗义。

“好，你把你家的地址发来，我明儿就带着妹妹过去。”赵杨一听有戏，眼睛直发光，多日来的苦闷抑郁，仿佛都一扫而光。

“行，我发短信给你。你们先过来。”那人挂了电话。

随即短信便发了过来，赵杨一看就在隔壁的城市不远，柳丁也很高兴，忙活了这么多天，终于看到了一丝曙光。

当天晚上，两人都有点失眠，确切地说，两人已经几天没睡上什么好觉了，发生了这么大的事情，搁谁头上谁都睡不着。

“老公，你说，明天如果万一真见着那个张总，你打算怎么办？”柳丁问。

“我要他当场把钱给我，要不然我不能饶了他，老婆，你说我要不要带一把刀，不行就吓唬吓唬他。”赵杨问。

“带一把吧，万一发生什么事情也好应对，我们要做好最坏的打算，实在不行，只有软硬兼施，其实我巴不得带把枪去，他要是不给钱，直接给他扫成马蜂窝。”柳丁电影看多了，比赵杨还要狠。

“你怎么这么暴力呀，到底你是男人还是我是男人？”赵杨乐了。

“呵呵，如果老天让我重新投一次胎，我倒是觉得我适合做男人，你适合做女人。”柳丁也乐了。

“行，老公，快睡吧。要不然，明天咱们没劲，弄不过那姓张的。”赵杨说。

“行，老婆，我们睡吧。养足精神，明儿不成功，便成仁。”柳丁也跟赵杨开玩笑，顺带着也表达了自己的决心。

因为事情有了一丝转机，两人多日来沉重的心情终于放松了一些，可以相拥着睡个好觉了。

然而有些事情，就在你悄然不觉的那个瞬间就有可能发生极其巨大的变化，更何况还经过了一夜这么长的时间，有句话说的很对：夜长梦多。

就在柳丁和赵杨带着微笑与希望安然入梦的时候，那边那个人已经找到了姓张的，他并没有按照柳丁叮嘱的那样瞒着对方，把他找到家里来，而是选择了直截了当的办法，跟姓张的说了大概的情况。

“老弟，我最近头大，遇到了好多事情，一时之间我也想不起来是谁，但是我之前确实也招过不少小姑娘，这么着吧，我这边有事，实在走不开，如果他们明天去你家了，你就给帮忙垫上一万块钱，算是我给的手术费吧，帮我说声对不起。”姓张的听了事情的经过，也搞不清楚真假，就这么着跟他朋友交代。

“老哥，这么做不厚道吧，怎么着你得亲自把钱递给人家吧。”那人还在劝。

“老弟，你不知道，你哥哥我最近发生了多大的事情，实在顾不到那些儿女情长的了，我现在还在海南这边呢，一时半会儿也回不去，这么的，你先把钱给她，你告诉她，我事情处理好了就去看她。”

“那你什么时候能办完事情回来？”

“还真说不好，你就先帮我把事情办了吧，万一孩子真生下来，到时候我就真麻烦了，不仅没办法向老婆交代，估计还要被缠上，多一个人分我家产，你知道的，这几十年，老婆跟我受了这么多苦，我可不能不要她。”

“嫂子是不容易，但是你也不应该这么着对人家小姑娘呀。”

“所以，让她赶紧把孩子打掉，重新找个好人过日子吧，这事儿是我对不起她，以后有机会，我一定会去看看她，再补偿补偿她的。”姓张的说。

“那行，那你就忙你的事情吧，我给你劝劝吧，也没别的办法了。你这人呀，以后千万别再胡搞了，到时候又让我来给你擦屁股。”

“行了，我还哪有那个心思呀，最近发生这么多事情，我也想了很多，老弟，你老哥现在烦着呢。对了，那钱，回头我再打给你，你发个卡号过来。”

“知道了。谁让咱们俩是穿一条裤衩长大的，我不帮你，谁帮你呀。”

就这么的，两人在电话里就把事情商量好了。

作为朋友，他的做法完全可以理解，那种从小玩到大的友情确实不是一般的感情能够替代的，当对方遇到了事情，他一定会尽心尽力去帮忙，也许事情不够道德，他也未必认同，但是这个忙他还是要帮。

虽然他对柳丁打了包票，但是他也没有办法，唯有递上一点心意，顺带着开解开解他们两兄妹，要不然还能怎么办呢，毕竟犯错误的不是他，他也不能完全承担这个责任，他能做的只有这么多，也算是不枉人家打电话一场。

男人之间的友谊就是这样，一旦遇到了关于女人的问题，他们多数会在第一时间打电话给自己最好的朋友，要求帮着弄虚作假，糊弄自己的老婆，这个事情已经见怪不怪了，基本上他们都是这么做的。

然而，此人不知道，这件事情并不是真正的“小三”事件那么简单而是直接关系到好多个家庭的生死存亡。

事情层出不穷，并且一直在发生着出人意料的变化，只不过短短光景，一切都有可能改变。

第三十三章　犯罪

正如李灿出差这几天，他一直以为家里情况良好，老婆还有肚子里的孩子都绝对安全，毕竟还有爸妈的细心照顾，肯定出不了什么大岔子，然而当他到家里的时候，却没有看见柳橙。

两个老人说，柳橙打了电话回来，说昨晚上去姐姐家过夜，两人好久没见了。

李灿放了心，放下行李，洗漱一番，吃了午饭，便开车去了柳丁家，他准备给柳橙一个惊喜，他提前回来了，但是并没有事先通知柳橙。

惊喜没有，惊吓倒是有一个，柳丁家里根本没人，门锁起来了，难道两人去逛街了？李灿在门口等了个把小时，两姐妹还是没有回来。

就在这个时候，李灿的电话响了，又是林慧。

李灿本来不想接听的，但是想到自己也躲了一段日子了，也不知道林慧有没有把孩子打掉，犹豫了一下，他按了接听键。

“李灿，你在哪？”林慧的声音透着那么一丝惊慌。

“怎么了？我在家里了。”李灿眉头皱了一下。

“李灿，求你救救我爸爸，这事情跟他没关系，都是我绑了柳橙，你救救他吧，我答应你，立马打掉孩子，从此以后再也不去打扰你和柳橙了。”林慧没头没脑地说。

“什么意思？你干了什么事情？柳橙人在哪？”李灿什么也没听进去，只听到柳橙被绑架了，他的口气顿时严厉起来。

“她没事，在城东派出所。你一定要救救我爸爸。”林慧还在那边絮絮叨叨说着她爸爸，李灿已经挂了电话，直奔城东派出所。

等他赶到的时候，柳橙已经出了派出所的门，准备回家了。

迎面碰到李灿，柳橙吃了一惊。

“你怎么到这儿来了？”

“林慧打电话告诉我的，她说她绑架了你。怎么样，你有没有伤到哪里呀？孩子没事吧？”李灿紧张得上下拉拉柳橙的衣服，摸摸她的脸，又摸摸她的肚子。

“没事，好着呢。就是有点受惊，我想见见林慧，你打电话给她。”柳橙急切地想知道事情的真相。

“到底怎么回事？她为什么让我救救她爸爸，谁是她爸爸？难道是她爸爸绑架了你？”李灿这才想到林慧说过的话。

“什么？”柳橙无比震惊。

“我要见林慧，马上。”柳橙的神情无比凝重。

没有丝毫迟疑，李灿拨打了林慧的电话，他们约在了一家咖啡厅见面。

李灿小心翼翼地搀着柳橙到了咖啡厅，两人坐了下来。

“老婆，对不起，都是我的错，才让事情到了今天这个地步，还差点连累了你和肚子里的宝宝。”李灿特别后悔，他诚恳地认了错。

“老公，这事情也不能全怪你，我也有责任，我疏忽你的感受，我没有更多的关心你一些，才让你对我产生了误解，其实，我跟萧峰真的没有什么，他是我以前的老师，我承认我确实暗恋过他，但是事情已经过去了，现在我们只是朋友，你明白吗？”柳橙也掏心窝子说了这番话。

“出差这几天，我回顾了整个事情的经过，我觉得我太对不起你了，你的为人我是了解的，你绝不可能做出这样的事情来，是我一时冲动，被嫉妒冲昏了头脑。”李灿好像真的想通了。

“不要自责了，我并不怪你。”柳橙很大度。

“我知道有些东西确实难忘，我不应该亵渎你的单纯心思，强加一些世俗的想法给你，我知道你不会把回忆和现实弄混淆的，对吧？”李灿握住柳橙的手，坚定地说。

“是的。”柳橙点点头。

就在两人冰释前嫌的时候，林慧来了。

她的脸色煞白，整个人看起来非常憔悴，这段日子没见，柳橙被她的样子吓了一跳，但是想到她的所作所为，柳橙又硬下心来。

“坐。”柳橙抬一下眼皮，吐了一个字出来。

林慧坐在了两人的对面，她看了李灿一眼，李灿避开了她的眼神，但是他的双手还是紧紧握着柳橙，仿佛是以此来表明自己的坚定决心一般。

“萧峰是你什么人？”柳橙急于弄清楚事情真相。

“他怎么样了？”林慧的神情透露出那么一丝担忧。

坐在一边的李灿听到萧峰这个字眼，顿时集中了注意力，他压根没有联想到这件事情和萧峰能够扯上什么关系。

“他认罪了，说是他指使人绑架我的。”柳橙盯着林慧的眼睛。

“我就知道他会这么做，我就知道。”林慧顿时失态，趴在桌子上哭了起来。

一时半会儿，三人就这么待着，李灿和柳橙都没说话，任由林慧在那里哭个痛快，要不然对话也没办法继续下去。

过了十分钟，林慧终于冷静下来，她抬起头，一把抓过柳橙的手：“求你不要告他，你告诉警察是一场误会，求你了。我马上把孩子打掉，我们现在就去医院。”

“如果我没有猜错，萧峰是你爸爸。”柳橙说出了自己的判断，虽然这个结论令她自己都难以置信。

“是。”林慧没有丝毫迟疑地证实了这个结论的真实性。

“怎么会？我从来没有听说过萧老师还有一个跟我一般大的女儿呀，他的事情我多少知道一些。”柳橙还是不敢相信，就连旁边的李灿也觉得不可思议，他从来没有听林慧提起过他的爸爸。

“因为他一直不想让别人知道自己有个私生女，他甚至不愿意让我跟着他姓，他让我跟外婆姓林。”看得出来，林慧对萧峰还是愤恨的。

“怎么会这样？那你妈妈呢？”柳橙追问。

“我不知道，听说我妈妈生下我的时候才十六岁，她应该是偷偷摸摸把我生下来的，然后托人把我转给了萧峰，我都没有见过她一面，萧峰对此从来都不愿意提，也不让我去找她。”林慧一口一个萧峰，好似他们不是父女似的。

“那你一直跟萧老师还有师母一起生活？”

“是的，不过大多数时间我都住校，那个女人根本容不下我，她比我大不了几岁，我连吃的都不敢跟她抢，后来她又生下了个女儿，萧峰的全部心思都放在了她们母女身上，除了定期往学校里给我寄钱，我们几乎没有什么联系，只到我大学毕业，他给我买了房子，又给了我一笔钱做生意，我偶尔会回去一趟。”林慧平静了下来。

“那你是不是登录过萧峰的 QQ？”柳橙问。

“是的，我收过一张照片，所以知道是你。”

“我以为是师母。”柳橙还怀疑是那个女人呢，她压根就想象不到电脑的那头是她一直以来的情敌林慧。

“那个女人从来不上萧峰的 QQ，她对他是一百二十个放心，萧峰对她跟对女儿没什么区别，疼得像是亲生的，而我这个亲生的女儿，却成了真正的外人。”林慧的情绪又变得激动起来，一口一个萧峰。

“你利用萧峰的 QQ 留言给我？目的就是绑架我？你到底想干什么？”柳橙一想到当时她遭遇的情况，语气变得严厉起来。

“谁让你装神弄鬼！你以为改个名字我就不认识你，萧峰的 QQ 上备注了你的信息，你以为我会上当，我故意装作不知道，我想看看你玩弄什么阴谋，把李灿哄回了家，我没想到你竟然也怀孕了。”林慧的表情在一瞬间变了样子，脸色阴沉。

“所以你便留言，想害我？”柳橙拍了一下桌子，想站起来，被李灿暗暗使劲拽着坐了下来。

“谁让你在我面前炫耀的，你有什么资格？你别以为你装出一副单纯的嘴脸，我就会被你骗了。你跟那个女人一样，表面上乖巧可人，暗地里蛇蝎心肠，你们都是坏女人，坏女人。”林慧失控了，双手张着要上来掐柳橙。

李灿一看情况不妙，赶紧起身抓住林慧的手。

“放开我，你也不是什么好东西。你不相信我，你一直相信这个女人，她是坏女人，是她拆散了我们，她现在又装怀孕想把你骗回去，我要让你知道她的真面目，就算她怀孕，我也要她生不下来这个孩子。”林慧死死地抓住李灿的手，“为什么？为什么你不要我的孩子，为什么你要打掉他？”林慧又哭又闹，整个人好像疯掉了。

“因为一切都是你一厢情愿，是你咎由自取。”柳橙根本不顾及林慧的失态，仍然咄咄逼人。

“你说什么？”林慧放开李灿的手，转身面对柳橙。

“你放着好好的日子不过，却要来打扰我的生活，李灿跟你早已经过去了，你却还要来兴风作浪，别以为我会同情你的遭遇，原谅你今天的所作所为，恰恰相反，我认为一切都是你咎由自取，劝你一句，赶紧去自首，不要累人又累已！”柳橙的冷静和冷漠像一盆凉水，彻底浇醒了林慧，她没有说话，双手抱着头坐了下来。

“告诉你，林慧，这个世界上比你不幸的人大有人在，人家照样活得好好的，照样能够重新获得幸福，像你这样一直纠缠在愤恨的情绪里不能自拔，最终你的结果只会更加不幸，你做的一切事情，都是你自己的选择，所以别人没有任何义务来为你承担后果，萧老师虽然是你爸爸，但是他也有权利拥有自己的生活，或许他对你关心不够，或许他的确非常疼爱师母和小女儿，但那不表示他就不爱你，如果不爱你，我想他今天一大把年纪了，也不可能再去为你顶罪坐牢！”柳橙的一番话，说得林慧更加惭愧了。

“我还要告诉你，我不会当做什么事情都没有发生过，因为你伤害了我的感情，伤害了我的家庭，不仅如此你还触犯了法律，你必须为自己做过的事情付出应付的代价，这个世界上除了你的亲人，没有人会不分青红皂白地便替你求情，替你开脱，甚至替你受过，至少我就不会这么做。”柳橙坚定地表达了自己的想法。

“老婆，别说了，让她想想吧。”李灿说话了，他看着林慧难受的样子，心里面也特别不是滋味。

“不，我要说，我还要她必须听明白了，要不然她还以为自己做对了。林慧，你听着，没错，我承认，我当初确实运用了一些方法得到了李灿的爱，但是我并没有对你做出伤天害理的事情，更何况那时候你们男未婚，女未嫁，我也拥有追求李灿的权利，要怪只能怪你自己没有好好珍惜，如今我和李灿走进了婚姻，在法律上我是他的合法妻子，你只是一个没有名分的第三者，你可以生下孩子，但是我劝你最好打掉，因为你根本不配做一个母亲，你运用孩子作为你破坏别人家庭的筹码，孩子如果有感觉，他也会为你感到羞耻，我给你三天时间去自首，要不然就让萧老师替你坐牢，谁让他没有好好教育你！”柳橙扔下这最后的警告，拉了拉李灿，两人走出了咖啡厅。

李灿不放心，心事重重，回头望望林慧，她还趴在桌子上哭，自始至终都没有抬头。

“老婆。”李灿刚喊了两个字，柳橙便用手势示意他住嘴。

“我知道你想说什么，但是我必须得这么做。相信我，我自有主张。”柳橙握住李灿的手，轻声说。

回到家里，已经是晚上了，两个人都很疲惫，好在公公婆婆已经煮了丰富的晚餐，柳橙冰凉的心吃完这顿温暖的饭，才缓过来一点。

李灿却心事重重，他觉得自己伤害了两个女人，虽然柳橙才是自己爱着的，不能割舍的，但是林慧却因为他的一时糊涂冲动犯了罪，他愧对她，无论是林慧还是萧峰坐牢，他的内心一辈子都难以得到平静和安宁。

第三十四章　天意

所以说，有些错误可以犯，有些错误却千千万万犯不得，因为有些错误可以改正，可以挽回，而有些错误却会造成非常严重的后果，让自己与别人的生活都陷入进退两难的境地，最终应了那句成语：作茧自缚。

绑架柳苏北的歹徒招供了，原来是那个意图侵犯苏雪的猥琐男干的，他一直以为是柳苏北在坏自己的好事。

柳苏北一开始写上访材料的事情他都知道，他已经找人警告过他了，消停了一段日子，他以为自己可以安枕无忧了，没想到事情竟然发生了令他措手不及的变化，他被调查了，被开除了，甚至还被告性侵犯。

法院因为证据不足，所以一时之间没能定下他的罪。

他气愤不过，找人意图绑架柳笑，好吓唬柳苏北就此停手，没想到的是他找的这两个窝囊废却碰到了鲁胖子。

鲁胖子是谁呀，她是一个非常有血性的女人，只要有谁胆敢动她身边的人，她一定会豁出性命，哪怕同归于尽。

可能此猥琐男作恶太多，老天都要收他，本来因为证据不足，公安机关都拿他没有办法，这下好了，他亲手把证据送到了人家手里，成功将自己收监。

鲁花这才知道自己犯了多大的错误，因为她一时的嫉妒外加神志不清，转发了这么一段小小的视频，就造成了这么严重的一系列后果，不仅柳苏北要被苏雪告，还差一点连累了柳笑。

还好老天有眼，让鲁花亲手解决了自己惹的麻烦，要知道这个世界上并不是所有的错误都来得及纠正，所有的坏事都能够在关键时刻得到及时地制止并且在最后得到正义的审判，鲁花算是幸运的。

当然，这一系列事情串联起来，才会组成这么多的故事，然而万事都有因果，说幸运也罢，说倒霉也罢，人在做，天在看，总有一天，前因后果会彻底地让事情明明白白地了结，有冤的报冤，有仇的报仇，有缘的重聚，无缘的分手，总之都清清白白，给你解决个痛痛快快的。

鲁花走了几天，发生了这么多事情，她还不是全部知情，直到第二天到了医院，醒来的柳苏北把真相告诉了她，她才明白原来自己是因，这件事是果，一切皆因她而起，因她而结。

不过，柳苏北还没能搞清楚，为什么鲁花不声不响地走了，怎么又这么巧在这个节骨眼上回来了，并且还救了他们爷孙俩儿。

还有，那个身材矮小，但是好像还颇为健壮的男人是谁，为什么他也会出现在现场，并且还及时地帮了忙，把两个坏蛋抓了起来，送进了警察局。

柳苏北有很多的疑问，鲁花笑笑，隐瞒了苏雪与她的交易事件，她把那个矮老板请了过来，讲了事情发生的始末，柳笑似乎并没有受惊，围在他们身边，也好奇地听鲁花讲故事。

“无巧不成书，儿子媳妇买了票送我回来，本来他们也要跟着来的，被我阻止了，因为他们事多，我不想再拖累他们了，我先回家转了一圈，用我自己的那把钥匙开了门，你不在家，我想到那天是周五，你肯定是去接柳笑了，所以我便去了柳笑的幼儿园。”鲁花讲到这里停了一下，喝了一口水。

“后来呢？”柳苏北跟听别人的故事似的，非常好奇。

“后来，我就去了柳笑的幼儿园，谁知道在转角处看到有一家五金店开张，前面的小摊子上放了好多超大型的工具，尤其是那把锤子怎么看着怎么可爱，我就想买下来放在家里做镇宅之用，正跟老板讨价还价的时候听到你喊救命。”鲁花又停了下来，喘了一口气，喝了一口水。

“接着说。”柳苏北睁大了眼，听着正起劲。

“我心想坏了，定睛一看，柳笑被人往车上拖呢，我当时一着急，拿起那把大锤子就跑。”鲁花又停下来。

“我一看，她钱还没给呢，拿起锤子就跑，我就拿起旁边的那把大斧头，跟后面就追，我当时还不知道出了啥事，不过，也隐约听到有人喊救命。”矮老板这时候接过了话茬儿，一边说一边还好像非常感慨似的，拍着大腿。

“你说还是我说呀？”鲁花提高音量，双眼瞪了那个矮老板一眼。

“得，大姐，您说。”那人笑笑，也没跟鲁花计较。

“眼看着车子往这边开过来了，我想也没想就冲了上去，眼一闭，心想就算是撞上了，最起码给你争取时间，只要撞不死我，我爬起来还跟他们拼命，还好，那司机不是个新手，条件反射似的刹住了车，我趁他还没反应过来，使出浑身力气拿起大锤子就砸，面包车前面的挡风玻璃一下子被我砸碎了，我亲眼看见有几片玻璃碎片插进了那人的眼睛里，顿时鲜血直流，那人嗷嗷鬼叫，我一不做二不休，抡起那把大锤使劲砸了钥匙和方向盘，我必须得断了他们的后路，彻底让他们无路可跑。”鲁花说得唾沫星子直溅，柳笑都被逗乐了，呵呵笑出了声。

“没错，这是你的一贯作风。”柳苏北也乐了，插了一句嘴。

“什么意思？”鲁花一时没反应过来，还沉浸在自己讲述的紧张氛围里呢。

“做事做绝，断人后路。”柳苏北解释。

“去，你还听不听了，不听我可不讲了。”鲁花一听柳苏北这话，才反应过来，原来是借机讽刺她呢。

“听听，快讲，我从来都不知道你还有这个才能，比说书的讲得都好，除了打麻将，你还能去客串说书。”柳苏北还跟她闹。

“呵呵，那是，我要去说书，那广场上的老王就没听众了。”鲁花点头，大言不惭地自比广场上说书的王老头。

“再接着说，后来呢。”柳苏北见话题兜远了，赶紧提醒鲁花。

“我接着讲，当时那两锤子可把我吃奶的劲都使出来了，我两手一发软，锤子就掉地上了，还好他也看出不对劲来了，拿着手里的大斧头便劈开了面包车的车门，让你成功上去救出了柳笑。”鲁花竖起大拇指，对那矮老板示意了一下。

“我当时真的被这位大姐震到了，就她抡了两下大锤，估计是男人也累得够呛的，回头看你过来，我这才注意到车上还有个孩子呢，我没多想，一斧头就把门劈开了，往里面一看，后面还有一个男的，正拨开司机想把车子发动了。”矮老板又接过了话茬，鲁花这次没有表示抗议，笑吟吟地听他往下讲。

“大姐，你接着说。”矮老板不好意思了，挠挠头，让鲁花接着往下说。

“好的。”鲁花答应一声，接着讲，“我当时还没缓过劲来呢，就看到后面那男的往车头上爬呢，我心想反正他也开不了车子，等他再朝前一点，我就准备再给他来一锤子，当我暗暗使劲的时候，他看到你上车抱柳笑，竟然回头拔出了刀子，我想阻止的时候已经来不及了，我眼瞅着你中了刀，心里面一着急，三步冲到了面包车上，抡起锤子直对准那男人的大腿，他躲闪不及，痛得滚下了车，当时我就听到那人骨头断了的声音了。”鲁花终于没停把故事讲完了。

“真行，你反应太快了，出手也太准了。”矮老板夸奖鲁花。

“说实话，当时要不是在面包车里，我那一锤子能把他脑浆都砸开，都怪你那锤子太长了，在那么小的空间里，我根本施展不开。”鲁花还抱怨起矮老板来了。

“还好。还好。”柳苏北和矮老板对望一眼，不约而同地说。

“胖胖，什么是脑浆，是不是跟豆浆一样？”柳笑这个时候插了一句话进来，听得三人都乐了。

“笑笑是不是渴了，想喝豆浆了？”鲁花摸摸柳笑的头。

“笑笑，昨天你怕不怕？”柳苏北收起笑脸，问道。

“不怕。”柳笑坚定地回答。

“为什么？”鲁花问。

“因为有外公和胖胖在，笑笑不怕，胖胖是超人，她把坏人都打跑了，她真厉害，我长大了也要做超人。”柳笑的一番回答，把众人又逗乐了。

“笑笑真勇敢。”鲁花夸奖笑笑。

“笑笑，你以后不要叫她胖胖了，要叫外婆知道吗？”柳苏北突然想起来似的，叮嘱柳笑。

“可是妈妈和小姨都喊她鲁胖子，我问她们我要喊她什么，她们说喊胖胖。而且我也觉得胖胖满好听的，是吧？胖胖。”柳笑挺无辜地把实话都说了。

“你这个小笨蛋。”柳苏北白了一眼柳笑，看看鲁花。

“呵呵。没事，叫什么都无所谓，反正胖胖就是笑笑和外公的保护神，只要有人敢伤害你们，我就变成超人，把他们全部打跑。”鲁花不生气，乐呵呵地摆出一个战斗的姿势，柳笑也跟在后面学。

矮老板也被逗乐了，跟着笑。

“对了，兄弟，我还没有谢谢你呢，感谢你救了我们爷孙两个，感谢你这几天的照顾，真的非常感谢你。”柳苏北真的非常感动。

“这是缘分，没有什么好谢的。”矮老板倒是非常爽气。

“你看你的新店刚开张就出了这么件事情，一定给你添了不少麻烦，这两天你还在这里照顾我，肯定耽误了不少生意，这样吧，我想准备一点现金，算是对你小店的赔偿，还有表示对你的谢意，你看行吗？”柳苏北单刀直入，想用最原始的办法表达自己心中的感谢之情。

“兄弟，你这是看不起我。要是这样，我走了。”矮老板一听这话，站了起来，转身就往病房外面走。

“别呀，胖子，快拉住他。”柳苏北一着急，差点从床上跳下来。

“你躺着你躺着。”那人一看柳苏北这样，赶紧回头来扶他。

“兄弟，你真是个好人，路见不平，拔刀相助，你不会是梁山里哪个好汉的后代吧？”柳苏北用开玩笑来化解尴尬的气氛。

“兄弟，说实话，我还真是，我是武松的后代。”那人回答得相当认真。

柳苏北一愣，没想到这矮老板也是如此幽默，随即两人哈哈大笑起来。

第三十五章　决定

这个世界上总有那么一群人，他们的思想与绝大多数的人总有那么一点点的不同，他们走在人群中非常普通，甚至有点不起眼，但是一旦你接触过后，你就会发现他们的可爱之处。

有些人不用认识太久，一秒钟也可以成为朋友，有些人就算认识了大半辈子，也不一定能让彼此交付真心。

矮老板是一个独特的人，他不拘小节，他善良豪爽。

如今这个时代，很多人冷漠成性，危机当头，力求自保，怎么样也不可能让自己陷入险境，就算路上眼见着有人被撞躺在地上，还是会掉头装作没有看见，生怕他一个多管闲事，责任就会赖到自己头上来。

正因为如此，像矮老板这样的人才显得分外可爱。

当然，其实每个人心里都有一簇小小火苗，那就是见义勇为，抱打不平，尤其是男人，这种情结更甚，这几乎是男人与生俱来的一种天性或者说是一种中华民族由来已久的大男子主义思想。

当然，并不是每个人都有机会去实现这个想法的，就算真的有，他们也会顾虑重重，畏首畏尾，到最后把一个本来可以圆满解决的事情，搞得有头无尾，无疾而终。

柳丁和赵杨就遇到了这么个人。

当他们满怀希望地到了隔壁城市，顺着地址找到这个热心肠的男人的家的时候，等待他们的不是希望，而是绝望。

那人拿了一万块钱给柳丁，并且好好劝慰了他们一番。

柳丁最先兜不住火了，她刷地从裤腰里扯掉了假肚子，扔在地上。

那人吃了一惊，站了起来。

“别动，告诉我们姓张的在哪，电话多少？”赵杨趁机亮出了刀子，架在这男人的架子上。

“你们到底是什么人？”男人慌了，脸色“刷”地就白了。

“我们是受害者，被那个姓张的害了。”柳丁坐了下来，恨恨地说。

“我不管你们是什么人？赶紧放开我，我可是好心才帮你们的，你们不要恩将仇报呀，这里面可没有我什么事情。”那人连忙解释。

“我们知道不关你的事情，你只要说出姓张的电话和地址，我们便不会伤害你，但是如果你不说，我也不能保证。”赵杨暗暗使了使劲。

柳丁眼皮都没抬一下。

“我说，我有他现在用的电话号码，但是他具体在哪里我真的不知道，我只听说他去了海南，至于在海南哪个地方，我就不太清楚了。”那人吃了痛，赶紧投降。

“好，你写下来。”柳丁从包里找了一张纸和一支笔。

柳丁和赵杨拿到了联系方式，放开了他，赵杨整了整他的衣领，说：大哥，实在不好意思，多有得罪，怪就怪你交了那么一个混蛋朋友，谁让你交友不慎呢，我们感谢你的热心肠，以后绝对不会再打扰你了，这一万块钱我先收了，你自己再从姓张的那里拿回来吧，想必你们都已经商量好了。

“好，你拿走吧。”那人对此没有任何异议。

“我们走。”柳丁带头走出了房门。

两人一路到了车站，一句话都没有讲。

刚刚升起的希望转瞬间便破灭了，虽然拿到了姓张的电话，但是却没有见到他的人，他们也不知道他在哪，眼看着前面的路又断了。

“哎。”赵杨叹了一口气，柳丁伸出手拍拍赵杨的后背。

“老婆，我们怎么办？这电话还打吗？”赵杨说。

“怎么不打？不仅要打，还要把我们知道的所有线索通通报告给公安机关，只要有一丝希望，我都不会放弃的。”柳丁斩钉截铁地说。

“好。”赵杨点点头，表示同意。

回家的路上，赵杨便拨通了姓张的电话，打了几遍那人都没有接听，赵杨彻底灰心了，只有柳丁还不死心，用自己的手机又打了一个，奇迹似的，电话通了，柳丁赶紧把电话交给赵杨。

“喂，张总吗？”赵杨倒也还算客气。

“是，你哪位？”姓张的还装呢。

“我是赵杨，您真是贵人多忘事。”赵杨也不拐弯抹角，直接表明了身份。

“是赵杨啊，你怎么知道我电话的？”姓张的问。

“张总，咱们都是男人，没必要藏着掖着的，工程已经结束了，你应该按照合同规定给我支付工程款。”

“赵杨，不是我不男人，而是我真的遇到了困难，我的资金实在周转不开来了，你这样吧，再给我点时间，你把账号发给我，等我周转开来了，我一定把钱打给你。”姓张的明显在敷衍。

“我们能不能见上一面，你给我打个欠条也行。”赵杨挺天真的。

“等我回去吧，过几天我联系你。”姓张的没等赵杨说话，便挂断了电话。

赵杨再拨过去，电话已经关机了。

柳丁在一旁听得一清二楚的，那颗怀着最后一丝希望的心，瞬间便跌到了低谷，多日来的坚持，让她在这一瞬间失去了所有的力气，她晕了过去。

“老婆。”

当柳丁悠悠醒来的时候，她已经躺在了自家的床上，屋子里很暗，只有厨房依稀亮着灯，她下床，推开房门。

赵杨正在厨房里忙着呢，他系着柳丁的花围裙，满头大汗地在煲汤，虽然他那一身打扮极其可笑，柳丁却笑不出来，反而哭了。

赵杨一回身，正看到柳丁抹眼泪。

“怎么起来了？再去歇会儿，饭马上就好，我给你煲了我最拿手的排骨汤，这几天你累坏了，又是四处奔波，又是装孕妇的。”赵杨过来扶柳丁。

“去，你当我是林妹妹呀。”柳丁拍开赵杨的手，笑道 。

“是呀，你比林妹妹还要脆弱，招人心疼，我发誓从此以后一定重新做人，不再让你操一点的心，烦一点的神。”赵杨举着右手。

“得了吧，我被你骗的还少呀。”柳丁不理他，转身走回卧室。

赵杨也跟了进来，把柳丁扶到了床上，盖了被子。

“真的，我发誓，从此以后就算要饭，我都不能让你和孩子们饿着，也许我们会过得很辛苦，也许我们一辈子也买不起房子，但是我要你记住，无论如何，我都不会离开你，下半辈子，直到下下辈子，我们都做夫妻。”赵杨哽咽着说完这一番话，便去了厨房继续忙活他的排骨汤去了。

柳丁躲在被窝里，哭得稀里哗啦。

结婚这么久，从来没有听过赵杨说出这么肉麻的话，多数时候，他总是惹自己生气，他自私，不讲道理，柳丁曾经一度想要放弃过，她不能容忍一个男人出尔反尔，她不能容忍一个男人只知道看球赛而耽误了正事，她不能容忍赵杨背着她和别的女人发暧昧短信，她也不能容忍赵杨一直贫穷下去。

但是直到此刻，她才发现，她的不能容忍是一件多么微不足道的事情，爱才是最重要的，任何事情都不能将他们分开，哪怕天塌下来，也不能将他们分开。

第二天一大早，柳丁便去了学校，她作出了一个重大的决定，她要辞职。

不管不顾同事们诧异的目光，以及领导对她表现出的一致失望，柳丁简单地收拾了一下自己的东西，打了一个电话。

“小红，你在广东这些年还好吗？”柳丁这个电话是打给她的发小，如今混在深圳的小红。

“你不是知道吗，就这么回事呗，还做服装生意。”小红一听是柳丁，非常高兴，她还是心直口快。

“我找你正是因为服装这事。”柳丁表明来意。

“我说呢，怎么今儿个想起来打电话给我了，你这个没良心的，说吧，到底是什么事儿？有什么我能帮忙的，你尽管开口。”小红嘴上虽然埋怨，但是心里已经知道柳丁一定是遇到了什么难题了，要不然依着她那性格，她断不会求人的。

“我辞职了。”柳丁轻描淡写地说。

“什么？你有病呀。当个老师多好呀，多自由呀，收入又稳定，你还有柳笑呢，你想干吗？”小红开口就骂柳丁。

“我想当老板，不行呀。”柳丁开玩笑。

“得了吧，你以为这苦谁都能吃呀，你从小到大，可是一天罪也没受过呀，你除了会教书，还会干吗？”小红不以为然。

“我要卖服装，你给我选一些好的，发来，我要在最短的时间内，赚最多的钱。”柳丁夸下海口。

“你行不行呀？寄衣服给你没问题，保证给你最便宜最新潮的款式，只不过，你准备怎么干呀？开服装店？”小红对柳丁还是没信心。

“我准备先摆地摊，以后再开店。”

“你真的假的呀？你没问题吧，老师不当，跑去摆地摊，你不是最死要面子的吗？你就为了这几个臭钱，低下你高贵的头颅了？”小红拿当初柳丁讽刺她的话堵她，谁叫柳丁以前老是骂她钻钱眼里，一身铜臭。

“反正我不偷不抢，靠双手吃饭，谁能把我怎么样，我怎么没有面子，怎么失去尊严了，我想赚钱，想过好日子，有什么错？”柳丁委屈了，眼泪掉了下来。

“乖乖，姐逗你玩呢，别哭。你说，遇到什么天大的事儿了，看姐能不能帮上忙，你是不是缺钱，你缺多少，我寄给你。”小红一看事态严重，连忙安慰柳丁。

“我缺上百万呢，你有吗？”柳丁边哭边说。

“乖乖，不会吧。我家又不是开银行的，你能不能正经点呀，到底发生了什么事情，你跟我说说。”小红急了。

“哎呀，你别管了，赶紧给我选货，以最快的速度寄过来。”柳丁不想把自己的烦恼再强加到朋友身上，她觉得已经怪麻烦小红的了。

“知道了，祖宗。你把地址给我。三天内保证到货。”小红也不啰嗦了，果断地挂了电话。

不出三天，柳丁果真收到了小红寄来的几大口袋衣服，还有一封信，信里面只有几个字：爱伦，红色，XL码，口袋。

柳丁丈二和尚摸不着头脑，拿出货单一对，才发现原来这是小红寄给自己的衣服其中的一个牌子。

柳丁翻出了这件衣服，一摸两边的口袋，乖乖，一边口袋装着一万块钱。

柳丁哭笑不得，小红竟然把钱放在了这堆货里寄来，亏她想得出来，不过，也只有她这个傻丫头才能干出这样的事来。

第三十六章　隐情

这个世界上最珍贵的永远不是金钱，而是感情，无论是爱情、亲情，还是友情，这其中任何一项都能在最最关键的时刻温暖人心，给予你巨大的能量，让你能够振奋精神，重新上路，走出困境。

无奈这个道理，很多人都不明白。

就像林慧，她一直以来都固守在自己的精神世界里不肯醒来，她时刻都在抱怨，她埋怨命运的不公正，让她的出生是一个意外，让她的到来不被父母欢迎，不仅如此，她身边出现的人个个都跟她作对，那个女人抢走了她的父亲，柳橙抢走了李灿，她们抢走了她生命中仅有的那么一点温暖。

林慧好恨，她觉得自己不做点什么得不到解脱，小的时候她觉得自己的力量太过渺小，斗不过那个女人，毕业后，她便挖空了心思，把萧峰的钱全部骗到了手，先是买房，后是投资做生意，为此萧峰一生的积蓄几乎都被林慧拿去了，那个女人不止一次地和萧峰因为这件事情争吵，林慧都是冷眼旁观，时不时，便回家继续要钱。

她觉得是萧峰欠她的，她并不知道萧峰所做的事情都是出于爱，那是一种天生的父女之间的感情，不是用金钱可以衡量的。

小的时候，她总是想找妈妈，萧峰却对此只字不提，因为他不愿意再让孩子受一次伤害，他知道就算找到了她，一切都不可能有任何改变，她已经决定把孩子遗忘了，更何况那时候她已经重新拥有了一个幸福的家庭。

萧峰那时候年轻气盛，天不怕地不怕，十八岁的他认识了林慧的妈妈，那个女孩子是来外婆家暂住的，因为两家是邻居，所以两个青春期的孩子自然而然便走到了一起，没过多久，萧峰便考上了大学，跟那个女孩子渐渐失去了联系。

谁曾想到，等他放假回家的时候，那个女孩子的外婆便哭哭啼啼地找上了门，央求萧峰收养孩子。

原来女孩子在萧峰离开后才发现自己怀孕了，她没敢把这事情告诉任何人，其间萧峰又去了外地上学，她也联系不上，只好眼睁睁地看着肚子一天天大了起来，天天穿着肥大的衣服上学，由于她一直比较瘦弱，所以外婆和同学们都以为她只是发胖了而已。

最后，还是外婆看到了才十六岁的孩子的大肚子，那个时候再做人流已经来不及了，弄不好大人小孩都有危险，没办法，那个暑假外婆偷偷地带着外孙女去了医院，生下了这个孩子，随即外婆便找个理由，把她送回了父母身边。

本来外婆没打算把孩子给萧峰，但是想到自己年老又怕左邻右舍看到了说闲话，这才狠下心来抱着孩子找到了萧峰。

萧峰很愧疚，他想也没想地接过孩子，送走了哭哭啼啼频频回首的外婆。

好像就从那一天起，萧峰长大了。

父母知道了事情的真相，狠狠地打了萧峰一顿，但是最终仍是接受了这个萧家的亲骨肉，只是为了怕人说闲话，没让孩子姓萧，反而跟了外婆姓林。

萧峰还是个学生，只有把孩子交给父母照顾，他本想找一找孩子的妈妈，但是几年过去了，当他毕业回到家乡的时候，才知道她已经结婚了，嫁了人，有了一个幸福美满的家庭，就在同一年，隔壁的外婆也去世了。

萧峰那段时间非常难过，他带着沉重的心情参加了工作，没想到在师范学校教书的时候，他认识了现在的妻子，她是那么的善解人意，美丽可爱，最终让萧峰打开了心扉，说出了他还有一个女儿的事实。

没想到，妻子没有退缩，反而选择了更加坚定地和他走下去，为了回报这份深情，萧峰被贬回了家乡的中学教书，尽管如此，他也没有丝毫后悔。

很快他们便结婚了，并且有了一个可爱的女儿。

一家四口，过得非常开心。

当然这只是萧峰的自以为是，他从来不知道林慧小小的心灵已经在他结婚的那天起便埋下了仇恨的种子。

萧峰结婚的时候，林慧已经上初中了，正值人生中最叛逆最敏感的时期，爸爸没有问她的任何意见便带回来一个比自己大不了几岁的女人。

虽然那个女人试图对自己表现友好，但是林慧还是发了疯，她趁萧峰不在便与那个女人对着干，最后把那个女人惹火了。

于是，只要萧峰不在家，她通常都没有饭吃，其间，那个女人也试图和好，无奈林慧幼小的心灵已经凝结成了一块寒冰。

终于有一天，那个女人有了自己的孩子，更加冷淡了林慧，两个人虽在一个屋子里生活，但基本上形同陌路。

林慧因为讨厌那个女人，所以对妹妹也从未正眼瞧过哪怕一眼，妹妹小的时候总是睁着好奇的眼睛跟在林慧后面，每次都被林慧当着那个女人的面拎着耳朵赶走，那女人见此情景，对她更加憎恨，那眼里的嫌恶和仇恨，让林慧感到特别痛快。

于是，只要她心情不好，便拿可怜的妹妹发泄，为此无辜的妹妹小的时候受尽了她的折磨，她对妹妹动不动就拎耳朵，打耳光，甚至推妹妹，踢妹妹。

到了林慧上高中的时候，那个女人被惹急了，跟萧峰一顿大闹，终于逼得萧峰把林慧送到了住宿学校。

这场战争因为林慧的住校而告终。

但是，也就是从那个时候开始，林慧的心理已经渐渐扭曲，有了一种近乎病态的倾向，她孤僻，不喜欢与同性交往。

也是从那个时候开始，林慧变得爱打扮起来，她喜欢与男孩子交往，她非常享受那种被人捧在手心宠爱的感觉，但是没有几个人受得了她的骄纵，她的每段恋情都结束得非常快，说实话，她也不在乎，因为她从来没有用过真心，她只不过想要得到一点温暖而已。

进了大学，她依然我行我素，李灿便是大学时代的第一个男朋友，本来林慧并没有觉得他有任何特别，她仍是像以前一样习惯性地接受李灿对自己的好，但是她从来没有付出过自己的真心，更没有表现出哪怕一点点的对于李灿的珍惜与在乎。

很快，又有别的男孩子来追求她，那人便是小刀，她又开始像从前一样三心二意，来者不拒，直到她终于彻底失去李灿。

不过，当李灿和别的女孩子好上的时候，小刀也失去了踪影，她很快变成了孤家寡人，大学里的男生女生都不单纯，她的见异思迁让别的男孩子望而却步，没有人再来追求她，她开始独来独往。

有一天，下了晚自习，李灿和柳橙拉着手走在了林慧的前面，他们亲热而又甜蜜的样子一下子刺激到了她，柳橙的笑脸让她联想到了那个抢了她爸爸的女人，也就是那么一秒钟的时间，仇恨的种子埋进了林慧的心底，并且以最快的速度生根发芽。

大学的四年，林慧与柳橙开始了斗智斗勇的游戏，李灿也曾经因为林慧的介入而左右摇摆，毕竟她是李灿的初恋。

然而，柳橙最终道高一尺，毕业后便与李灿幸福地走进了婚姻的殿堂，她与林慧的战争终于告一段落。

林慧在大学四年里，处处败在毫不起眼的柳橙手里，她越来越不甘心，她的心理已经扭曲甚至有点变态，于是毕业后，她利用工程上的事情蓄意接触李灿，妄图从中寻找机会破坏他们的婚姻。

然而，柳橙还是像从前一样难以对付，好似发生任何事情都不能动摇她的镇定，林慧越来越激动，越来越难以控制自己的情绪。

最令她难以忍受的是，居然让她无意中发现自己的父亲竟然也喜欢着这个女人，柳橙发来的那张照片彻底刺激了林慧的神经。

那张唯美的照片成了一根巨刺，刺穿了林慧的心。

照片上的女孩那么美丽，任哪一个正常的男人都会喜欢的，她本来也应该那么幸福而又美丽地活着，可是偏偏却那么不公平，她要活得这么狼狈，活得这么屈辱，她的到来不仅不被祝福，还是那么地无奈，如果可以选择，她宁愿自己不曾出生。

萧峰竟然喜欢柳橙，并且视如珍宝地藏在自己的记忆里，林慧怎么样也无法接受这个事实，她把对萧峰的满腔失望与愤恨彻底地转嫁到了柳橙的头上。

就在她知道真相的时候，李灿却找到了她，他给了林慧报复柳橙的最佳时机与方法，第二天一早，她便快递了证据给柳橙。

她知道凭柳橙的聪明，一定会猜到事情的经过，但是柳橙很沉得住气，没有给予林慧任何回复。

直到李灿带着行李住进了自己家里，林慧才第一次有了一点喜悦之情，她知道这一次李灿与柳橙真的遇到了危机，两个人的婚姻应该再难维持下去了。

为了增加胜算，林慧故意没有避孕，她不理会李灿的千叮咛万嘱咐，不仅一颗药也没吃，反而还故意选在排卵期里与李灿缠绵。

果然，她很快怀孕了，她寄出了那张标志着胜利的试纸，满怀信心地等待着看柳橙投降的样子。

李灿竟然不要这个孩子，他留下了五千块钱便不告而别，林慧想不到哪里出了差错，为什么李灿走了，柳橙到底又要了什么阴谋诡计。

李灿关了电话，拒绝再出现在林慧面前，他铁了心肠要当林慧是个过路人，他铁了心肠不要这个孩子。

林慧把自己关在屋子里三天三夜，她想不通，想不明白。

这个时候，却有一个陌生女人加她为好友，装作非常热情地与她聊天，本来林慧也没觉得有什么不对劲，直到那个女人聊到关于孩子的话题，她才警觉起来。

林慧迅速回到了家，登录了萧峰的 QQ 号，那密码就是自己的生日，萧峰的银行存折密码也是她的生日，从小到大都没有变过，所以林慧一点也不费劲地便登录了上去，原来真是柳橙在装神弄鬼。

柳橙竟然也怀孕了，她还跑出来炫耀，林慧无从知道这件事情的真假，她只觉得柳橙太可怕了，太有手段了，林慧一直以来都斗不过她，这一次眼看就要成功，但是竟然都被她化解了。

林慧在那一刻彻底崩溃了，她用萧峰的 QQ 留了言，约了她见面，她又花钱雇了一个混混，给了他一包打胎药，她要让柳橙再也没有筹码跟她较量。

然而，对于在书房里突然出现的林慧，萧峰顿时起了怀疑，他想起了以前柳橙莫名其妙的话。

他登录了 QQ,查到了那张照片，他还看到了林慧给柳橙的留言。

整个事情一下子串联了起来，原来林慧在之前也登录过他的 QQ，原来柳橙婚姻关系中出现的那个第三者竟然就是自己的女儿。

萧峰除了震惊，还感到了一丝害怕。

他预感女儿会做出什么傻事。

果然，当他赶到宾馆的时候，柳橙已经陷入非常危险的境地，他顾不得多想拿起棍子用尽全身力气砸向那人的后脑勺。

还好，那一棒子没有致命，只不过让那人陷入了昏迷当中。

萧峰面对多年不见的柳橙羞愧难当，他在派出所里替女儿承担了唆使绑架的罪名，他绝不能让林慧坐牢，这个女儿，他欠她太多了。

林慧的一时冲动，害了自己唯一的亲人，她本来躲在宾馆外面等待着胜利的好消息，没想到萧峰会急急忙忙跑去救了柳橙，不一会儿，萧峰就被警车带走了。

警车带着自己唯一的亲人呼啸而去，林慧麻木已久的心突然间疼痛不已，小时候萧峰背着她玩耍的影像反复出现在脑海。

“爸爸。”快十年没有叫过这两个字的林慧，边哭边颤抖着给李灿打了一个电话，她要求他，求他救救萧峰。

林慧求错了对象，柳橙不仅不原谅她的所作所为，而且还给了她最后的警告，让她为自己做过的事情承担后果，切莫害人累己。

的确，没有人会为别人的错误来承担后果，只有当事人自己才可以解决，林慧被柳橙骂醒了，她去医院做了人流手术，并且在第三天进了派出所自首。

萧峰心疼林慧，死也要替她顶罪，恰恰这个时候林慧雇佣的混混从昏迷中醒了过来，他招认了整个犯罪过程，并且指认出了林慧，萧峰被请出了派出所，林慧被拘留。

第三十七章 惊喜

这个世界是公平的，每个人都要为自己的选择付出代价，做错事情的如此，没有做错事情的亦如此。

就像柳丁，因为她选择了赵杨，她选择了与他同甘共苦地生活下去，所以她便辞了职，下了海，她试图尽快还清债务，好能尽快和赵杨重新上路，走出困境。

赵杨痛惜柳丁为自己的付出，对于她的辞职，赵杨怎么劝怎么说柳丁都无动于衷，铁了心肠要去摆地摊。

赵杨拧不过柳丁，只好与她一起摆地摊。

就这么的，他们起早贪黑，走遍了市区的角角落落，各个小集小镇，终于把那几大袋衣服卖光了。

晚上回来，两人就着小台灯算账，柳丁一毛一毛地把钱抚平了，赵杨则手里拿着计算器不停地加着，算着业绩。

“一共卖了多少钱？”赵杨看柳丁数完了，停下来问。

“我数了三遍了，一共卖了五万块。”柳丁伸出五个手指。

“你算出来没有，衣服一共是多少钱成本？”柳丁伸头看看赵杨的计算器，一时之间不敢相信自己的眼睛。

“老婆，你没看错，衣服成本两万多点。”赵杨试图让柳丁镇定，无奈自己先失了镇定，声音直发抖。

“乖乖。”柳丁发出一声感叹。

“啊，我们一个月赚了将近三万块。照这样下去，不出几年，我们的债务就能还清了，马上就可以买新房子了。”柳丁尖叫一声，跳了起来，手舞足蹈。

“怎么了，你不高兴吗？”过了一会，她发现赵杨还坐在那里没有动静。

“不是。我只是一时之间还有点难以置信，怎么就赚了这么多钱？真的假的，你赶紧再数一遍，我再加一遍，别弄错了，空欢喜一场。”赵杨拿着计算器，低下头，拿出那些货单，从头开始加一遍。

“对对对；我也再数两遍，别白高兴一场。”柳丁也恢复了冷静，重新从包里掏出钱，开始从头再数。

就这么的，两人折腾了大半夜，重新核对了五遍，确保没错。

于是大半夜里，两人尖叫着抱到一起又是跺脚又是唱又是跳，害得楼下的人都上来敲门投诉了。

激动的心情好不容易平复了下去，两人躺在床上，双眼都幽幽冒着绿光，互相瞅着对方，睡意全无。

“老婆，你还是打个电话给小红再确认一下，她是不是发了两万多的货。”赵杨还是不放心。

“好。”柳丁立马翻起身，找出手机，拨通了小红的电话。

“柳丁，你有毛病呀，深更半夜不睡觉，打骚扰电话给我。”小红还是那德行，张口便骂柳丁。

“小红，你寄给我的货一共是多少钱的？”柳丁不理她，径直进入主题。

“两万多。”小红一点都不带含糊的，把数字报了出来。

“你确定？”柳丁再一次确认。

“废话，我做了大半辈子生意，这点小账还有算错喽？再说了，你那些货可是我亲自选的，货单我可是仔细对了的，绝对不会少了一件的？怎么了，衣服卖得不好吗？”小红接着问。

“不是，卖得非常好。宝贝，你太有眼光了。我明儿个给你寄钱，你再多弄几袋过来，听到没有。”柳丁给小红下了命令。

“知道了，我明天把卡号发给你，对了，那两万块钱别还了，就当姐支持你创业了，以后有啥事情，指不定你还能帮上我呢。”小红轻描淡写地说。

“想得美，我本来也没打算还。”柳丁鼻子一酸，忍住眼泪，跟小红斗嘴。

“成成成，您老赶紧去睡吧，我明儿个还要早起去给你进货呢，回头再聊吧，真烦人。”小红嘟囔着挂了电话。

“注意身体。”柳丁叮嘱一句，也不知道她听没听见。

这下两人彻底放心了，这钱算是跟了他们俩的姓了。

第二天一大早，柳丁便和赵杨制定了还钱计划，他们扣下了货款，把赚来的三万块，还有小红借的两万，在加上之前从姓张的朋友那里拿的一万，一共六万块钱分成了几份。

“这三万，拿去发工资，人家赚的是血汗钱，无论咱们工程款结没结到，都不能克扣农民工的工资，他们一家老小都指着这个吃饭呢。”柳丁说得有点大，不过赵杨却只点头，他支持柳丁的决定。

“这两万，拿去给那些材料供应商，他们比工人好点，最起码不会缺着吃饭钱，但是我们做人也要讲信用，总得让人放心吧，你先各自付几千块钱，然后打个欠条给他们，分期付款，照这么下去，不到一年，这账咱们一定就能还清喽。”柳丁继续分配。

“最后，这一万块钱你收着。”柳丁把钱塞给赵杨。

“为什么？”赵杨不解地抬头看询问柳丁。

“你一个大男人不能老跟着我摆地摊，虽然钱是少了点，但是有什么想做的你还是尽管去做，你一直都做工程，咱们不能见过一次鬼就再也不走黑路吧，你先接点小活，等我这边的服装生意理出了头绪，再给你挪一点资金。”柳丁想得非常周到，她是想让赵杨重新振作，东山再起，从哪跌倒就从哪爬起来。

“老婆，这一万块钱你收着，我想过一段时间再说，我先陪你把服装生意理出头绪，然后再去接事情做，要不然我不放心。”赵杨回答得倒也十分委婉，他知道柳丁心疼自己，他既没有答应，也没有拒绝。

“好吧。那先这么办。”柳丁也明白赵杨的心思，两人虽然都没有说破，但都心知肚明，没有什么事情再能将他们的心分开。

有人说，上帝在给你关上一扇门的时候，必定会留下一扇窗。柳丁和赵杨经历了这么多事情，终于深刻地体会到了这句话的含义。

这世界上没有多少死胡同，只不过在乎当事人怎么想。

这个世界本没有路，走的人多了便有了路。

如果没有发生这么大的事情，柳丁有可能一辈子安安稳稳地做个老师，她可能没有机会出来摆地摊，她也没有机会与赵杨一起辛苦赚钱，她或许还在那里把希望寄托在赵杨身上，期望他为她买一幢理想中的房子。

然而，当她与赵杨经历过这么多事情，她才明白包容与理解，尊重与支持远比逼迫和压力来得更加有效。

之前她一味地在赵杨身上施加希望，增加他的压力，所以两人才会老是争吵，那些压力赵杨承受不住，反弹到了柳丁这里，两人像打乒乓球一样，吵来吵去，闹来闹去，矛盾没有减少，反而永远存在，但是当他们换一个思路，两个人放下一切共同进退，共同承担，便没有什么可以再让他们互相推诿，互相埋怨。

婚姻关系中争吵永远是无益的，因为解决问题的办法永远不是靠耍嘴皮子口头上争胜负，事实上，很多时候，动脑筋永远比冲动来得有效，任何事情都应该讲究方法和策略，遇到事情彼此都能冷静思考，不逞一时口舌之快，不逞一时匹夫之勇，那么，不仅我们每个人的家庭会和谐许多，整个社会都会随之和谐。

和谐带来的便是幸福，便是发展。

就像柳丁和赵杨，正因为如此，他们的生活渐渐走出困境，朝着目标中的方向稳步前进，虽然有点坎坷和辛苦，但是身体上的疲惫永远是可以舒缓的，而心灵上的疲惫则会让人得不到解脱。

柳丁和赵杨因为有了目标，所以每天都忙忙碌碌，东奔西走地去赶集卖衣服，城市的各个角落，大街小巷，都留下了他们的足迹，两个人在太阳底下流下了辛勤的汗水，换来的是丰厚的回报和巨大的希望。

在阴雨天，或者等待发货的日子里，两个人也没有闲着，他们配合公安机关查找姓张的下落，他们去政府递交材料，反映整个工程的进度情况，因为他们的心里都知道，任何事情都应该有一个结局，这件事情不算了结，躲避永远解决不了问题，姓张的跑了，但是这个工程总得有人接手，一旦接手那么赵杨所做的工程就不会白做，就会有人来支付他的血汗钱，那么工程款就有着落了。

他们的分析没有错，政府暂时接管了工程，委托了别的开发商来完成这个项目，赵杨那幢房子因为是完成得最漂亮的，所以在第一时间分发了钥匙给买主，而赵杨也因此成为第一个结到工程款的人。

拿支票的那天，赵杨和柳丁都去了，两个人的心情都非常激动，接支票的时候手直哆嗦，这些跟了别人姓的钱终于又回来了。

拿着支票两个人搀扶着下了楼，故作镇定地走了几步，赵杨先停了下来。

“老婆，你掐我一下，看我是不是在做梦？”

“我没办法掐你，因为我也在梦中。”柳丁看着赵杨那傻样，眉开眼笑。

“这么多钱，我们怎么花？”赵杨继续问傻话。

“你说呢？”柳丁反问。

“先买房，再开店，从此再也不去摆地摊了，还要买辆车，给我老婆开，怎么着咱也是月入几万的老板娘。”赵杨的嘴真甜。

柳丁听得心花怒放。

“我批准了。”

两人作了决定，手挽着手，蹦蹦跳跳地去了银行。

第三十八章　宽恕

赵杨和柳丁的幸福生活刚刚开始，林慧的美好日子却即将结束，等待她的将是残酷的牢狱生活。

在林慧被拘留的日子，有两个人最痛苦，一个是萧峰，一个是李灿。

萧峰曾经想过找一找柳橙，但是想到女儿做的这些事情，他又觉得实在没有脸面去为她求情。

李灿的想法也是差不多，他觉得自己便是那罪魁祸首，他既自责又后悔，他也没有脸面求柳橙原谅林慧。

柳橙是何等聪明的女人，她何尝不明白他们的痛苦，一个是深藏心底的老师，一个是相依相伴的老公。

他们的烦恼与痛苦，她比谁都明白。

在林慧被拘留的这些日子里，柳橙想了很多，本来她并不打算原谅林慧，因为她的出现彻底破坏了她与李灿完美无瑕的婚姻生活，虽然最终她与李灿经受住了考验，度过了这些难关，但是有些伤害存在于心灵最柔软的角落里，不能想起，一想起便觉得隐隐作痛，那些背叛，多多少少地在柳橙的心里留下了伤口，只不过她掩饰得很好罢了。

但是没有人比她更加了解萧峰和李灿，两个人都是好男人，萧峰作为一个父亲不懂得表达自己的爱，所以造成了林慧今天这种孤僻而又怪异的性格，而李灿呢，并不是有意伤害自己，他是因为嫉妒和一时的气愤才让事情渐渐失控。

柳橙慢慢地整理好了自己的心情，她觉得她应该宽恕林慧，要不然自己也得不到解脱，两个自己在乎的男人一辈子郁郁寡欢，心事重重，也不是她想看到的。

她请了自己大学的同学，一位专门的心理疾病专家去给林慧诊断，她把情况讲给了同学听，同学几乎可以断定，林慧存在着心理疾病。

没多久，诊断书就出来了，林慧患有轻度的精神病。

柳橙把诊断书交给了萧峰，很快，林慧便被释放了，她被转到了市里的精神病院，接受治疗。

林慧住院的那天，柳橙和李灿也去了，不仅如此，萧峰带着妻子和女儿也去了。

柳橙有些担心，她怕林慧接受不了自己患有精神病的事实，她之所以来就是想和她好好谈谈，顺便开解一下她，同为女人，这段时间林慧也受了不少罪，尤其是那个流掉的孩子对于林慧的打击一定不小。

等柳橙和李灿到达病房的时候，萧峰和妻子女儿正在里面看望林慧。

柳橙拉住了李灿，两人站在病房外面没有进去。

林慧坐床上，把头埋进胳膊里一直没有讲话，萧峰站在旁边只抹眼泪，师母也挺难受的，眼睛红红的，她削了一个苹果递给小女儿，示意她给姐姐递去。

才十几岁的小女孩好像也知道发生了什么事情，哭得抽抽答答的，把苹果塞进林慧的手里，林慧攥紧的拳头硬是被妹妹使劲掰开了。

林慧抬起头，看着站在面前从小被自己欺负到大的妹妹，她的脸都哭花了，林慧抬起手给她抹掉眼泪。

“姐姐。”

“妹妹。”

两人抱头痛哭。

柳橙站在病房外边，长长地松了一口气，她拉着李灿的手离开了病房，她知道林慧的病迟早会好的，因为爱能够治愈一切。

柳橙知道，林慧已经懂得了爱，一个懂得爱的人是不会再走极端的，因为她舍不得那些爱着她的人为她担惊受怕。

事情终于平息，柳橙的宽恕，让李灿也得到了解脱，当他从林慧的病房走出来的时候，阳光正温柔地照在他和柳橙的身上，一切阴霾都成过去，温暖的一天即将开始，不远处，等待他们的将是一个可爱的小生命的诞生。

他的到来代表了新生与希望，一切从头开始，爱会渐渐地抹平那些伤痛。

同一时间里，柳苏北也彻底康复了，他又可以蹦蹦跳跳地陪柳笑追逐打闹了，他还把那本珍藏版的麻将秘籍拿出来与鲁花彻底研究了一番，两人均受益匪浅，决定在以后的日子里充分把秘籍知识运用到实践中去。

柳苏北说：实践是检验真理的唯一标准，要想知道这本书到底有没有用，还是要多打麻将，多增加实践经验。

“来，胖子，给你一千块，明天去赢五千回来。”柳苏北掏出钱，给鲁花，并且对她寄予了深切的厚望。

“我给你五千，你明天只要能赢一千回来就行，我要求也不高。”鲁花乐了，反过来对柳苏北说。

“呵呵，这年头没一个傻子。”鲁花补充一句。

好像经历过这次生死事件，鲁花的脾气改善了不少，当柳苏北在大街上碰到女同事多说两句话的时候，鲁花不仅不生气，还非常热情地邀请人家来吃饭，柳苏北也搞不清楚她是真是假，反正看她那么识大体，顾全他的脸面，他分外高兴就是了。

鲁花确实想明白了，她觉得自己以前做得确实有点过，要不是她一意孤行，不讲道理，不懂顾全大局，苏雪就不会被开除，苏雪不被开除，柳苏北就不会去要求替她平反，不去要求替她平反，也就不会连累柳笑被绑架。

好在，事情得到圆满的解决，皆大欢喜，要不然鲁花真的没有面目再回到柳苏北的身边，本来幸福就握在自己手里，但是因为自己太过紧张，反而差一点让幸福悄悄溜走。有的时候，想长久的抓住一样东西，一定不要一开始便用尽全身的力气，要不然后面就没劲了，要运用恒力，就是差不多的力道，才能抓得更长久。

鲁花虽是一个识字不多的妇女，但是好在她有慧根，经历过这些事情以后，她变得豁达了，遇事再也不冲动了，懂得控制了。

两人的感情越来越好。

因为柳苏北知道柳丁他们有事儿，所以一直没敢把柳笑的事情告诉他们，所以柳笑暂时还跟他们一起生活。

鲁花不放心柳苏北瘦弱的小身板，所以接送柳笑便成了她义不容辞的任